# DER BERGSTRASSEN-KRIMI

2

**Manfred H. Krämer** wurde 1956 im südhessischen Lampertheim geboren und ist seitdem dort wohnhaft. Er ist verheiratet und hat zwei Kinder. Den erlernten Beruf des Bauzeichners gab er zugunsten einer Tätigkeit als LKW-Fahrer rasch auf. Neben diesem Beruf arbeitet er als begeisterter Schriftsteller.

*»Tod im Saukopftunnel«* heißt sein erfolgreiches Debüt als Krimiautor. Die erste Auflage war bereits nach nur vier Wochen vergriffen. Das im Verlag Stefan Kehl erschienene Buch ist das erste einer geplanten Reihe von *»Bergstraßen-Krimis«,* die alle im Großraum Rhein-Neckar-Odenwald sowie in Südhessen angesiedelt sind.

Der zweite Band *»Der Kardinal von Auerbach«* schließt nahtlos an das Konzept seines Vorgängers an. Solo und Tarzan, die Hauptfiguren aus »Tod im Saukopftunnel«, ermitteln in einem sowohl historischen als auch mystischen Umfeld rund um Schloss Auerbach. Krämer legt großen Wert auf authentische Darstellung des Geschehens, recherchiert sorgfältig und entwickelt zum Teil bizarre, jedoch niemals unrealistisch oder konstruiert wirkende Szenarien. Seine Figuren »leben«, sie sind mit all ihren Schwächen und Fehlern liebenswert menschlich. Krämer verzichtet bewusst auf Supermänner und -frauen, auf »böse« Mörder, »gute« Ermittler und »arme« Opfer.

Seine Geschichten sind originell und beinhalten trotz zum Teil recht drastischer Schilderungen eine große Portion Witz und Humor. Krämer nimmt seine Leserinnen und Leser mit auf eine Achterbahnfahrt, auf der Gänsehaut, Lachtränen und Entsetzen die Begleiter sind. Krämers Morde sind die besten! Einen Großteil seiner literarischen Energie investiert er in die Entwicklung subtiler Tötungsmethoden.

Krämer, der fest davon überzeugt ist, dass es den perfekten Mord gibt, kreiert Leichen und ihr spurloses Verschwinden wie ein Sternekoch sein bestes Menü.

Manfred H. Krämer

# Der Kardinal von Auerbach

VERLAG STEFAN KEHL
HAMM AM RHEIN

# Impressum



**Künstlerische Gestaltung - Umschlag**
Birgit Burhenne, Mainz

**Illustration, Seite 6**
Manfred H. Krämer, Lampertheim

**Lektorat**
Gunda Kurz, Mainz

**Gesamtherstellung**
Druckerei Stefan Kehl, Hamm am Rhein

ISBN 3-935651-21-X

*Für Monika*
*Schon wieder -*
*gewöhn' dich besser daran.*

## *Vorbemerkung des Autors*

Dies ist ein Roman. Die Handlung sowie die darin vorkommenden Personen sind, außer wenn sie historische Bedeutung haben, frei erfunden.

Die Handlungsorte entsprechen weitgehend den tatsächlichen Örtlichkeiten, wurden jedoch der Dramaturgie des Romans angepasst. Insbesondere im Buch genannte Adressen sind fiktiv. Die Villa der Grohners sowie die Urbach-Klinik existieren nur in meiner Fantasie.

Geänderte oder nicht vorhandene Orts-, Straßen- und Landschaftsbezeichnungen werden aus Rücksicht auf die Rechte und die Privatsphäre Dritter verwendet. Für unbeabsichtigte Namensgleichheiten bitte ich hiermit um Entschuldigung.

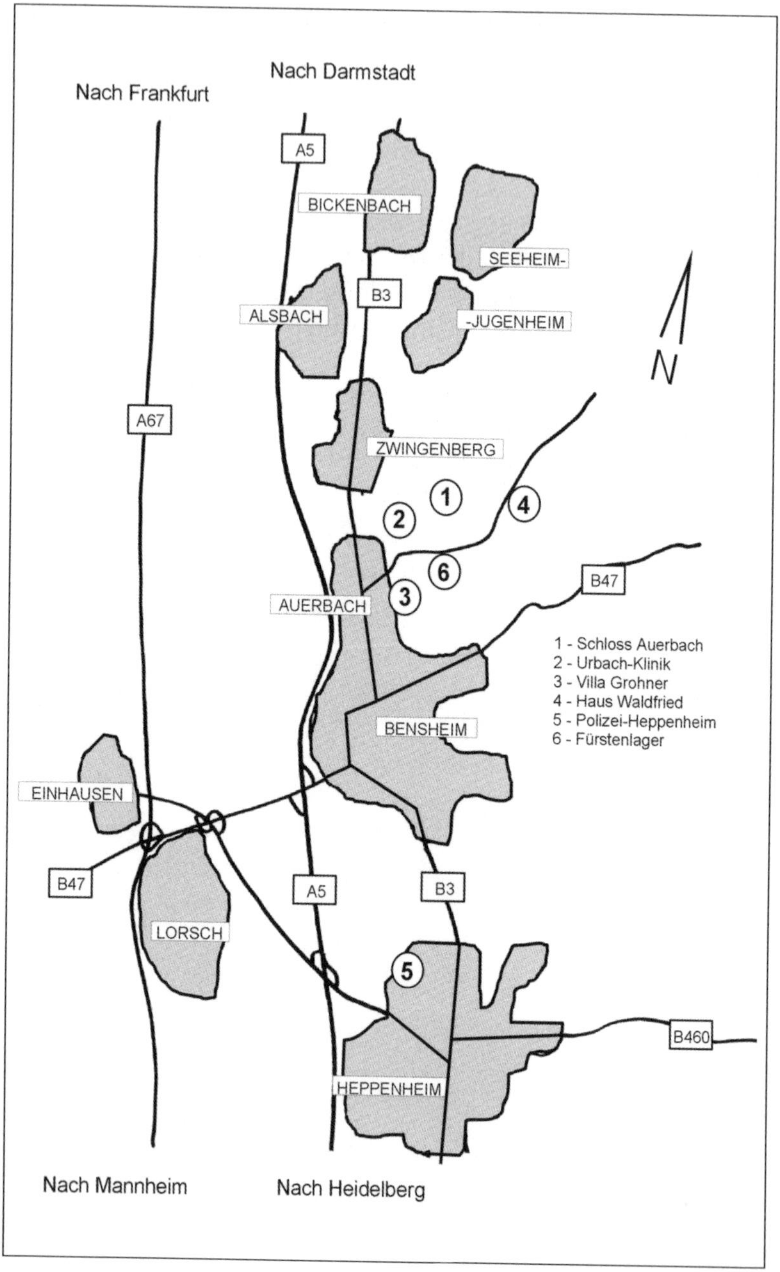
Nach Darmstadt
Nach Frankfurt
A5
BICKENBACH
SEEHEIM-
B3
ALSBACH
-JUGENHEIM
N
A67
ZWINGENBERG
1
4
2
6
B47
3
AUERBACH
1 - Schloss Auerbach
2 - Urbach-Klinik
3 - Villa Grohner
4 - Haus Waldfried
5 - Polizei-Heppenheim
6 - Fürstenlager
BENSHEIM
EINHAUSEN
B47
A5
B3
LORSCH
5
B460
HEPPENHEIM
Nach Mannheim
Nach Heidelberg

# Prolog

Das Tief hatte sich über dem Nordatlantik gebildet. Gierig saugte es die von Süden heraufdrängende Warmluft auf und wuchs rasch von einem Schaumkronen erzeugenden böigen Wind zu einem handfesten Sturm mit Windstärken zwischen acht und zehn. Wenig später entwickelte es einen mächtigen Wolkenwirbel mit einem Auge in der Mitte, erreichte Orkanstärke und wanderte über die Nordhalbkugel in östliche Richtung. Der Orkan bedrohte die Schifffahrt, zwang Fischerboote zurück in die Häfen und erreichte die Küste Frankreichs an einem Donnerstag im Mai, wo er in den Städten und Gemeinden schwere Schäden verursachte. Ausläufer erreichten Stunden später Südwestdeutschland, wo sie immer noch genug Kraft aufbrachten, um ganze Wälder einzuebnen. Die begleitenden schweren Regenfälle ließen Keller voll laufen, verwandelten Straßen in reißende Bäche und brachten Flüsse dazu, über die Ufer zu treten.

In Auerbach an der Bergstrasse vernichtete ein Bergrutsch einige der ertragreichsten Weinlagen der Region, viele Straßen verschwanden unter Schlamm und Geröll und die Fahne auf dem Südturm von Schloss Auerbach bestand nur noch aus zerfransten Fetzen. Schulen und öffentliche Einrichtungen blieben geschlossen. Die Bewohner, die verschont geblieben waren, halfen denen, die nicht so viel Glück gehabt hatten.

Die beiden zehnjährigen Burschen fanden den Sturm ganz toll, fiel doch seinetwegen die Schule aus. Sie waren, seit sie denken konnten, die besten Freunde. Eine Freundschaft, wie es sie wohl nur in dieser Altersklasse gibt: kompromisslos, aufrichtig und bis ans Ende aller Tage.
Staunend begutachteten sie die Schäden im Ort, stapften durch die verheerte Bachgasse, bogen in den Burgweg ein und bahnten sich einen Weg zwischen Geröll und herabgefallenen Ästen hinauf in Richtung Schloss. Ihr Ziel war ein geheimer Ort, unterhalb der äußeren Wehrmauer, geschützt durch mächtige Felsen und umgeben von dichtem Unterholz. Hier hatten sie ihr Lager. Niemand außer ihnen kannte diesen Platz. Hier waren sie die Herren: wahlweise Ritter, Räuber oder römische Centurionen, die von hier oben aus ihre Armeen dirigierten.
Doch nachdem sie nach mühseligem Aufstieg den Platz erreichten, erkannten sie ihn kaum wieder. Mehrere der uralten Kiefern, die ihn umgaben, lagen, wie von einer Riesenhand geknickt, kreuz und quer am Boden. Ihre Wurzelscheiben ragten zerfranst in die Höhe. Die mächtigste von ihnen hatte sogar einen großen Felsblock mit sich gerissen, den die oberschenkeldicken Wurzelstränge umklammerten. Dahinter gähnte eine dunkle Öffnung ...
Der Schmerz über den Verlust ihres Lagerplatzes wurde rasch kompensiert durch die Neugier und die Spannung, welche dieser finstere Eingang in unbekannte Unterwelten auslöste. Vorsichtig stiegen die beiden über zersplitterte Bäume, bogen Äste zurück und schrammten sich die Beine an Fels und Rinde blutig. Dann standen sie direkt davor. Es roch nach frischer Erde, Harz, geborstenem Holz und jenem modrig-feuchten Kellerduft, der jegliche Vernunft in zehnjährigen Köpfen augenblicklich außer Kraft setzte.
Zuerst warfen sie kleine Steine hinein. Hörten sie hell über festen Boden klackern. Der Mutigere der zwei steckte seinen Kopf durch die Öffnung, zwängte sich gleich darauf zur Gänze hindurch und stieß einen überraschten Ruf aus. Augenblicklich kam sein Freund ihm hinterher und fasziniert schauten sich die beiden in der geräumigen Höhle um. Das wenige Tageslicht, welches durch die Öff-

nung drang, sorgte für eine gespenstisch fahle Beleuchtung. Die beiden Jungen befanden sich in einem Gewölbe von annähernd quadratischem Grundriss. In den Wänden befanden sich Nischen und Halterungen für Fackeln. Exakt in der Mitte des Raumes stand ein großer, steinerner Sarkophag, dessen Seiten gemeißelte Reliefs zierten.
»Das glaubt uns doch kein Mensch!«, fand der erste der Freunde nach geraumer Zeit seine Sprache wieder.
»Niemand wird es glauben, weil niemand es erfahren wird«, erwiderte der zweite ernst. »Zu keinem ein Wort! Das ist unsere Höhle und sie soll es auch bleiben!«
Feierlich schworen die Jungen bei Androhung fürchterlichster Konsequenzen, ihre Zunge zu hüten, selbst unter brutalster Folter und niemals diesen größten Schatz, den sie jemals gefunden hatten, Dritten zugänglich zu machen. Anschließend verbargen sie den Eingang mit Ästen und Gebüsch, so gut es ging, vor fremden Blicken und machten sich auf den Heimweg. Ihre Augen glänzten und das wütende Zetern ihrer Mütter wegen der verdreckten Kleidung und der blutigen Beine standen sie tapfer durch wie richtige Männer.
Die Schule wurde am nächsten Tag wieder geöffnet. Es war der 7. Mai 1915 und die Versenkung des britischen Passagierschiffes »Lusitania« durch ein deutsches U-Boot forderte 1.200 Tote.

# 1
# Linda

Wärme! Sie spürte sie am ganzen Körper. Angenehm. Wärme hieß Bewegung. Leben. Viel zu lange musste sie in der erstarrenden Kälte ausharren. Nun umfloss schmeichelnde Wärme ihren schlanken Körper. Nicht die Art von Wärme, die sie gewohnt war. Die trockene, staubige Hitze ihrer Heimat. Doch immerhin verschaffte ihr die Temperatur die nötige Beweglichkeit, um auf die Jagd zu gehen. Die Schlange hatte Hunger ...

* * *

Dr. Linda Reining hatte die Schnauze voll. Diese Ausdrucksweise gehörte zwar nicht zu ihrem üblichen Vokabular, aber der hinter ihr liegende Arbeitstag gebot ihr in den Wald zu rufen, wie es ihr daraus entgegengeschallt war. Wieder hatte es Theater gegeben. Ihr aktuelles Projekt, die Suche nach einer mittelalterlichen Grabstätte in der Nähe von Schloss Auerbach, geriet mehr und mehr von einer professionellen wissenschaftlichen Arbeit zu einer abstrusen Provinzposse mit ihr als dem Dorfdeppen. Oder hieß es Deppin?
»Die Welt ist eine Männerwelt«, dachte sie frustriert. Einer dieser Weltherren, der selbstherrliche Dr. Kleiber, hatte ihr heute Gerd, ihren besten Grabungshelfer, abgenommen, um ihn bei einem »wichtigeren« Projekt einzusetzen und der schleimige Bartholdy hatte ihr ein Kompliment gemacht. Genug, um einer Frau von Ende vierzig den Tag zu verderben. Aber nicht den Abend! An der Tankstelle kaufte sie sich eine Flasche Rotwein, eine Tüte Chips und eine Tafel Schokolade. Nougat. Was sein muss, muss sein.

»Ihr« Parkplatz vor dem Haus war mal wieder belegt, so dass sie ihren betagten Nissan Micra einige hundert Meter entfernt auf dem Parkplatz eines Discounters abstellen musste. Seit ihrer Scheidung vor zwei Jahren lebte sie im ersten Stock eines Wohnblocks aus den Fünfzigern, der vor fünf Jahren durch die Stadt Darmstadt komplett renoviert worden war. Die muffigen kleinen Wohnungen der ehemaligen Mietskaserne wurden zu Studios und Appartements für die gehobene Mittelschicht umgewandelt. Jochen hatte ihr die Wohnung besorgt. Besorgt und bezahlt. Man hatte sich schließlich nicht im Streit getrennt. Es war eben einfach die Luft raus. Lucius, ihr 21-jähriger Sohn und Psychologiestudent im 4. Semester, hatte sie in seiner unnachahmlichen, professoralen Art beraten und eine Trennung in beiderseitigem Einvernehmen empfohlen. Die Welt war verrückt geworden. Doch Linda fühlte sich anschließend wie ein Gefangener, der nach vielen Jahren den ungewohnten und fremden Geruch der Freiheit atmet. Unsicher, ein bisschen ängstlich, aber frei. Frei, entfesselt, unabhängig. Sie war endlich sie selbst. Keine Frau von jemandem, keine fürsorgliche Mutter, keine leidenschaftliche Koch-Putz-Bett-Artistin. Sie war nur noch Linda Reining, Archäologin mit dem Fachgebiet mittelalterliche Anthropologie und einer fundierten forensischen Zusatzausbildung. Toll. Vielleicht hätte sie bei all den Kursen, Seminaren und Studiengängen, die sie in ihrem Leben schon absolviert hatte, doch noch ein Semester zwischenmenschliche Beziehungen mit Zusatzqualifikation »One-Night-Stands« belegen sollen. Jetzt war sie Single, wurde in 51 Jahren hundert und ihr Sexualleben war das einer altägyptischen Mumie.

»Rufus?« Sie wunderte sich, dass der Kater noch nicht ihre Beine umschmeichelte. Seufzend stellte sie ihre Einkäufe ab. Das Alter suchte eben nicht nur alleinstehende Frauen heim. Rufus, ihr schwarzer Kater, war bequem und fett geworden. Wie die meisten Männer, dachte sie säuerlich, nur mit dem Unterschied, dass ihr Hausgenosse seit seiner Kastration keinerlei Interesse mehr an den eleganten Katzenladies der Umgebung hatte. Sicher lag ihr schnurrender Mitbewohner faul auf ihrem Bett und zollte ihrer Ankunft mit einem halbgeöffneten Auge das Mindestmaß an Aufmerksamkeit.

»Eure Lordschaft geruhen mich zu empfangen?«, säuselte sie belustigt, als sie das Schlafzimmer betrat. Doch der Kater war nirgends zu sehen.
»Rufus?« Linda streifte sich die Pumps von den zierlichen Füßen, was sie augenblicklich acht Zentimeter an Körpergröße kostete. Sie trat an das Bett, tastete nach dem Schalter für die Heizdecke und schaltete sie ein. Frauen haben eine um 15% dünnere Haut, rechtfertigte sie vor sich selbst den anorganischen Wärmespender. Sollte Richard Gere doch noch anrufen, hätte sie bestimmt genügend Zeit, den Stromfresser verschwinden zu lassen. Mitsamt dem Flanellschlafanzug und den Bettschuhen. Sie warf dem großen Spiegel am Schlafzimmerschrank einen prüfenden Blick zu. Die schlanke Frau mit der dunkelroten Löwenmähne und dem feingeschnittenen Gesicht war immer noch eine attraktive Erscheinung. Die feinen Fältchen, die aus den Augenwinkeln sprossen und, wenn sie ihre gefürchtete spöttische Miene aufsetzte, auch ihre Mundwinkel umspielten, verrieten zwar, dass sie keine dreißig mehr war, aber sie mochte sich. Mochte ihren kleinen Busen, der besser der Schwerkraft widerstand als ihr Hintern, aber den brachten ihre Designerjeans noch problemlos in Form. Ohne Jeans ging er niemanden was an. Außer Richard vielleicht. Oder Mel Gibson. Oder den netten Kerl im Alfa, der ihr heute Morgen im Parkhaus kampflos die Lücke überlassen hatte. Graumeliert. Drei-Tage-Bart, Bubenlächeln ...
»Linda!«, sagte sie laut und vorwurfsvoll zu ihrem Spiegelbild.
»Frauen bekommen keinen Samenkoller!«

* * *

Vibration! Nicht das zarte Trippeln kleiner Nagetiere, die zu den bevorzugten Beutetieren des Reptils gehörten. Gefährliche Erschütterungen großer Lebewesen in unmittelbarer Nähe. Die Schlange glitt in die schützende Dunkelheit zurück. Verharrte reglos. Ihre empfindsame Zunge analysierte die Gerüche um sie herum. Saurer, stechender Säugetiergeruch. Gefahr! Die Schritte klangen für sie wie Donnerhall. Endlich entfernten sie sich wieder.

* * *

Linda schlüpfte in ihre Pantoffel und schlurfte ins dunkle Wohnzimmer.
»Rufus?« Erleichtert erkannte sie den schwarzen Schatten auf dem Fußboden.
»Na, du Schlitzohr? Lauerst mir wieder auf? Recht hast du. Hab' dich viel zu lange alleine gelassen ...«
Sie schaltete das Licht ein und erstarrte. Der prächtige große Kater mit dem schimmernden schwarzen Fell lag reglos auf der Seite.
»Rufus«, wisperte sie tonlos, sank auf die Knie und strich behutsam über den Kopf des Tieres. Der Körper war noch warm. Die Augen weit aufgerissen. Ohne Glanz. Ohne Leben. Linda hob den kleinen Leichnam auf, drückte ihn an sich und weinte lautlos, bis das Fell des Tieres völlig durchnässt war. Sie hatte sich immer davor gefürchtet. Sie wusste nicht, wie alt Rufus wirklich war. Er war damals einer Freundin zugelaufen, die ihn ihr geschenkt hatte. Der Tierarzt meinte, Rufus wäre wohl schon ein Kater im besten Alter, aber bei guter Pflege ... Ein Weinkrampf schüttelte Linda. Immer noch hielt sie das Tier in ihren Armen. Ihre Beine wurden taub. Die Wohnung schien plötzlich kleiner zu werden, die Wände rückten um sie herum zusammen, die Decke senkte sich herab. Nun hatte er sie also auch verlassen. Jetzt war sie allein. Allein auf einem eisigen, atmosphärelosen Planeten. Ohne Rufus loszulassen, erhob sie sich ungelenk, bettete den kleinen Körper auf das Sofa, deckte ihn mit seiner Lieblingsdecke zu und sank wieder auf den Boden.
»Scheißtag!« Der heutige Tag verdiente keine andere Bezeichnung. Nach einer Stunde richtete sie sich mühsam und mit schmerzenden Gliedern wieder auf, taumelte benommen zum Wohnzimmerschrank, öffnete das Barfach und wog die Flasche Pure Highland Malt prüfend in der Hand. Kurz nach der Trennung von Jochen hatte sie mit dem Trinken begonnen. Nicht viel. Nicht am Tag und immer nur »guter Stoff«, dafür aber jede Nacht. Nachdem sie der Restalkohol in Verbindung mit einem gutaussehenden jungen Polizeimeister für ein halbes Jahr von den Benzinkosten ihres Micras befreit hatte,

hatte sie damit aufgehört. Allein. Sie war eine starke Frau. Eine große Frau.

»Einsfünfundfünfzig«, murmelte sie verbittert, als sie sich das Glas mit der hellgelben Flüssigkeit füllte. Nach einer Stunde und zwei weiteren Gläsern überkam sie erst recht das heulende Elend. Sie sollte jetzt eigentlich jemanden anrufen. Doris. Aber die saß jetzt sicher in ihrer kitschigen kleinen heilen Welt, spielte mit Mann und Kindern Monopoly oder schaute sich den großen Montagsfilm im Fernsehen an. Oder Frank. Aber der war eigentlich dran mit Anrufen. Seit vier Wochen. Linda torkelte ins Badezimmer, erkannte die alte Frau mit den verquollenen Augen und dem verschmierten Make-up nicht, die sie aus dem Spiegel anglotzte, und putzte ihr trotzdem die Zähne. Anschließend erbrach sie sich und begann das Ritual von neuem. Sie schlüpfte in die Schlafanzughose, behielt ihr T-Shirt an und schlurfte ausgebrannt und auf traumloses Vergessen hoffend ins Schlafzimmer. Sie schlug die Bettdecke zurück und sah verständnislos auf die zusammengerollte Schlange. Ihr vernebeltes Gehirn registrierte zuckende Bewegung, einen sich wiegenden, hocherhobenen, dreieckigen Kopf, starre Augen und einen stechenden Schmerz in ihrer rechten Hand. Sie hörte ein seltsames Rasseln, starrte auf die beiden roten Punkte auf dem Handrücken, stieß einen schrillen Schrei aus, der rasch in ein ersticktes Gurgeln überging, als sich ihre Kehle krampfartig zusammenzog. Sie wandte sich um, machte drei Schritte in die Diele zurück, brach in die Knie und riss das Telefon von dem kleinen Beistelltisch. Vor ihren Augen tanzten rote Nebel, sie bekam kaum Luft, drehte mit letzter Kraft drei Zahlen. Der Hörer lag außerhalb ihrer Reichweite, ihre Arme schienen zu versteinern, ihr Herz raste, während sie keuchend nach Luft rang. »Schlange!« röchelte sie, während das Freizeichen tutete. »Schlange! Bertramallee drei, Bertramallee drei, Bertramallee dr...« Dann versank alles um sie herum in Dunkelheit. Sie hörte nicht das wilde Klopfen und Klingeln an ihrer Wohnungstür. Hörte nicht das Signal des Rettungswagens, hörte nicht, wie die Tür aufgebrochen wurde und Feuerwehrleute und Sanitäter hereinstürzten.

* * *

»Da isst man sich ja 'nen Wolf!« protestierte Lothar Zahn, seit seiner Schulzeit nur »Tarzan« genannt, und hielt ein Fleischstückchen in den Topf mit siedendem Öl.

»Fondue ist etwas für Menschen mit Esskultur«, erwiderte Bertha »Solo« Solomon, seine Lebensabschnittsgefährtin, wie er die hochgewachsene Rothaarige mit den kurzen Haaren gerne nannte.

»Man isst langsam, mit Genuss und lässt die Gedanken treiben.«

»Amen«, grummelte der untersetzte Mann mit dem schütter werdenden Haar und blickte sehnsüchtig in Richtung Pinnwand, an der die Speisekarte von Giannis Pizza-Imbiss verlockend leuchtete.

Das Telefon hinderte ihn am weiteren Nörgeln. Er ließ das Stück Lende im Topf hängen, erhob sich und schlurfte in Richtung Küche. Durch die Fenster des Hausbootes erkannte er einen Schwarm Gänse, die auf dem ruhigen Wasser des Lampertheimer Altrheins dümpelten.

»Zahn«, schnarrte er in den Hörer, denn beim Essen, egal ob mühsam oder nicht, wurde er nur ungern gestört. Aufmerksam lauschte er, winkte Solo herbei, die ihn neugierig ansah und drückte ihr den Hörer in die Hand.

»Linda. Es ist, glaube ich, etwas passiert.«

Eine Stunde später saßen sie im dritten Stock der Darmstädter Elisabethen-Klinik an Lindas Bett. Blass und noch schmaler als sonst schien ihr Gesicht nur noch aus riesigen, grünen Augen zu bestehen.

»Ich werde morgen entlassen, aber ich kann da nicht mehr hin. Im Moment jedenfalls noch nicht.« Sie schaute ihre Besucher an wie ein kleines Mädchen, das unbedingt bei seiner Oma übernachten will, weil unter seinem Bett ein Monster lebt. Sie hatte Solo und Tarzan alles erzählt. Hatte auch erwähnt, dass Fachleute die Schlange, eine Texas-Klapperschlange Crotalus Atrox, deren Biss für einen Menschen glücklicherweise nur selten tödlich endet, gefangen und die Wohnung gründlich durchsucht hatten.

»Sie sagen, es war nur diese eine Schlange, ich weiß, dass sie recht haben, aber ich kann dort kein Auge zumachen. Rufus haben sie

auch mitgenommen ...« Eine einzelne Träne rann über Lindas rechte Wange. Solo, die auf der Bettkante saß, strich ihr eine Haarsträhne aus dem Gesicht. Tarzan blickte betreten aus dem Fenster. Mit Frauentränen stand er auf Kriegsfuß.
»Das hat im Briefkasten gelegen«, sie reichte Solo einen zerknitterten Zettel.
*»Du weißt was wir wollen. Mach es dir nicht so schwer«,* stand in sperrigen Blockbuchstaben auf dem Blatt, das offensichtlich aus einem Schulheft herausgerissen worden war. Kariert. Mit Rand.
»Hat das die Polizei ...?«, fragte Solo. Linda nickte.
»Diese Hefte gibt's in jedem Supermarkt, der Kugelschreiber ist einer von zehn Millionen und die Schrift ist bewusst verstellt worden. Ohne Vergleichsmöglichkeit hilft ihnen das nicht weiter.«
Tarzan räusperte sich. »Du glaubst wirklich, dass nur wegen eurer Buddelei in Auerbach jemand auf die Idee kommt, dir eine Klapperschlange ins Bett zu legen? Mann, da müsste ich ja jede Nacht eine Herde Alligatoren aus meinem Bett schmeißen. Was ist an einem Haufen verwitterter Steine und morscher Knochen denn so interessant?«
»Lothar!«, zischte Solo im Ton einer Gouvernante, die ihren Schützling beim Nasenbohren erwischt.
»Ist doch wahr!«, verteidigte sich der Zurechtgewiesene. »Linda erzählt, dass sie irgendeinen Kuttenträger suchen, den sie anno Tobak dort vergraben haben. Wen interessiert das denn, außer ein paar Eierköpfen? Entschuldige Linda. Du bist natürlich kein Eierkopf«, stammelte er hilflos, während Linda Reining verständnisvoll lächelte.
»Lass ihn nur, Solo, ich glaube, das ist heute das erste Mal, dass ich wieder lachen kann. Tarzan ist wirklich eine Marke.«
»Er ist ein Eierkopf!«, fauchte Solo, musste aber ebenfalls grinsen. »Du kommst zu uns auf die *Lady Jane* nach Lampertheim. Da kannst du dich erst einmal erholen und dich von Tarzan bekochen lassen, als Wiedergutmachung«, sagte Solo und schnitt der zum Protest ansetzenden Freundin das Wort ab: »Wir kennen uns jetzt schon so lange und du warst noch nie auf unserer Königin des Altrheins. Du ziehst in die Eignerkabine und als Bezahlung will ich alles über

deine Arbeit in Auerbach wissen. Ich habe da nämlich so eine kleine Idee ...«
Tarzan verzog das Gesicht in gespielter Bewunderung. Solos »kleine Ideen« hatten es normalerweise gehörig in sich. Seit fünf Jahren betrieben sie recht erfolgreich die Firma »Securitruck«, ein Unternehmen, das speziell der Transportbranche Dienstleistungen im Sicherheitsbereich anbot. Als verdeckte Ermittler ließen sie sich von Speditionen und Großmärkten als Lagerarbeiter oder Subunternehmer anheuern, um Ladungsdiebstähle, Veruntreuungen und Unterschlagungen aufzudecken. Solos letzte »kleine Idee« hatte ihm eine Fahrt im Frachtraum eines Tiefkühlzuges eingebracht und fast das Leben gekostet.
Am nächsten Tag holten sie Linda im Krankenhaus ab. Am Abend gab es Tarzans berühmt-berüchtigte »Schnitzelpizza«, bei der, im Gegensatz zu Fondue, noch niemals jemand während des Essens den Hungertod gestorben war. Nach dem Dinner saß man auf der verglasten Deckterrasse bei Wein und Kaffee und beobachtete die Schwärme von Vögeln, die in den Pappeln des Auwaldes ihre Schlafbäume aufsuchten.
Tarzan kümmerte sich um den Mückenschutz, indem er eine bauchige Pfeife mit seinem Lieblingstabak stopfte, Rauchwolken, die nach Weihnachtsbäckerei rochen, paffte und aussah wie Lehrer Lämpel bei Wilhelm Busch.
Linda berichtete über ihr aktuelles Projekt, das den Arbeitstitel »Kardinal« trug:
Vor einem Jahr hatte ein Kollege von der Uni Gießen bei Forschungen in historischen Schriften einen Hinweis auf eine bisher unbekannte Grabstätte in der Nähe von Schloss Auerbach gefunden. Zur Zeit ging man davon aus, dass im 16. Jahrhundert ein hoher kirchlicher Würdenträger in einer geheimen Gruft beigesetzt wurde, welche nur als vorübergehende Grabstätte dienen sollte, bis man eine dem Rang des Klerikers angemessenere letzte Ruhestatt gefunden bzw. erbaut hätte. Die Wirren der damaligen Zeit vereitelten jedoch diesen Plan und nach eingehender Prüfung verschiedener Quellen war man in Archäologenkreisen mittlerweile davon überzeugt, dass

der Auerbacher Schlossberg immer noch ein Geheimnis bewahrte. Nach endlosem Hick-Hack durch die Instanzen wurden endlich die nötigen Mittel zur Verfügung gestellt und die archäologische Abteilung des Hessischen Landesmuseums in Darmstadt mit der Suche nach dem »Kardinal von Auerbach« beauftragt. Zur Projektleiterin bestimmte man Dr. Linda Reining, die sich bereits durch ihre Erfolge bei Ausgrabungen im Bereich des Klosters Altenmünster - besser bekannt als Kloster Lorsch - einen Namen gemacht hatte.
Linda stellte ihr straßenlaternengroßes Weinglas ab und schaute ihre Gastgeber mit der resignierten Miene eines depressiven Bassets an.
»Dann marschierten wir frohen Mutes wie die sieben Zwerge in den Auerbacher Wald. Wir hatten anhand von Luftaufnahmen, geologischen Gutachten und historischen Karten einige Stellen lokalisiert, an denen wir Bohrungen und Probegrabungen durchführen wollten. Das ging etwa eine Woche seinen gewohnten Gang, bis einer unserer Grabungshelfer in einer Auerbacher Weinstube mit seiner Arbeit angab und uns anschließend die lokalen Pressegeier hinterherliefen, als hätten wir die Bundeslade ausgegraben. Dann wurde es so richtig lustig.«
Sie nahm noch einen tiefen Schluck und schaute in die gespannten Gesichter von Solo und Tarzan.
»Wir halten uns normalerweise recht bedeckt, wenn wir draußen graben. Es ist schon oft vorgekommen, dass nachts und an arbeitsfreien Tagen Laien mit Spaten und Spitzhacke die Arbeit von vielen Wochen zerstört haben, bloß weil sie hofften, den Schatz der Nibelungen zu finden. Nachdem ein Artikel über unsere Aktivitäten in der Zeitung erschienen war, erwartete uns am nächsten Tag ein Anwalt und schickte uns per einstweiliger Verfügung vom Berg, weil der Grundbesitzer plötzlich seine Genehmigung zurückgezogen hatte. Wir hatten an jener Stelle noch nichts gefunden, so zogen wir einfach zum nächsten Punkt auf unserer Liste. Dort durften wir nicht hin, weil angeblich gerade eine Jagd stattfand. Allerdings habe ich den ganzen Tag keinen einzigen Schuss gehört.«
»Vielleicht jagen sie dort ja noch mit Pfeil und Bogen«, mutmaßte Tarzan und fing sich einen bösen Blick von Solo ein, die gierig auf

die Fortsetzung von Lindas Bericht wartete.
»Wenn's das noch wäre«, fuhr Linda fort. »Einer hat uns tatsächlich mit einem Weltkriegskarabiner bedroht. Hunde hat man auf uns gehetzt, und wir wurden mit Verfügungen, Auflagen und richterlichen Anordnungen förmlich zugeschüttet. Jemand will uns da weghaben.«
»Jemand mit ganz schön Einfluss, würde ich sagen«, sinnierte Solo und Linda Reining nickte.
»Vorige Woche hat man dann die Gangart verschärft: Werkzeug ist verschwunden, Gräben wurden nachts wieder zugeschüttet, Reifen wurden zerstochen und einer meiner Studenten wurde übel verprügelt.«
»Hört sich ganz so an, als bräuchtet ihr einen Sicherheitsdienst«, brummte Tarzan und schüttete die Pfeifenasche in den Altrhein. Linda strahlte ihn an.
»Das ist eine Superidee. Du bist ein Schatz, Herr des Dschungels!«
Nach diesem Satz verzieh ihr Tarzan sogar die nur halbaufgegessene Pizza. Wobei »Pizza« für diese Tarzansche Kreation die Untertreibung schlechthin war: Die »Odenwald-Pizza à la Musicale«, belegt mit hauchdünnen Kalbsschnitzeln und einer gehörigen Lage eingelegter Zwiebelringe, die sich unter einer dicken Schicht Kochkäse verbarg, hätte selbst einer ganzen Holzfällermannschaft als Tagesration genügt. Was Tarzan nicht daran hinderte, Lindas Reste auch noch zu verspeisen. Er war eben kein Holzfäller.
So wurden Solo und Tarzan kurzerhand zu Beschützern der Wissenschaft. Inkognito natürlich, denn Undercover-Aufträge waren ihre Spezialität.

# 2
# Jenny

**Montag, 10. April 1995.**
Linda steuerte den VW-Bus die gewundene Zufahrt zum Schloss Auerbach hinauf. Die Sonne schien und das erste zarte Frühlingsgrün begann die Bäume und Sträucher zu schmücken.
»Hier müsste man mal wieder laufen«, sinnierte Tarzan, der im vergangenen Jahr zusammen mit einem Laufkumpel das verschlungene Netz der zahllosen Wald- und Wanderwege rund um den Melibokus und den Auerbacher Schlossberg kennen gelernt hatte.
»Was wir hier machen, hat auch etwas mit Fitnesstraining zu tun«, sagte Linda und warf einen amüsierten Blick in den Rückspiegel. »Aber mehr was für die Arm- und Schultermuskulatur.«
»Schipp, schipp, hurra« murmelte Tarzan, den die Aussicht, körperliche Arbeit zu verrichten, nicht gerade von der Rückbank des Fahrzeuges riss.
Linda fuhr direkt bis zum Schloss, parkte den Transporter neben einem Geländewagen, der ebenfalls die Aufschrift des Hessischen Landesmuseums trug, und knallte hinter Tarzan schwungvoll die Schiebetür zu. Sie wandte sich jedoch nicht in Richtung Schlosseingang, wo Tarzan bereits das verlockende Gaststättenschild erspäht hatte, sondern schlüpfte durch eine schmale Pforte in der Mauer und folgte einem Pfad, der um die sogenannte Zwingermauer herumführte, bis zur Westseite der Anlage.
»Da unten sind sie«, Linda deutete auf eine Gruppe von Menschen, die in der Nähe einer Felsgruppe mit bunten Bändern ein Areal abgesteckt hatten und den Erläuterungen eines kleinen, spindeldürren

Mannes lauschten. Der Spindeldürre war Dr. Hans-Alfred Däschel und Lindas Stellvertreter. Begeistert stürzte er auf sie zu, als er das Herannahen der kleinen Gruppe bemerkte und umarmte Linda herzlich.

»Bist du auch wieder ganz in Ordnung? Wieder fit? Wieder bereit, in Höhlen, Gruben, Löchern und Stollen herumzukriechen? Bereit, diesen verdammten Berg mit bloßen Händen abzutragen?«

Der Mann schäumte förmlich über vor Freude. Seine Fragen schoss er in wildem Stakkato ab, wahrscheinlich gar nicht auf eine Antwort hoffend.

Linda nickte nur schwach, befreite sich von dem menschlichen Maschinengewehr und stellte Solo und Tarzan vor.

»Das sind die neuen Helfer. Es sind Freunde von mir. Bertha Solomon und Lothar Zahn, besser als Solo und Tarzan anzusprechen.«

»Tarzan ist gut!« Der kleine Mann ließ ein meckerndes Lachen hören. »Tarzan, der Herr des Burgwaldes! Ich bin Hal, kommt von Hans-Alfred, gefällt mir besser wie Ruckdäschel oder so. Freut mich, dass wir vier weitere Hände haben. Willkommen bei Lindas Wühlmäusen!« Wieder meckerndes Dauerfeuer. Tarzan fand, dass der Mann es fast noch besser konnte als Barney Geröllheimer, Fred Feuersteins bester Freund.

Als Däschel sich wieder der Gruppe zuwandte, alles mehr oder weniger studentisch aussehende junge Leute in Jeans, zerfransten Militärhosen und ärmellosen Jacken, flüsterte Linda Solo und Tarzan verschmitzt lächelnd zu: »Er hätte gern, dass man ihn Hal nennt. Aber jeder sagt nur Barney zu ihm. Inoffiziell natürlich, denn er ist ja immerhin einer der Grabungsleiter.«

»Wieso grabt ihr ausgerechnet hier?«, fragte Solo interessiert und betrachtete ein rechteckiges Feld von ungefähr 12 mal 15 Metern Kantenlänge, dessen Oberfläche in gleichmäßiger Stärke von etwa einem Spatenstich Tiefe freigelegt worden war.

Linda seufzte. »Das ist hier ein B-Feld. Eigentlich wäre das noch gar nicht an der Reihe. Aber an der Nordseite dürfen wir im Augenblick noch nicht ran. Da ist die Rechtsabteilung noch am Verhandeln mit einem Waldbesitzer. Hier hat Barney in alten Schriften Hinwei-

se auf Bautätigkeiten im 16. Jahrhundert gefunden. Wahrscheinlich nur ein befestigter Unterstand oder eine Latrine.«
»Ihr grabt hier ein Scheißhaus aus?«
Solo produzierte einen erstickten Lacher über Tarzans deftige Ausdrucksweise, doch ihr war der selbe Gedanke durch den Kopf gegangen.
Linda lächelte amüsiert. »Die hehre Wissenschaft der Archäologie hat viele wichtige Erkenntnisse aus der Erforschung historischer Abtritte, Müllhalden und Sickergruben gewonnen. Das, was die Menschen wegwerfen, sagt mehr über ihre Kultur und ihr Leben aus als sogenannte Kultgegenstände, die nur einem kleinen Teil der Oberschicht zugänglich waren.«
Sie deutete auf das abgetragene Feld. »Das, was ihr hier seht, ist ein sogenanntes Planum. Wir werden jetzt über das Ganze ein Gitternetz aus Seilen spannen, die Planquadrate benennen und anschließend Zoll für Zoll auf Spuren untersuchen. Scherben, Metallreste, Steine, die hier nicht hingehören, und was es sonst noch alles gibt.«
»Das gefällt mir«, strahlte Tarzan, »bestimmt finde ich den Stein der Weisen!«
Aber Linda schüttelte lachend den Kopf. »Das ist meine Arbeit. Meine und die von Barney und Peter.« Sie deutete auf einen jungen Mann, der ihnen grüßend zuwinkte.
»Der Junge da drüben?«, fragte Tarzan und Linda nickte.
»Der Junge ist 28 und einer meiner besten Mitarbeiter. Er kommt in keine Disco ohne Ausweiskontrolle und muss sich noch nicht einmal rasieren. Er arbeitet an seiner Doktorarbeit und hat bereits eine Stelle in den USA in Aussicht.«
»Hättest du besser in der Schule aufgepasst ...«, stichelte Solo und knuffte Tarzan in die Seite.
»Dafür musste ich mich schon mit dreizehn rasieren!«, stänkerte dieser beleidigt zurück.
»Für euch habe ich eine andere Arbeit«, beendete Linda den Disput. »Ihr könnt Jenny und Thorsten beim zweiten Planum helfen. Immer einen Spatenstich tief. Macht es denen einfach nach. Es ist gar nicht schwer.«

»Gar nicht schwer, gar nicht schwer!«, äffte Tarzan die Archäologin nach, als er nach einer halben Stunde entnervt den Spaten in die Erde stieß, seufzend den Rücken durchbog und sich den Schweiß aus den Augen wischte. Selbst die Aussicht auf Solos und Jennys Kehrseiten verlor bei solch körperlicher Anstrengung irgendwann ihren Reiz. Tarzan musterte die dicke Blase zwischen Daumen und Zeigefinger verdrießlich, wischte sich die Hände an den Hosen trocken und schlurfte müde und schwitzend zu dem weißen Gartenpavillon, unter dem eine Bierzeltgarnitur aufgestellt war. Auf dem Tisch hatte Dr. Däschel Karten und Skizzen ausgebreitet. Neben dem Tisch standen zwei große Kühlboxen, aus denen sich Tarzan mit Brötchen und Cola versorgte.
»Arbeit, Arbeit, Arbeit!«, rief Solo von weiter unten und drohte Tarzan lachend mit dem Zeigefinger. Der winkte mit dem Brötchen zurück, ließ sich auf die Bank sinken und genoss den Augenblick. Dass sie hier als Grabungshelfer wirklich arbeiten sollten, hatte ihm von Anfang an nicht gefallen. Die Arme schmerzten, das Kreuz tat weh und er hätte am liebsten den ganzen Tag hier gesessen. Nachdem er die Cola getrunken hatte, schlug er sich seitwärts in die Büsche, um Mutter Natur ihren Lauf zu lassen. Wenn sie hier schon einen Donnerbalken ausgruben ...
Erleichtert ließ er den Blick schweifen. Etwas blitzte zwischen dem Geäst auf. Metallisch. Oben auf dem Wanderweg. Tarzan zog den Reißverschluss zu und ging einige Schritte darauf zu. Etwa hundert Meter entfernt stand ein schwarzer Mercedes. S-Klasse. Das Fenster auf der Fahrerseite war heruntergelassen und die blauspiegelnden Linsen eines Fernglases glotzten ihn an.
Tarzan wandte sich um, erreichte nach wenigen Augenblicken die Grabungsstelle und machte Linda auf die Limousine aufmerksam.
»Schwarzer Benz?« Linda nickte wissend. »Der alte Grohner. Ist ein Fan von uns. Der ist schon neunzig, aber noch fit. Er wohnt ganz in der Nähe. Drüben am Ende der Wolfsschlucht. Tolle Villa. Er war früher Chef von der Urbach-Klinik. Macht jetzt sein Sohn Wolf. Er kommt oft her und schaut uns zu. Hier runter klettert er aber nicht mehr. Ein netter alter Mann, der Langeweile hat.«

Tarzans skeptischer Gesichtsausdruck entzündete ein entwaffnendes Lächeln auf Lindas Gesicht.
»Du glaubst, er holt jetzt eine Bazooka aus dem Kofferraum und pustet uns vom Berg, was?«
Achselzuckend trollte sich Tarzan wieder an die Arbeit. Der restliche Tag verlief wie der größte Teil aller Grabungstage: ereignislos. Niemand schrie begeistert auf, weil er auf einen Fund gestoßen war, der die Geschichte der Menschheit in völlig neuem Licht darstellte. Kein Aufblitzen freigelegter Schätze, nicht einmal Saurierknochen oder verbeulte, keltische Nachttöpfe. Einmal rief jemand nach Linda, weil er auf ein Gefäß gestoßen war. Nach sorgfältiger Freilegung, mehrmaligem Fotografieren und vorsichtiger Reinigung mit Pinsel und Druckluft wurde eine verblichene Aufschrift auf dem becherförmigen Fundstück sichtbar: *»GUNTRUM BRÄU«*
Linda befand, dass, obwohl die Bensheimer Brauerei nicht mehr existierte, dieser Bierkrug nicht wirklich zu den historisch bedeutsamen Artefakten zählte, warf ihn in einen blauen Müllsack und grinste Solo und Tarzan an wie ein achtjähriger Lausebengel.
»Archäologie ist wirklich eine spannende Wissenschaft.«
Tarzan, der sich auf der Suche nach weiteren schwarzen Limousinen immer öfter vor der Arbeit drückte, war froh, als Linda endlich das Signal zum Feierabend gab. Er half noch beim Verstauen der Werkzeuge in den Transportern, baute das Zelt ab und sah bewundernd einer durchtrainiert wirkenden jungen Frau nach, die ihren Rucksack schulterte und ein äußerst teuer aussehendes Mountainbike bestieg.
»Tolle Waden«, bemerkte er anerkennend, als die Frau in die Pedale trat.
»Die Waden sind weiter unten, was du da anstarrst, nennt man Arsch!«, giftete Solo ihn eifersüchtig an.
»Unsere Genoveva«, schaltete sich Linda ein. »Sie kommt jeden Tag mit dem Fahrrad von Gernsheim hierher. Egal, ob es regnet oder hagelt. Sie ist Doktorandin an der Uni Frankfurt. Geologie, Paläontologie und noch einen Haufen Nebenfächer. Sie macht bei uns die Fotos. Ach ja, voriges Jahr war sie in der Schweiz. Fünfzehn Alpen-

pässe in einer Woche. Mit dem Fahrrad ...«
»Genoveva?«, sagte Tarzan belustigt und Linda machte eine abwehrende Handbewegung.
»Das will sie aber nicht hören. Wenn du gut mit ihr auskommen willst, dann nenn' sie Jenny. Das tun wir alle.«
»Wenn du gut mit **mir** auskommen willst, dann nenn' sie besser überhaupt nicht!«, drohte Solo lachend und schubste Tarzan in den VW-Bus.
Der nächste Tag verlief genauso, wie sich Tarzan die Tätigkeit als verdeckter Ermittler vorgestellt hatte: Er schaufelte sich Schwielen an die Hände, fand sensationelle Artefakte wie eine verrostete Fischdose, einen skelettierten Maulwurf und die verbeulte Radkappe eines 64er VW Käfers. Am Mittwoch fand Tarzan immer wieder ermittlungstechnische Gründe, der Arbeit fernzubleiben. Er erkundete die nähere Umgebung, indem er sich außer Sichtweite des Teams, oben auf dem Wanderweg, auf einer Ruhebank niederließ und die Zufahrt zum Schlossparkplatz beobachtete. Er observierte die Schlossgaststätte unauffällig, indem er das ein oder andere Bier dort trank. Voll schlechtem Gewissen Solo und Linda gegenüber wollte er sich gerade wieder zur Grabungsstelle begeben, als der schwarze Mercedes mit knirschenden Reifen auf den Parkplatz fuhr. Die Fahrertür schwang auf und ein alter Mann stieg umständlich aus. Er hatte volles weißes Haar, das straff zurückgekämmt einen aristokratisch wirkenden Kopf bedeckte. Der Mann war groß, mindestens 1,85 m, trug derbe Wanderstiefel, altmodische Knickerbockerhosen aus Kord, einen sandfarbenen Pullover und darüber eine Jacke, wie sie Großwildjäger oder schießwütige Wissenschaftler in Hollywoodfilmen gerne trugen. Oder neugierige Doktoren, die an Grabungsstellen herumschnüffeln, dachte Tarzan.
Der alte Mann näherte sich mit vorsichtig staksenden Schritten, als befürchte er, seine langen, dünnen Beine könnten zerbrechen. Er stützte sich auf einen Stock aus poliertem Holz, hielt sich dabei aber erstaunlich aufrecht und gerade. Dieser Mann hatte sich in seinem ganzen Leben noch nie geduckt.
»Gehören Sie auch zu den Wühlmäusen?«, fragte er, als er Tarzan

erreichte, mit Blick auf dessen fleckige Militärhose und die Arbeitshandschuhe, die aus einer der aufgesetzten Taschen hervorschauten. Er sprach mit volltönender Stimme, die so gar nicht zu seinem zerbrechlichen Aussehen passen wollte.
»Grohner, Arthur Grohner. Ich wohne hier in der Nähe und interessiere mich sehr für die Ausgrabungen.«
Und wie man sie verhindern kann, dachte Tarzan, dem der Mann zunächst einmal suspekt war. Er ergriff die dargebotene Hand, die trotz einiger Altersflecken erstaunlich weich und feingliedrig war. Wie Pianistenhände, dachte er und erinnerte sich, dass Linda von ihm als ehemaligem Klinikleiter gesprochen hatte. Chirurg passt auch, korrigierte er sich und stellte sich seinerseits vor.
»Zahn. Ich bin hier nur ein Arbeiter.«
»Streichen Sie das ›nur‹, Arbeiter sind das Rückgrat der Gesellschaft, Herr Zahn. Ich bin zwar den größten Teil meines Lebens als Chirurg tätig gewesen, habe mich aber immer als arbeitenden Menschen begriffen.«
Mit dem fünffachen Gehalt, fügte Tarzan im Geiste hinzu.
»Möchten Sie mit runterkommen? Ich habe gerade eine kleine Pause gemacht«, schlug Tarzan vor. Grohner winkte lachend ab.
»Junger Mann, ich bin neunzig Jahre alt und froh, dass ich noch Autofahren und ein paar Schritte am Stock gehen kann.«
»Sie sind tatsächlich schon neunzig?« Tarzan machte ein ungläubiges Gesicht.
Dr. Grohner lächelte. Seine makellosen Zähne ließen ihn nochmals jünger erscheinen. Tarzan hegte allerdings den leisen Verdacht, dass es sich dabei bereits um die fünften handelte.
»Sie hätten mich mal vor zehn Jahren sehen sollen. Da habe ich am Bieler Hunderter teilgenommen und in meiner Altersklasse den zweiten Platz belegt. Allerdings«, wieder lächelte er spitzbübisch, »haben nur drei Achtziger mitgemacht und einer hat unterwegs das Handtuch geworfen. Hat bei Kilometer 56 Bratwurst mit Pommes verspeist. Selbst schuld.«
Tarzan war begeistert. Als Läufer war ihm Biel natürlich ein Begriff. Ein sogenannter Ultralauf, bei dem alljährlich mehrere Tausend Men-

schen um 22.00 Uhr zu einem 100 km langen Lauf starten. Er selbst liebäugelte schon länger mit dem Gedanken, auch einmal diesen »Everest des kleinen Mannes« zu besteigen. Es kam, wie es bei Tarzan immer kam: Er berichtete seinerseits in schillerndsten Farben von seinen Laufabenteuern, man verstand sich auf Anhieb, kam vom Hundertsten ins Tausendste und klönte immer noch, als Solo, an der Grabungsstelle war inzwischen Feierabend, wie ein Wagnerscher Racheengel mit auf die Hüften gestemmten Armen im Eingang der Gaststätte stand und ihr berüchtigtes »Papa-komm-endlich-nach-Hause-Gesicht« machte.

Tarzan winkte sie fröhlich herbei, machte sie mit dem Doktor bekannt und leitete eine seiner gefürchteten »Jetzt-muss-ich-aber-wirklich-los«-Verabschiedungen ein, die sich locker über eine halbe Stunde hinziehen konnten.

»Na, ihr beide scheint euch ja richtig lieb zu haben«, frotzelte Solo auf dem Weg zum Auto.

»Der ist in Ordnung, der alte Funkturm. Der ist schon den Bieler 100er gelaufen«, verkündete Tarzan stolz.

»Du würdest doch Jack the Ripper zum Bier einladen, wenn der den London-Marathon mitgelaufen wäre.«

»Dr. Grohner ist ein sehr gebildeter, feinsinniger und kultivierter Mann«, verteidigte Tarzan seinen neuen Freund.

»Gegensätze ziehen sich an ...«, brummelte Solo. Tarzan streckte ihr die Zunge heraus und machte »bäbäbäbäbää«, was Solo äußerst feinsinnig und kultiviert fand.

* * *

Auch der nächste Tag bestand hauptsächlich aus eintöniger körperlicher Arbeit. Diesmal halfen Solo und Tarzan beim Ausschachten eines Grabens, was für Tarzan keineswegs aufregender war, zudem man noch nicht einmal Blechdosen oder Radkappen prähistorischer Autos fand. Solo dagegen schien die Arbeit an der frischen Luft zu genießen und neckte ihren brummelnden Gefährten, der mehrmals den Spaten weglegte, um seine schmerzenden Glieder zu strecken. Dabei warf er immer öfter verstohlene Blicke auf die durchtrainierte

Jenny, die im Team stets für gute Laune sorgte und auch heute wieder mit ihrem Fahrrad gekommen war. Aber auch dieser Tag hatte endlich einen Feierabend. Auf dem kurvigen Weg nach unten wurde ihr VW-Bus von der fröhlich klingelnden Jenny mit singenden Reifen überholt.
»Tolles Mädel«, bemerkte Tarzan und Linda warf ihm einen belustigten Blick über den Innenspiegel zu.
»Keine Chance, Tarzan. Sie ist mit einem tollen Jungen zusammen. Triathlet, ist im vorigen Jahr 18. geworden beim Ironman in Hawaii.«
»Na und?«, schnaubte Tarzan. »Ich habe den 16. Platz beim Lampertheimer Lutherlauf gewonnen.«
»17 haben mitgemacht«, wandte Solo grinsend ein und fing sich einen bösen Blick von ihrem Lebensgefährten ein.

* * *

Die Sonne stand schon tief über den Hügeln Rheinhessens, als Jenny kurz hinter der Brücke über die A67 ihr Fahrrad anhielt, den Rucksack abnahm und hektisch darin herumwühlte. Die große Spiegelreflexkamera, das Weitwinkelobjektiv, das Stativ, ... Genervt stellte sie den Rucksack ab, stemmte die Arme in die Hüften und blickte wütend zurück auf die im Abendlicht trügerisch nah wirkenden Berge des Odenwaldes. Die kleine Olympus. Sie war sich sicher gewesen, dass sie die Kamera eingepackt hatte. Gewesen ... Das nagende Gefühl, etwas vergessen zu haben, wurde für Jenny nach Inspektion aller Fächer und Aufsatztaschen zur Gewissheit. Sie rekonstruierte die letzte halbe Stunde an der Grabungsstelle. Sie hatte das neue Planum dokumentiert. Daneben hatte sie noch eine seltene Glockenblumenart entdeckt. Die hatte sie mit der Olympus fotografiert. Für ihre persönliche Sammlung. Jenny hatte die Olympus auf einem Baumstumpf abgelegt. Vor ihrem inneren Auge sah sie in aller Deutlichkeit die schwarz-silberne Kamera darauf liegen. Ihre Schludrigkeit verwünschend schulterte sie wieder den Rucksack, wendete das Fahrrad und trat in die Pedale, als gälte es die Tour de France zu gewinnen.

Die Dämmerung war bereits angebrochen, als sie völlig verschwitzt und mit schmerzenden Waden die Stelle unterhalb der Burgmauer erreichte. Sie ließ das Rad am Wegesrand liegen und folgte dem Trampelpfad nach unten. Zum Glück war die Grabungsstelle durch Unterholz und eine Felsgruppe nicht direkt einsehbar. Sie umrundete die graugrünen Granitblöcke und hielt Ausschau nach dem großen, bemoosten Baumstumpf. Dort war er. Sie war sich sicher. Aber es lag keine Kamera darauf ...
Das Geräusch hinter ihr war ihr so vertraut wie ihr eigener Herzschlag: Es war das Klicken einer Kamera. Einer Olympus. Ihrer Kamera ...
Jenny hielt den Atem an, drehte sich um und starrte den schwarz gekleideten Kerl mit einer Mischung aus Angst und Wut an. Der Mann war nicht sehr groß, aber von beinahe quadratischer Statur. Die schwarzen Jeans steckten mit den Hosenbeinen in groben Arbeitsstiefeln. Um den massigen Oberkörper spannte eine ebenfalls schwarze Bomberjacke. Der Kopf wurde von einer nur Augen und Mund freilassenden Sturmhaube bedeckt. In der rechten Hand hatte der Kerl ihre Kamera. Er hielt sie lässig in Hüfthöhe und betätigte erneut den Auslöser: Klick – ssst. Der Maskierte legte den Kopf schief, wedelte mit der Kamera und entblößte ein nikotingelbes, lükkenhaftes Gebiss.
»Hattu was vergessen?«, fragte er mit aufgesetzter Kinderstimme.
Jenny rührte sich nicht. Ihre Augen bohrten sich in die des Unbekannten. Ihr Herz raste. Adrenalin rauschte durch ihre Blutbahn. Klick – ssst. Der Mann machte einen Schritt auf sie zu. Er war jetzt nur noch etwa drei Meter von ihr entfernt. Sie taxierte ihn: etwa 1,70 m bis 1,73 m groß, Gewicht etwa 90 kg. Bierbauch. Arme wie Baumstämme. Massive Schultern, kein Hals.
»Geben Sie mir die Kamera!« Es kostete Jenny fast ihre ganze Kraft, das Zittern in ihrer Stimme zu unterdrücken.
Der Mann zuckte zurück, tat, als habe sie ihn erschreckt. »Oh, oh!«, flötete er vorwurfsvoll. »So ein teures Fotochen und so ein kleines Mädchen, oh, oh!« Klick – ssst.
Jenny hatte einen Plan. Einen, der gewaltig ins Auge gehen konnte.

Doch sie hatte keine Wahl. Ehrliche Finder sahen anders aus. Der bierbäuchige Gorilla vor ihr leckte sich die Lippen. Seine Augen wanderten ständig zwischen ihren Brüsten und ihren Beinen in den hautengen Radlerhosen hin und her. Er würde sich gewiss nicht mit den Fotos zufrieden geben. Dieser Testosteronschwamm wollte alles ... »Die Kamera!« Immer noch streckte sie fordernd ihre Hand aus. Endlich! Zögernd, voll gespielter Ängstlichkeit, machte er einen weiteren Schritt auf sie zu. Jetzt stimmte die Entfernung. Jenny fühlte, wie ihr der Schweiß den Rücken hinunterlief. Dann setzte jegliche Empfindung aus. Der Kerl stand ihr jetzt auf Armeslänge gegenüber. Die wässrigen Augen bekamen einen fiebrigen Glanz. Unter dem überhängenden Wanst zeichnete sich deutlich eine Erektion ab. Jenny simulierte für einen Augenblick ängstliches Zurückweichen, machte dann plötzlich einen Ausfallschritt nach vorn, prallte auf den mächtigen Bauch und riss das linke Knie mit der ganzen Kraft ihrer durchtrainierten Oberschenkelmuskulatur nach oben. Das Knie grub sich durch sämtliche Weichteile und knallte schmerzhaft gegen die Beckenknochen des Mannes. Gleichzeitig machte sein Gesicht krachende Bekanntschaft mit der harten Schale von Jennys Fahrradhelm. Der Kerl fiel um wie ein gefällter Baum, wälzte sich kreischend auf dem Boden und wusste nicht, worauf er zuerst seine Hände pressen sollte. Die Kamera landete irgendwo im Gebüsch. Jenny, die auf dem Hosenboden gelandet war, rappelte sich auf, ignorierte die stechenden Schmerzen in ihrem Knie und humpelte in wilder Panik den Berg hinauf. Das Gebrüll des Mannes hallte durch den Wald wie Wolfsgeheul. Jenny schwang sich auf ihr Fahrrad, erreichte nach wenigen Minuten Schloss Auerbach und taumelte völlig aufgelöst in die Gaststube der Burgschenke.

# 3
# Die Mumie

Lindas Handy klingelte bei Vanilleeis mit Himbeeren. Nach flüssigem Stickstoff war dies die wirksamste Methode, um komatöse Gaumennerven nach dem Genuss von Tarzans Chili con Carne zu reanimieren.
Linda erhob sich, entschuldigte sich und verließ das Esszimmer. Ihr Gesichtsausdruck bei ihrer Rückkehr ließ die gute Stimmung verschwinden wie ein abtauchendes Blässhuhn draußen auf dem Lampertheimer Altrhein.
»Jenny ist überfallen worden.« Linda schaute Solo und Tarzan betroffen an.
»Jemand war an der Grabungsstelle und ist wohl von ihr überrascht worden. Sie ist noch einmal zurückgekommen, um ihre Kamera zu holen.«
»Und? Hat er sie ...?« In Solos Stimme kochte heiße Wut. Linda schüttelte den Kopf.
»Sie hat ihn abgewehrt. Hat sich am Knie verletzt, als sie versuchte, ihn zum Eunuchen zu machen.« Ein flüchtiges Lächeln zuckte kurz um ihre Mundwinkel.
»Hoffentlich ist es ihr gelungen!«, polterte Tarzan entrüstet. »Solchen Kerlen gehört der ...«
»Lothar!«, zischte Solo maßregelnd.
»Ist doch wahr ...«

* * *

**Donnerstag, 13. April 9.30 Uhr**

Die Nachricht vom gestrigen Überfall auf Jenny war bei den Mitgliedern des Grabungsteams eingeschlagen wie ein Chinaböller in eine Seance. An Arbeit war vorerst nicht zu denken. Linda hatte Jenny geraten, sich den Rest der Woche frei zu nehmen, aber sie hatte darauf bestanden, nur einen Tag zu pausieren. Zwei Beamte der Kripo Heppenheim waren noch am Abend vor Ort gewesen, hatten aber außer der Kamera keine verwertbaren Spuren gefunden.

Bernard Katter, der die Sache bearbeitete, glaubte nicht an einen neuerlichen Einschüchterungsversuch ominöser Grabungsgegner. Der Hauptkommissar ging von versuchter Vergewaltigung aus und verwies auf ähnliche Fälle in vergangener Zeit.

»Für diese Hormonkrüppel ist das hier ein ideales Revier. Hübsche Mädchen sollten hier abends nicht alleine herumlaufen. Die Kollegen fahren sogar Streife bis zum Melibokus rauf, aber die können natürlich nicht überall gleichzeitig sein.«

Nach einer Stunde begann wieder so etwas Ähnliches wie Arbeit, die erregten Diskussionen und Gespräche abzulösen. Solo und Tarzan griffen wieder zu Schippe und Spaten, während Linda und »Barney« Däschel sich mit Karten und Büchern beschäftigten.

Der Grabungsalltag hielt genau 15 Minuten, dann ließ der Ruf eines Studenten alle innehalten. Der junge Mann stand vor dem etwa einen Meter fünfzig tiefen Graben, der gestern angelegt worden war. Zur Sicherung hatte man Schaltafeln eingesetzt, die mit horizontal angebrachten Metallstreben gegen die Wände gepresst wurden. Der Student winkte die anderen aufgeregt herbei. Wortlos deutete er auf den Graben: Die Streben lagen kreuz und quer auf der Grabensohle. Die Schaltafeln waren abgerutscht und an einer Stelle war bereits das Erdreich nachgebrochen.

»Schätze, das war Jennys Freund«, bemerkte Tarzan und zustimmendes Gemurmel kam auf.

Linda stellte sich breitbeinig vor die Gruppe, stemmte die Arme in die Hüften und schaute von einem zum anderen. Sie sah aus wie die Bonsaiversion eines Drillsergeants, der einen Zug Rekruten antreten

ließ. »OK, es reicht jetzt! Tarzan und Solo«, sie deutete mit dem Kinn auf die beiden, »sind keine Grabungshelfer. Ich habe sie gebeten, als Sicherheitsleute die Augen offenzuhalten. Wie mir scheint, ein klein wenig zu spät. Ab jetzt sind sie ganz offiziell für die Sicherheit unserer Arbeit zuständig. Wenn jemand etwas Verdächtiges bemerkt, so sind sie die Ansprechpartner. Seid vorsichtig und passt auf euch auf.«
Anschließend verteilte sie die Aufgaben neu und teilte eine Gruppe ein, die den Graben wieder sichern sollte.
Linda Reining schäumte vor Wut.
»Warum legst du so plötzlich die Karten auf den Tisch?«, fragte Solo, als sie der zornigen Archäologin folgte. Linda blieb abrupt stehen, drehte sich zu Solo um, dass ihre Löwenmähne flatterte wie eine Kriegsflagge und funkelte ihre Freundin an.
»Weil ich die Schnauze voll habe! Gestrichen voll! Weil ich hier nicht arbeiten kann, wie ich will, wo ich will und wann ich will!« Sie machte eine Pause. In ihre Augen trat ein resignierter Ausdruck. »Und weil ich diese ganze Scheiße nicht kapier'!«
Solo lächelte. Endlich war Linda wieder die Frau, die sie kannte: hochgebildet, freundlich, mit messerscharfem Verstand und, wenn es sein musste, dem Mundwerk eines gallischen Fischhändlers. Angst, Schock und Unsicherheit, ausgelöst durch das Erlebnis mit der Schlange, wichen Frust und maßlosem Zorn. Die attraktive, zierliche Rothaarige konnte zur Furie werden. Solo wunderte es denn auch nicht, als ihr Linda beim Abendessen auf der *Lady Jane* eröffnete, dass sie von jetzt an wieder in ihrer eigenen Wohnung in Darmstadt leben wollte. Gleich nach dem Essen packte sie ihre Sachen, lehnte jede Begleitung ab und gab dem VW-Bus die Sporen, dass es dahinter Erde und Steine hagelte.
Solo und Tarzan sahen der Archäologin nach, bis der Transporter außer Sicht war. Tarzan brach zuerst das Schweigen.
»Wenn bei Linda zuhause eine zwölf Meter lange Anakonda auf sie lauert, tut mir das arme Ding jetzt schon leid.«
»Linda ist kein armes Ding!«, schnauzte Solo, aufgebracht die Würde aller Frauen verteidigend.

»Ich rede von der Schlange, Putzimaus«
»Putzimaus!« Solo drohte ihrem Partner mit der Faust und fuhr fort: »Damit dir heute Abend nicht langweilig wird, gehen wir eine Runde joggen.«
Tarzan sah seine Freundin an, als hätte sie ihm gerade vorgeschlagen, im Altrhein nach Perlen zu tauchen. Solo spottete oft und ausgiebig über die Laufaktivitäten ihres Gefährten. Sie selbst lebte nach der Churchill'schen Prämisse, wonach Sport Mord ist, sah aber aus wie eine durchtrainierte Triathletin. Wohingegen jeder ungläubig den Kopf schüttelte, wenn Tarzan sich mal wieder mehr oder weniger erfolgreich über die Marathondistanz gequält hatte.
»Joggen? Du?« Tarzan machte ein Gesicht wie ein Kind, das zum erstenmal eine Kuh sieht, die nicht lila ist.
»Du!« Solos Zeigefinger bohrte sich in Tarzans Solarplexus. »Ich fahre mit dem Fahrrad und du dackelst um das Auerbacher Schloss.«
»Du meinst ...« Tarzan dämmerte, was Solo damit bezweckte.
»Genau. Wir sind zwei harmlose Sportler, halten die Augen offen und wenn es dunkel wird, lauern wir in den Büschen.«
»Ich liebe es, mit dir in die Büsche zu gehen, aber es heißt nicht lauern, es heißt ...«
Solos Blick ließ ihn augenblicklich verstummen.
»Observieren«, ergänzte er lahm.
»Schmeiß dich in deine Rüstung, kleiner, dicker Ritter. Ich hol' das Fahrrad. Wir haben noch eine gute Stunde Licht.«
Brummelnd verschwand Tarzan im Schlafzimmer, während Solo ihr altmodisches Hollandrad auf die Ladefläche des Landrovers lud. Das Gefährt war ein ehemaliges Wartungsfahrzeug der Elektrizitätswerke Rheinhessen und besaß die Anmut und die Farbgebung eines Schützenpanzers der ehemaligen DDR-Grenztruppen. Solo hatte es vor fünf Jahren als Nachfolger für ihren unglaublich versoffenen Ford Bronco für 2.500 DM ersteigert (Siehe Band 1 »Tod im Saukopftunnel«). Der Landrover war ein Diesel, besaß eine geräumige Doppelkabine und eine mit einem Planengestell ausgerüstete kleine Ladefläche, auf der man zur Not auch mal schlafen konnte.
Zwanzig Minuten später erreichten sie Bensheim an der Bergstraße.

Tarzan trug Laufdress, sprich hautenge Hosen, ein ebenso figurbetonendes Shirt und eine ärmellose Weste, welche die ärgsten körperlichen Unzulänglichkeiten wenigstens zum Teil kaschierte. Solo steuerte den Geländewagen durch Auerbach, bog kurz vor dem Ortsende rechts ab und folgte der Ernst-Ludwig-Promenade bergauf.

* * *

Zur gleichen Zeit erreichte Linda ihre Wohnung in der Bertramallee und fand sogar einen Parkplatz für den sperrigen Transporter, was ihr mit ihrem eigenen Auto so gut wie niemals glückte. Sie nahm ihre Reisetasche, öffnete die Haustür und ging durch den Flur bis zu ihrer Wohnung. Ihr Magen knautschte sich zu einer kleinen Kugel zusammen, als sie den Briefschlitz in der altmodischen Wohnungstür anschaute. Bereits vor Jahren hatte die Hausverwaltung eine moderne Briefkastenanlage in der Eingangshalle installieren lassen. Der Briefschlitz war ein Anachronismus, jedoch mitsamt den schönen, reich mit Schnitzereien versehenen Türen aus ästhetischen Gründen erhalten worden. Gelegentlich steckten übereifrige Prospektverteiler Flugblätter oder Kataloge durch den Schlitz ... und Schlangen ...
Lindas kleine Magenkugel begann mit einer Hüpfgymnastik. Sie schluckte, steckte den Schlüssel ins Schloss und öffnete die Tür. Die Luft roch abgestanden und nach chemischer Keule. Bevor Linda sich entschlossen hatte, für ein paar Tage zu Solo und Tarzan zu ziehen, hatte sie die ganze Wohnung auf den Kopf gestellt. Die Matratzen gewendet, die Betten neu bezogen, die Teppiche gesaugt, die Böden gewischt, die Schränke aus- und wieder eingeräumt. Keine Schlangen ...
Sie durchquerte den winzigen Flur, schaltete dabei die Lichter ein und zog dann die Rollläden in Küche und Wohnzimmer hoch. Sie öffnete die Fenster, inspizierte die Terrasse und den Minigarten, sah in der Küche nach dem Rechten, im Bad und im Wohnzimmer. Dann stand sie vor der Schlafzimmertür ...
Mehr Räume hatte die kleine Wohnung nicht. Die Tür war nur ange-

lehnt. Linda stieß sie auf. Im Dämmerlicht der nicht ganz heruntergelassenen Läden sah sie ihr Spiegelbild in den Schiebetüren des Kleiderschrankes. Das Bett, das Sideboard mit den Porzellankatzen ... Ihr Magen benutzte jetzt ein Trampolin. Die Tasche! Ihre Reisetasche stand noch im Flur. Erleichtert ging sie zurück. Galgenfrist. Sekunden später stand Linda wieder in der Schlafzimmertür, schalt sich eine neurotische Zicke, warf die Tasche auf das Bett, durchquerte das Zimmer und öffnete Rollladen und Fenster. Alles einen Tick zu hastig und mit wild klopfendem Herzen. Anschließend räumte sie ihre Tasche aus, stopfte die Wäsche in den Korb, trug die Kulturtasche ins Bad und legte sich Kleidung für morgen zurecht. Dann war auch das getan. Unschlüssig stand sie vor dem Bett, nahm endlich einen Zipfel der Decke, zögerte einen letzten Augenblick und schlug sie endlich zurück ...
Kein schuppiges Knäuel mit Stecknadelaugen. Kein Klappern. Kein Zischen. Nur die einladend flauschigen Biberlaken, das flache Kopfkissen und die Rückseite ihrer dicken Schlafdecke. Linda benötigte selbst im Hochsommer immer eine zusätzliche Decke. Sie brauchte dieses Gefühl der Geborgenheit, der Abkapselung und der Unangreifbarkeit. Sie stieß die angehaltene Atemluft bewusst und tief aus. Niemals wieder würde sie arglos eine Bettdecke zurückschlagen. Niemals wieder, solange sie lebte ...
Sie setzte sich auf die Bettkante, streifte die Schuhe ab und ließ sich rückwärts umsinken. Sie dachte an vergangene Jahrhunderte. An den Geruch von verschwitztem Männerhaar, an suchende Hände, starke, behaarte Arme und das Kratzen seiner Wangen ... Vielleicht sollte sie Wolf anrufen ... Nein! Linda setzte sich auf, rief sich den Zorn ins Gedächtnis, der sie bewogen hatte, wieder hierher zurückzukommen und beschloss, eine starke Frau zu sein. Schlangen, pah! Gewürm. Werkzeug feiger Psychopathen. Weiberschreck. Linda tappte ins Bad, duschte und beschloss, sich ein italienisches Abendessen zu gönnen. Sie öffnete eine Dose Ravioli. Nach diesem opulenten Mahl zappte sie sich lustlos durchs Fernsehprogramm und ging schließlich früh zu Bett, nicht ohne vorher noch unter die Nachbardecke zu schauen. Papa, unter meinem Bett ist ein Monster ...

* * *

»Nach was sollen wir hier überhaupt Ausschau halten?«, fragte Tarzan missmutig.

»Nach allem, was verdächtig ist. Spuren von Autos auf Waldwegen, Spaziergänger unter 70, die aussehen als würden sie junge Frauen überfallen, nach Frankensteins Monster, nach ... Verdammter Idiot!« Solo riss das Steuer des Landrovers nach rechts und vermied um Haaresbreite einen Zusammenstoß mit einem großen, dunklen Mercedes, der ihnen überraschend hinter einer Kurve entgegenkam.

»Was fährst du auch mitten auf der Straße?« Tarzan war sichtlich blass geworden.

»Das ist hier 'ne Einbahnstraße, Mann! Da hat keiner entgegenzukommen. Schon gar nicht mit so einem Affenzahn. Besoffen oder was?« Solo kochte vor Schreck und vor Wut.

Wenig später erreichten sie den Wanderparkplatz »Not Gottes« in der Nähe des Schlosses. Solo holte ihr Fahrrad von der Ladefläche, während Tarzan sich schon aufwärmte wie ein kenianischer Eliteläufer vor dem Weltrekordversuch.

»Und?« Tarzan schaute Solo erwartungsvoll an.

»Was und?«

»Welche Strecke? Wildsauweg, Lange Rampe, Marthas Highway?«

»Mann!« Solo hob genervt die Augen zum Himmel. »Du mit deinen Rampen und Wildsauautobahnen. Irgendeinen Weg halt. Immer schön um das alte Gemäuer herum. Nu mach schon, schwing' die Hufe und tu' was für deinen Athletenkörper!«

Beleidigt trabte Tarzan los. Solo auf dem Fahrrad hinterher. Die schweigsame Idylle hielt exakt zwanzig Minuten, dann hielt Tarzan an.

»Ich geh mal kurz ins Gebüsch. Dauert nicht lange ...« Solo grinste. Sie waren jetzt ganz in der Nähe der Ausgrabungsstelle. Tarzan bahnte sich einen Weg ins Unterholz und Solo stieg vom Rad, streckte sich und schaute sich um. Durch die Bäume sah man Teile der Rheinebene. Abgesehen von dem Kamikaze-Benz war ihnen bisher noch niemand begegnet. Nach fünf Minuten wurde Solo unruhig. Sie wusste zwar, dass Tarzan es fertig brachte, für ein kleines Geschäft dreihundert Meter weit in den Wald zu marschieren, aber ein Gefühl sagte ihr, dass etwas nicht stimmte. Nachdem weitere fünf Minuten vergangen waren, begann sie sich Sorgen zu machen. Sie legte das Fahrrad am Wegrand ab und wollte sich gerade auf die Suche machen, als es in der Nähe knackte und Tarzan gestikulierend und den Finger vor den Mund haltend hinter einem Stapel Baumstämme auftauchte. Er schien sehr aufgeregt und winkte Solo, herzukommen.

»Was ist, hast du ...?«

»Schschsch!« Tarzans Augen hatten die Größe von Untertassen angenommen.

»Da sind Typen, da unten«, flüsterte er aufgeregt.

»Typen?« Solo flüsterte ebenfalls.

»Zwei. Die sehen weder aus wie Waldarbeiter, noch machen die hier Picknick oder so was. Einer hat einen Sack bei sich. Los, komm mit und pass auf, wo du hintrittst.«

Jetzt erwachte auch in Solo der Jagdtrieb. Behutsam folgte sie Tarzan den Hang hinunter. Nach mehreren hundert Metern gebot Tarzan ihr stehen zu bleiben.

»Da vorne, hinter der Felsengruppe sind sie verschwunden. Die kamen von der anderen Seite aus Richtung Schloss.«

Solo schaute hinauf und erkannte in einiger Entfernung zwischen den frisch ergrünten Buchen die Mauern von Schloss Auerbach.

»Und? Wo sind die jetzt?«, fragte sie flüsternd. Tarzan zuckte die Schultern.

»Keine Ahnung. Waren plötzlich verschwunden. Vielleicht sind sie ja abgehauen, während ich zu dir zurückgeschlichen bin ...« Er brach plötzlich ab und duckte sich tiefer hinter die graugrünen Felsen.

Solo erstarrte. In unmittelbarer Nähe erklangen leise Stimmen in einer fremden Sprache. Laub raschelte, trockenes Holz knackte. Keine zehn Meter von ihnen entfernt erschien der Oberkörper eines Mannes zwischen umgestürzten Bäumen. Dann ein zweiter. Es sah aus, als kämen sie geradewegs aus dem Boden. Beide trugen soge-

nannte »Batschkappen«, wie sie einst Sepp Herberger getragen hatte, abgetragene Armeejacken und grobe Cordhosen. Einer war groß und von kräftiger Statur, der andere klein und stämmig. Der Größere trug einen dunklen Dreitagebart, der Kleinere war glattrasiert und hatte merkwürdig gerötete Wangen. Sie schleppten einen unförmig ausgebeulten Sack zwischen sich. Rotbäckchen schwitzte stark und hatte Mühe, mit seinem Kumpan Schritt zu halten. Er sagte etwas in einer fremden Sprache, die osteuropäisch oder russisch klang und der Große antwortete mürrisch.
»Oh Sch...!« Tarzan deutete entsetzt in die Richtung, welche die beiden einschlugen.
»Was ist?« Solos Stimme war fast nur noch ein Hauchen.
»Da vorne, da habe ich, habe ich ...«
Da erklang auch schon ein lauter Ruf, gefolgt von einem plumpsenden Geräusch. Schritte näherten sich. Die beiden Männer trennten sich, verständigten sich durch gezischte Anweisungen. Tarzan und Solo erstarrten, als einer der beiden näher kam. Sie konnten nicht sehen, ob es der mit den roten Backen oder der vierschrötige Riese war. Sie kauerten sich an den Felsen wie verschreckte Eichhörnchen. Die Schritte kamen näher, verharrten, kamen wieder näher. Tarzan konnte den Mann atmen hören. Die Schritte umrundeten die Granitfelsen. Das Erste, was Solo sah, waren zwei klobige Arbeitsstiefel mit Stahlkappen. Solo blickte auf und starrte direkt in zwei zusammengekniffene graue Augen in einem gemeinen Gesicht, das von einer eingeschlagenen Nase dominiert wurde.
»Polizei!«, brüllte Tarzan dicht hinter ihr, so dass sie fast das Gehör verloren hätte. Sie sprang auf, trat einen Schritt zurück und sah blankes Entsetzen in den Augen ihres Gegenübers. »Polizei! Bleiben Sie, wo Sie sind!«, schrie Tarzan nochmals. Er hatte sich zu seinen gesamten 1,73 m erhoben und funkelte den Mann mit einer Miene an, die nur unzulänglich seine eigene Angst übertünchte.
Der Fremde dachte gar nicht daran, den Befehl zu befolgen, drehte sich um, schrie etwas Unverständliches und rannte den Berg hinab, dass Laub, Äste und Erde nur so flogen.
Solo brauchte mehrere Minuten, bis sie wieder in der Lage war ru-

hig zu atmen.
»Du kannst doch wohl nicht ganz normal sein!«, wetterte sie los. Angst, Panik und der gewaltige Schreck ließen ihre Stimme heiser und krächzend werden. »Du bist doch der größte Volldepp, den es auf der Welt gibt. Die hätten uns umbringen können!«
Tarzan, weiß wie ein Pfund Mehl, lehnte sich zitternd gegen den Felsen. »Mensch Solo, das war die einzige Chance, die wir hatten. Die hätten uns so oder so gefunden ...« Er holte tief Luft und schaute sich vorsichtig um. Weit entfernt hörten sie die beiden Kerle wie zwei wütende Keiler durchs Unterholz brechen.
Solo funkelte ihren Freund wütend an.
Der hatte sich wieder einigermaßen gefangen und hob beschwichtigend die Hände. »Glaube mir, ich habe mir selbst fast in die Hosen gemacht, ich ...«
»Das hättest du besser getan, du Held, du. Dann wären diese beiden Figuren nicht über deine Tretmine gestolpert. Mann!« Dieses »Mann« stieß sie mit einer Inbrunst hervor, welche die gesamte nichtweibliche Bevölkerung des Planeten einschloss. Doch dann stahl sich gegen ihren Willen ein Grinsen in ihr Gesicht. Tarzan, der in seinem Läuferoutfit wirkte wie ein Schwartenmagen auf dem Fitnesstrip, sah nun wirklich nicht aus wie Schimanski bei einer Razzia.
»Schön blöd, wer dich für einen Bullen hält.«
»Hast du eine Ahnung, wie manche Bullen aussehen«, verteidigte sich Tarzan halbherzig. Erleichterung machte sich breit, wich aber sofort gespannter Aufmerksamkeit, als in großer Entfernung ein Automotor aufheulte.
»Schwerer Motor. Dicke Kiste«, stellte Tarzan sachkundig fest.
»Mercedes?«, mutmaßte Solo und schaute ihren Partner fragend an.
Tarzan drehte beide Handflächen nach außen und hob die Schultern. Sein Gesicht spiegelte Ratlosigkeit.
»Hört sich jedenfalls nicht nach Trabbi an.«
Der Sack, den die beiden Männer zurückgelassen hatten, lag dicht bei Tarzans Hinterlassenschaft, welche durch daneben liegende Papiertaschentücher markiert wurde. Mit hochrotem Kopf schob Tar-

zan mit dem Fuß welkes Laub über sein Werk. Solo nahm einen dürren Ast vom Boden und stach damit auf den undefinierbaren Umriss in dem Sack aus grobem Jutegewebe.
»Soll ich aufmachen?« Tarzan platzte beinahe vor Neugier.
»Lass bloß die Finger davon«, antwortete Solo. »Wer weiß, was da drin ist. So wie die sich abgemüht haben, ist er jedenfalls ganz schön schwer ... Einer von uns bleibt hier, einer geht zurück zum Auto und ruft die Polizei.«
»Ich hol die Polente!«, erbot sich Tarzan, wurde aber von Solo zurechtgewiesen.
»Ich mach das. Du bewachst das hier und rührst dich nicht von der Stelle!«
»Aber wenn die beiden wiederkommen, dann ...«
»Dann mimst du eben wieder den knallharten Bullen. Schnitz dir halt noch 'ne Kanone, Kommissar Tarzan.«
»Vielleicht sollten wir aber erst einmal nachsehen, was die beiden hier getrieben haben.« Solos Blick wurde nachdenklich und schweifte in Richtung der Felsengruppe, wo sie von den beiden überrascht worden waren. Sie nickte knapp.
»OK, aber dann verständigen wir deine Kollegen.«
»Kollegen? Was für Koll... ach so. Einverstanden.« Vorsichtig gingen sie wieder zurück. Mittlerweile war die Dämmerung hereingebrochen. Das Licht wurde zusehends schlechter. Sie gingen um die Felsengruppe herum und bemerkten zunächst nichts Besonderes.
»Schau dir das mal an!«, rief Tarzan und deutete auf einen Haufen Geäst, dessen Blätter verwelkt wirkten.
»Frische Äste. Erst vor kurzem abgebrochen«, bestätigte Solo. Die Zweige waren gezielt drapiert worden, um etwas zu verbergen. Gemeinsam räumten Solo und Tarzan die Zweige beiseite und starrten auf die dunkle Öffnung, die sich darunter auftat. Es war ein mannshoher, schmaler Eingang, fast unmittelbar unter der Felsgruppe. Ein mächtiger Findling lag dicht daneben. Schleifspuren im Waldboden und Spuren massiven Werkzeugs im Gestein ließen darauf schließen, dass der Brocken erst vor kurzem bewegt worden war. Aus dem Loch drang modriger Kellergeruch ...

* * *

»Ihr seid Idioten!« Aus dem Mund des großgewachsenen Mannes mit dem exakten Haarschnitt und dem aristokratischen Gesicht klang der derbe Ausdruck seltsam unpassend. Er steuerte den schweren Wagen durch Auerbach, bog kurz vor Zwingenberg nach links in Richtung Autobahn ab und erreichte die Anschlussstelle zur A5 über den Berliner Ring. Er nahm die Auffahrt in Richtung Norden. Der Achtzylinder beschleunigte kraftvoll und mit singenden Reifen raste die Limousine in Richtung Darmstadt. Der Fahrer warf einen kurzen Blick in den Innenspiegel. Die beiden Männer hockten im Fond wie ertappte Schulschwänzer und musterten eingehend die Fußmatten.

»Eine Aufgabe für dressierte Schimpansen und was macht ihr? Lauft davon, weil irgendein dämlicher Pilzsucher ›Polizei‹ schreit. Hätte gute Lust, euch bei der echten Polizei abzuladen. Abschiebehaft, versteht ihr? Abschiebehaft!«

Die roten Wangen des kleineren Mannes im Fond glühten. Der Große biss sich auf die Lippen und murmelte einen Fluch.

»Ich bringe euch jetzt zu Vlad zurück. Soll er sich mit euch rumärgern. Geld gibt's keines. Wagt es nicht, in den nächsten hundert Jahren hier in der Nähe aufzutauchen. Wagt es nicht!«

»Aber unsere Arbeit. Unsere Sachen. Herr Brennauer wird wissen wollen, wo wir geblieben sind!« Der Rotwangige hatte eine unangenehm schrille Stimme. Er klang wie ein quengelnder Zehnjähriger.

»Herr Brennauer erfährt morgen früh, dass die zwei größten Pfeifen auf seinen Spargeläckern wegen Weibergeschichten eine Prügelei angefangen haben und wegen Widerstands gegen die Staatsgewalt in Butzbach einsitzen. Glaubt mir, er wird euch keine Träne nachweinen.«

Eine Stunde später war die schwarze Limousine wieder in Richtung Süden unterwegs. Als im linken Seitenfenster die roten Flugsicherungsleuchten auf dem Gipfel des Melibokus aufleuchteten, hielt der Fahrer auf einem Autobahnparkplatz kurz an, erleichterte sich neben einer der Abfalltonnen und sog die frische Nachtluft ein. Sei-

ne Augen wanderten die dunkle Hügelkette der Bergstraße entlang, blieben an dem angestrahlten Auerbacher Schloss hängen und verfinsterten sich augenblicklich. Wenn man nicht alles selbst machte ...
Der Mann im Maßanzug lehnte sich an die Motorhaube seines Autos und rekapitulierte die letzten Wochen. Er kam zu dem Schluss, dass er nicht wirklich ein Problem hatte. Vielleicht war die ganze Aktion heute wirklich übereilt gewesen. Wer wusste denn schon, was der Burgberg, in dessen Schatten der Bensheimer Ortsteil Auerbach sein beschauliches Leben führte, für ein Geheimnis barg? Wer außer ihm? Die beiden Polen hatten einen klaren Auftrag erhalten. Sie wussten nicht warum und wieso. Rasenmähen. Der Mann lächelte humorlos. Ein Auftrag wie Rasenmähen. Was unter dem Gras alles lag, wusste nur er.

* * *

»Mann!« Diesmal war es Tarzan, aus dessen Mund dieser erstaunte Ausdruck kam. Solo drängte sich an ihrem abrupt stehen gebliebenen Freund vorbei und bemühte sich, das Dämmerlicht in der Höhle mit den Augen zu durchdringen. Tarzan, der wegen des späten Laufes seine kleine Taschenlampe bei sich trug, knipste sie an. Der scharf abgegrenzte Lichtstrahl wanderte über steinerne Bildnisse von Figuren und christlichen Szenen. Dies alles war auf einem mächtigen Sarkophag zu sehen, dessen Deckel schräg versetzt war und das Innere zugänglich machte. Steinsplitter bedeckten den Boden, eine große Eisenstange und ein stabiles Kantholz zeugten von der rohen Gewalt, die dafür aufgewendet worden war. Tarzan ließ den Lichtstrahl wandern. Dies war keine natürliche Höhle. Die Wände waren sorgfältig gemauert, die Decke als Kreuzgewölbe ausgeführt.
»Eine Gruft«, entfuhr es Solo, und ihre Stimme klang merkwürdig belegt. Tarzan leuchtete in das Innere des Sarkophags.
»Leer«, brummte er und schaute Solo an, die gegen den Eingang nur als Schattenriss zu sehen war.

»Glaubst du, in dem Sack ist ...« Solo flüsterte unbewusst, so wie man es in Kirchen oder auf Friedhöfen manchmal macht.
»Entweder die Bundeslade oder der Bewohner dieses romantischen Einzimmerappartements hier.« Tarzan hatte wieder zu seiner Wurstigkeit gefunden, die ihm in unangenehmen Situationen half, seine Unsicherheit zu verbergen.
»Wir gehen zum Auto. Beide«, sagte Solo mit Bestimmtheit. »Ich rufe Linda an und dann die Polizei. Linda wird verrückt, wenn ich ihr erzähle, was wir hier gefunden haben.«
»Gute Idee«, bekräftigte Tarzan, dem die Vorstellung, mitten im Wald einem mysteriösen Sack in der Nähe einer Gruft Gesellschaft zu leisten, nicht wirklich Spaß machte.
Eine Viertelstunde später traf der erste Streifenwagen auf dem Parkplatz vor dem Schloss ein. Ihm folgte ein ziviler Geländewagen des Forstamts. Der Grünrock öffnete die Schranke, welche den Waldweg versperrte, der in Richtung Fundstelle führte. Im Minutentakt trafen weitere Polizeifahrzeuge ein. Funkgeräte pfiffen und knarzten, Absperrbänder wurden gespannt, Scheinwerfer aufgestellt und Techniker mit Metallkoffern zogen sich weiße Papieranzüge an. Solo und Tarzan saßen in einem grauen Ford Transit und wurden von zwei Kriminalbeamten eingehend befragt. Die Personenbeschreibungen der beiden geflüchteten Männer gingen sofort als Großfahndung raus. Auf der A5, der A67, der B3 und den zahlreichen Verbindungsstraßen im Umkreis von 20 Kilometern bezogen Einsatzkräfte ihre Posten. Ringfahndung. Der Apparat lief auf Hochtouren. Tarzan war beeindruckt. Wenige hundert Meter entfernt gleißte Scheinwerferlicht im Wald und Spezialisten untersuchten den Inhalt des Sackes. Zu gerne wäre Tarzan jetzt dabei gewesen, um zu schauen, was der grobe Jutestoff verborgen hatte.
Nachdem die Vernehmung beendet war, verließen Solo und Tarzan den Transporter und wurden sogleich hinter die Absperrung komplimentiert. Dort trafen sie auf Hauptkommissar Katter, der sich gerade mit Linda unterhielt.
»Wenn die Spurensicherung durch ist, können Sie die Leiche in Augenschein nehmen, Dr. Reining. Dr. Thalmann von der Gerichtsme-

dizin wird auch gleich hier sein. Entschuldigen Sie bitte ...«
Er wandte sich einem jungen Techniker zu, der gerade vom Fundort kam.
Der Mann trat mit Katter etwas beiseite und erstattete Bericht: »Wir haben eine männliche Leiche, mumifiziert, Alter nach erstem Augenschein nicht feststellbar, eingedrückter Schädel. Könnte alt sein, muss aber nicht ...«
Katter deutete auf Linda: »Wir haben jemanden vom Landesmuseum hier, kann sie schon an den Fundort?«
»Von mir aus. Aber sie soll aufpassen, wo sie hintritt.«
Tarzan sah einem Beamten zu, der fluchend seine Schuhe im hohen Gras reinigte. Tarzan bemühte sich, sehr unbeteiligt auszusehen ...
Nach einer Stunde wurde die Leiche von Mitarbeitern der Frankfurter Gerichtsmedizin vorsichtig in eine Wanne gelegt und zu einem wartenden Transporter gebracht. Linda winkte Solo und Tarzan zu, die zögernd, aber unverkennbar neugierig näher kamen.
»Ein Schwarzer ...«, murmelte Tarzan erstaunt, als er den ausgezehrten Körper erblickte. Die Haut spannte über den Knochen wie schwarzes Leder. Eingefallene Augenhöhlen, eine fehlende Nase und Deformierungen am Hinterkopf ließen den Kopf wie den eines Außerirdischen aussehen.
»Mit Sicherheit kaukasisch«, klärte Linda Tarzan auf.
»Die dunkle Färbung hängt mit dem Prozess des Mumifizierens zusammen. Kopfform, die Reste der Füße und andere Merkmale weisen auf einen Bewohner der Nordhalbkugel hin.«
»Dein Kardinal?«, fragte Solo gespannt. Linda spreizte alle zehn Finger und bewegte ihre Hände in einer zweifelnden Geste.
»Vielleicht? Genaueres weiß ich erst nach der Untersuchung im Institut.«
»Machst du das?«
»Nein. Dafür ist Grete Breggendom zuständig. Aber ich werde dabei sein. Breggi ist eine gute Freundin von mir. Ich kenne sie schon, seit ich damals auf der Uni meinen ersten Frosch zerschnippelt habe.«

* * *

Frankfurt-Sachsenhausen ist den meisten durch seine urigen Kneipen bekannt, in denen das berühmte »Stöffche«, der über die Grenzen Hessens hinaus bekannte Apfelwein - auf gut hessisch »Äppelwoi« - ausgeschenkt wird. Weniger bekannt dürfte den fröhlichen Zechern die stattliche Jugendstilvilla in der Kennedyallee 104 sein. Die Kennedyallee ist eine breite Ausfallstraße. Stadtauswärts, in Richtung Flughafen, steht als letztes Haus auf der rechten Seite dieses eindrucksvolle Gebäude. Es beherbergt das Zentrum der Rechtsmedizin und im Souterrain die Sektionsräume sowie die Dienst- und Arbeitsräume der Präparatoren. An diesem Montag, einem kühlen und nassen 17. April, bereitete Dr. Grete Breggendom im Sektionsraum 2 alles für eine Gesamtuntersuchung vor. Ein Assistent rollte die Sachnummer ZfR012/AB556 herein. Spitz zeichneten sich die Umrisse eines Menschen unter dem antiseptischen Tuch ab.
ZfR012/AB556 war die »Mumie von Auerbach«, wie die Tagespresse in einem zweispaltigen Artikel, für Gretes Geschmack etwas zu emotional, die Leiche bezeichnete. Grete Breggendom schaute auf die große Wanduhr. Neun Uhr zehn. In fünf Minuten würde Linda Reining im Vorraum die bereitgelegte Schutzkleidung anlegen.
Zehn Minuten später öffnete sich die Tür zum Sektionsraum und Linda kam herein. Sie trug einen grünen Overall, dünne Latexhandschuhe, eine riesige Kunststoffschutzbrille und einen Mundschutz, den sie zur Zeit noch um den Hals hängen hatte.
»Hi, Breggi, schön, dass ich dabei sein darf.«
»Weiß nicht, ob das so schön ist. Dein Freund sieht nicht gerade aus wie Richard Gere.« Grete nahm das Tuch weg und schaute emotionslos auf das, was einmal ein Mensch gewesen war.
»Aber dafür stinkt er nicht. Habe ich dir schon von der Oma erzählt, die drei Wochen auf dem Dachboden hing? Mann, die hat Geräusche gemacht wie wenn du 'n Luftballon schnalzen lässt. Bei der hat sich alles unten rum gesammelt. Die sah aus wie'n Stehaufmännchen. Dagegen ist der hier das reinste Kölnisch Wasser.«
Linda ging nicht auf Gretes schnoddrigen Ton ein. Sie wusste von Ärzten, Rettungssanitätern und Feuerwehrleuten, dass diese für Außenstehende so respektlos wirkende Reaktion hilfreich war, um die

nötige Distanz zu dem Schrecken und dem Ekel zu gewinnen, dem diese Berufsgruppen oft ausgesetzt waren. Sie musterte die Überreste interessiert.
Der Körper war erstaunlich klein und für einen flüchtigen Betrachter fast völlig skelettiert. Der Spruch »nur noch Haut und Knochen« hatte für ZfR012/AB556 makabre Gültigkeit. Eine wie Pergament wirkende, schwarzbraun verfärbte Haut hüllte die deutlich hervortretenden Knochen ein wie eine aufgespritzte Kunststoffoberfläche. Der Tote war männlich. Verkümmerte, kaum noch erkennbare Genitalien sowie das deutlich erkennbare Verhältnis von Schulterbreite zum Beckenknochen ließen keinen Zweifel daran. Das Gesicht war das Erschreckendste: eingesunkene Augenhöhlen, ein zerfranstes, dreieckiges Loch anstatt einer Nase und ein lippenloser, offenstehender Mund ohne Zähne. Der völlig haarlose Schädel glänzte wie poliert.
»Packst du mal mit an? Wir drehen das Kerlchen mal um.« Grete musterte ihre Freundin spöttisch. Linda stellte sich auf die linke Seite des Metalltisches. Sie tat Grete nicht den Gefallen, angewidert zurückzuschrecken. Ihr fiel auf, wie leicht der Tote war. Sie machte eine Bemerkung darüber und Grete klärte sie auf:
»Die hochgradige Gewichtsabnahme erklärt sich durch den Verlust von Wasser, Eiweiß und Salzlösungen, während das Stadium der Fäulnis bei einer Mumifizierung nur sehr kurz ist. Wenn du Wassertabletten schluckst und wenig trinkst, kannst du in einer Woche zehn Kilo abnehmen. Wenn du das übertreibst, landest du bei mir.«
»Wieso ist diese Leiche überhaupt eine Mumie? Ich erkenne nichts, was auf eine künstliche Herbeiführung dieses Prozesses hinweist.«
»Kluges Kind. Da berührst du übrigens auch einen wunden Punkt. Es ist noch niemals komplett geklärt worden, was zur Mumifizierung führt. Es gibt da einen mittelalterlichen Ritter, der bis heute noch nicht verwest ist. Den hat man sogar an der Charité auseinandergenommen. Keiner kann sich erklären, warum der nicht verrottet. Man weiß zwar, dass extrem trockene, bewegte Luft den Prozess begünstigt und dass ein magerer Mensch eher mumifiziert als ein fetter, aber es gibt keine festen Regeln dafür. Oh Mann, der hat ja ganz

schön was auf die Birne gekriegt ...«
Linda hatte es gleich nach dem Wenden der Leiche gesehen: Die Rückseite des Kopfes wies starke Deformationen auf. Die Haut war an mehreren Stellen eingerissen, der Schädelknochen zum Teil sichtbar eingedrückt und zersplittert.
Grete sprach in ein Diktiergerät: »Massive Schädelverletzungen mit Berstbrüchen im oberen Hinterhauptsbereich. Terrassenbrüche und Zersplitterungen mit schweren Deformationen des Schädels. Radiäre Bruchlinien bis zur Schädelbasis. Bruch eines Halswirbels unmittelbar am großen Hinterhauptsloch.« Sie steckte das Gerät wieder ein.
»Dein Kardinal schien nicht sehr beliebt gewesen zu sein ...«
»Mord?« Linda betrachtete die Verletzungen aus der Nähe.
Grete nickte ernst.
»Ich werde den Schädel öffnen. Aber ich kann dir jetzt schon sagen, dass dieser Mann hier nicht an Keuchhusten gestorben ist. Dem hat einer einen mächtig dicken Brocken an den Kopf geschmissen. Da reicht nicht mal ein normaler Pflasterstein. Aufgrund der Art der Berstung und der Deformationen gehe ich von einem ordentlichen Felsbrocken aus. Wahrscheinlich mehrere Schläge. Da wollte einer ganz auf Nummer sicher gehen.«
Grete machte mehrere Fotos von den Verletzungen, vermaß den Schädel und drehte dann mit Lindas Hilfe die Mumie wieder in die Rückenlage.
»Der Gute wird jetzt geröntgt. Dann flex' ich ihm die Rübe auf. Ach ja, eh ich's vergesse: Er ist ein bisschen jünger, als du geglaubt hast ...«
»Wie bitte?« Linda schaute ihre Freundin verwirrt an.
»Der ist noch ein richtiger Teenie. Nach deinen Maßstäben natürlich. Ich schätze nicht älter als 70-100 Jahre. Genaueres versuche ich noch herauszufinden.«
»Dann kann es gar nicht der Kardinal ...« Linda schwankte zwischen Zorn, Entrüstung und Enttäuschung hin und her wie eine Pappel im Wind.
»Was der für'n Job hatte, weiß ich nicht, aber mit ein bissel Glück könnte der heute noch mit 'nem Gehgestell zum Bäcker wackeln.«

»Und warum sagst du mir das erst jetzt?« Linda funkelte Grete wütend an.
»Wollte mal sehen, ob du das hier gut aushältst. Kompliment. Ich habe hier schon gestandene KHKs[1] kotzen sehen. Das hier ist der Beweis ...«
Sie förderte aus der Tasche ihres Kittels ein Gebiss und klapperte damit vor Lindas Gesicht herum.
»Altmodisch. Minderwertiges Material. Kassenausführung. Aber neuzeitlich. So etwas hatten die ollen Rittersleut noch nicht. Tut mir leid. Den haben sie dir untergejubelt.« Sie steckte das Gebiss wieder ein und grinste Linda an.
»Weißt du, was du bist?«, fauchte Linda in gespielter Wut.
»Die Beste hier im Haus. Ich weiß.«
»Unmöglich bist du! Unmöglich!«

1 Kriminalhauptkommissar

# 4
# Schatten der Vergangenheit

Tarzan schob das elektronisch bearbeitete Foto zu Solo hinüber: »Ganz miese Arbeit.« Sie saßen am großen Esstisch auf dem sogenannten »Salondeck« der *Lady Jane.* Tarzan hatte einen herrlich ungesunden Schweinebraten inklusive fetter Soße und selbstgemachten Spätzle gezaubert und sich jede Bemerkung über die Vereinbarkeit dieses Mahls mit seinem Sport verbeten.

Solo stellte das Weinglas ab, nahm das Bild zur Hand und schürzte nachdenklich die Lippen.

»Zahlen. Kaum zu erkennen. Welches Körperteil ist das?«

»Der linke Unterarm, kurz über dem Handgelenk«, erklärte Linda, die während des Essens detailliert über die Sektion der Mumie berichtet hatte. Tarzan war zu dem Schluss gekommen, dass das weibliche Appetitzentrum keine Verbindung zum Rest des Gehirns haben konnte. Wenigstens Solo und Linda hatten ihre Teller restlos leer gegessen, während er sich verzweifelt bemühte, beim Schneiden des zarten Fleisches krampfhaft an schönere Dinge als an Y-Schnitte, Schrumpflebern und postmortale Verletzungen zu denken. Frauen waren da wohl von Natur aus robuster ausgestattet als er. Jedenfalls die beiden Prachtexemplare, die bei ihm am Tisch saßen.

»Zweifellos eine Tätowierung«, Linda nippte an ihrem trockenen Chardonnay. »Ich habe den ganzen Tag darüber gegrübelt, wo ich so etwas schon einmal gesehen habe. Heute nacht ist es mir eingefallen ...«

Solo und Tarzan sagten nichts. Ihre Blicke ruhten auf dem feingeschnittenen Gesicht mit den großen, grünen Augen. Tarzan schüttelte im Geiste den Kopf über die Männer, die in fortgeschrittenem Alter wie junge Hunde hinter Teenagern hergeiferten, wo es doch so verdammt hübsche Frauen Anfang fünfzig gab. Er vermied es jedoch tunlichst, Solo an derartigen Gedankengängen teilhaben zu lassen.

»Mein Doktorvater, Professor Hengsson, der heute in den USA lebt, hatte auch solch eine Nummer. Er hat sie niemals versteckt, trug immer kurzärmelige Hemden, damit jeder die Zahlen sehen konnte und er jedem, der ihn darüber befragte, einen abendfüllenden Vortrag über ihre Bedeutung halten konnte.«

»Und?« Solo ahnte bereits, was jetzt kommen würde.

»Hengsson ist Jude. Er war einer der Überlebenden von Bergen-Belsen, als die britische Armee das Lager am 15. April 1945 befreite. Diese Tätowierung ist eine Art Inventarnummer. Die Nazis hatten in guter deutscher Gründlichkeit sämtliche Insassen der Mordlager gekennzeichnet.«

»Dann weißt du also, wer der Tote ist?«, fragte Tarzan.

Linda schüttelte resigniert den Kopf.

»Es sind nur noch Fragmente sichtbar. Grete und ihr Team arbeiten daran, aber es wird wohl noch ein paar Tage dauern. Wenn überhaupt. Die Leiche ist zwar mumifiziert, aber dennoch in einem denkbar schlechten Zustand. Die alten Ägypter haben damals ihre Pharaonen aufwändig mit Harzen, Ölen und allen möglichen Zusatzstoffen präpariert. Die Organe wurden fachgerecht entnommen und separat beigelegt. Ein über 2000 Jahre alter Pharao ist in einem bedeutend besseren Erhaltungszustand als dieser Mann hier. Bisher wissen wir nur, dass er KZ-Insasse war, vermutlich in Süddeutschland, und dass er bei Eintritt des Todes zwischen 45 und 60 Jahren alt war.«

»Und dass er Jude war«, warf Solo ein. Linda schüttelte wieder ihre prächtige rote Löwenmähne. Tarzan vermutete, dass sie mit einer Tönung gegen graue Strähnen vorging.

»In den Lagern wurden nicht nur Juden untergebracht. Alle Glaubensrichtungen und sogar Bilderbucharier waren darunter. Nicht alle Deutschen waren Nazis und nicht alle, die anderer Meinung waren, haben das Maul gehalten. Wenn du damals deinen Nachbarn

loswerden wolltest, musstest du ihn bloß beim Blockwart anschwärzen, dann haben ihn die braunen Scheißer geholt.«
Tarzan lächelte über Lindas manchmal recht drastische Wortwahl, die so gar nicht zu der attraktiven Frau passen wollte.
»Was mir aber am meisten stinkt, ist, dass diese Leiche nicht die ist, nach der wir suchen.«
»Der Kardinal?«, fragte Solo.
Linda winkte in einer matten Geste ab.
»Kardinal oder Bischof oder was weiß ich. Von mir aus auch ein Voodoo-Priester. Aber schön alt soll er sein und möglichst komplett. Aber das ist eben das Los der Archäologen. Wenn man wirklich etwas findet, waren vor dir schon andere da. Es gibt in diesem Land kaum einen Quadratmeter, der nicht schon einmal umgegraben wurde. Vor Hunderten von Jahren oder von diesen High-Tech-Raubgräbern in Gore-Tex und mit Metalldetektoren. Scheißjob.«
Linda wirkte müde und resigniert. Sie verabschiedete sich früh. Am nächsten Tag würde sie die Sicherung der Gruft überwachen. Der Sarkophag würde sorgfältig fotografiert, vermessen und dann ins Museum transportiert werden. Die Gruft selbst würde wohl ihren Weg in die gängigen Wanderführer und Tourismusbroschüren finden. Mc-Donalds-Tüten, Getränkedosen und Graffiti würden die letzte Ruhestätte eines unbekannten Fürsten oder Kirchenmannes endgültig entweihen. Willkommen im zwanzigsten Jahrhundert.
Linda fuhr auf direktem Weg nach Hause, nahm sich aus dem Kühlschrank noch eine Dose Warsteiner und wog sie prüfend in der Hand. Wie war das noch mal? Bier auf Wein, muss es sein. Sie riss entschlossen die Lasche auf und trank in langen Zügen. Pfui Teufel, wie gut. Alter hessischer Trinkspruch. Das Spätheimkehrerminimalprogramm wurde abgespult: Abschminken, Hände, Gesicht, Zähne und tschüss. Kurz nach 22 Uhr sank sie in die Kissen. Sie hatte noch nicht einmal nachgesehen, ob irgendwelches Otterngezücht sich darunter ringelte. Linda schlief tief und traumlos bis um 23.43 Uhr. Dann klingelte das Telefon. Es war ein altmodisches Telefon. Eines, das weder summte noch trällerte oder gar pfiff. Linda Reinings Telefon klingelte wie Lieutenant Theo Kojaks Bakelit-Monstrum. Weil

es so altmodisch war, hatte es natürlich auch ein Kabel und war dazu verdammt, im Flur auf einer grässlich unmodernen Telefonbank zu stehen. Es schrillte die gesamte Darmstädter Südstadt aus dem Schlaf und zwang seine Besitzerin bettschwer und fröstelnd aus der Geborgenheit ihrer zwei Schlafdecken.

»Wir haben ihn!«, trompetete es mit der Phonzahl einer Elefantenkuh auf Brautschau aus dem unförmigen Hörer. Linda kannte nur eine Person, die so kompromisslos ein Telefongespräch eröffnete. Niemand hasste Smalltalk, Begrüßungs- oder Verabschiedungsfloskeln so wie sie. Niemand pflegte Konversation mit der Sensibilität eines Vorschlaghammers. Niemand, außer Grete. Linda wusste auch ohne Vorstellung, wer die Anruferin war. Die kratzige Männerstimme, um die sie sogar John Wayne beneidet hätte, war das beste Erkennungsmerkmal. Dr. Breggendom, die von Fremden am Telefon stets mit Herr Breggendom angesprochen wurde, genoss es, wenn diese sich dann stammelnd wanden wie Aale auf dem Trockenen. Sie fiel niemals mit der Tür ins Haus. Grete Breggendom nahm stets die ganze Wand mit. Sie wartete Lindas Frage gar nicht erst ab. Ihre kratzige Seeräuberstimme dröhnte munter weiter.

»Dein Kardinal war ein Kollege! Dr. Herbert Schachen, Chef der Urbach-Klinik in Auerbach. War in Dachau und ist mit den Amis in die USA. War dort ein ziemlich angesehener Prof. Hat seine Donuts an der Columbia verdient. Frag mich aber jetzt bloß nicht, wie der in deinen Steinkasten geraten ist.«

»Wie ist Dr. Schachen in den Sarkophag gekommen?«

»Deckel auf, Doc rein, Deckel zu.«

»Mann!«

»Ich bin kein Mann!«

Linda verdrehte die Augen wie ein Chamäleon. Als hätte sie damit einen Schalter betätigt, flammte in ihrem Kopf ein Gedanke auf. Wortlos legte sie den Hörer auf die Gabel und hinterließ eine völlig verdutzte Grete Breggendom, die verwundert ihr Telefon anstarrte.

»Grußlos auflegen ist mein Part, Mensch«, murmelte sie und legte ebenfalls auf.

Linda saß wie betäubt neben dem Telefon. In ihrem Kopf summten

Fakten, Namen, Beziehungen und Orte wie ein Schwarm bekiffter Hornissen herum.

Konnte es sein ... War es möglich dass ... Nein! Wie ein selbstständig handelndes Wesen griff ihre rechte Hand wieder zum Hörer, die linke betätigte die Wählscheibe: null, sechs, zwei ... Der schwarze Hörer klapperte wieder auf die Gabel. Linda griff sich an den Kopf, strich sich ihre ungebändigten Locken aus der Stirn. Es war fast Mitternacht. Sie erhob sich, schlurfte wie eine Figur Wilhelm Buschs in überlangem T-Shirt und Filzpantoffeln in Richtung Schlafzimmer. Sie lag noch lange wach. Drehte und wendete Gedanken in ihrem Kopf, spielte Szenarien durch und versuchte, Ordnung in das Chaos zu bringen, welches diese eine Bemerkung Gretes ausgelöst hatte. Die Urbach-Klinik ... Renommierte Adresse für die ganze Bandbreite plastischer Chirurgie. Selbst der Hausmeister hatte Abitur. Nix für Kassenpatienten. Fünf-Sterne-Komfort und der Chefarzt hielt Visite im Rohseidenanzug. Küche vom Feinsten; Nasen, Busen und Wangenknochen nach edelsten Vorbildern. Die Klinik hatte es schon vor dem Krieg gegeben. Schachen war dort der Chef gewesen. Sein bester Freund war Dr. Arthur Grohner, damals Oberarzt ...

* * *

Er folgte kurz hinter dem Frankfurter Kreuz der Beschilderung in Richtung Flughafen, ordnete sich rechtzeitig rechts ein und erreichte die Einfahrt zur Tiefgarage am Terminal 1. Er steuerte den schweren Wagen in den endlos wirkenden Tunnel, von dem links die Einfahrten zu den Parkräumen abgingen. Jede Einfahrt hatte einen Schlagbaum, eine Ampel, die signalisierte, ob in dem angrenzenden Deck noch Plätze frei waren, und einen gelben Ticketkasten. Es war nichts los. Keine Urlaubszeit, kein Messerummel. Vor der Windschutzscheibe glommen die grünen Ampeln als lange Reihe, nur hin und wieder unterbrochen von einem vereinzelten Rotlicht. Er fuhr bis auf die Höhe des Terminalzugangs und suchte sich einen Platz in J560. Die Parkbox war etwa zu zwei Dritteln belegt. Er parkte den

Mercedes zwischen einem 7er BMW und einem älteren Opel Ascona, stieg aus und öffnete den Kofferraum. Er entnahm ihm einen kleinen Lederkoffer, eine Aktentasche und seinen Mantel, schloss den Wagen ab und begab sich in Richtung Abflughalle. Er hatte noch etwas Zeit ... Er lächelte freudlos. Zeit ... Verbündete, Heilerin, unberechenbare Gespielin. Erbarmungslos fortschreitend, niemals innehaltend, niemals vergessend ...

* * *

Regen pladderte auf die Blätter der schwindsüchtigen Birke im Innenhof des Hauses, in dem Linda wohnte. Die Reifen der vorbeifahrenden Autos zischten wie Schlangen ... Linda schrak auf. Trübes Tageslicht sickerte durch die Jalousie. Der Wecker zeigte hämisch 10.08 Uhr an. Verpennt! Kein Wunder ... Die Erinnerung kam schneller, als sie wollte. Scheißtag. Das Telefon schrillte. Sie würde sich wohl endlich ein modernes zulegen. Eines, das man abschalten konnte. Eines, das man auf den Nachttisch legen konnte. Bestimmt rief ein Kollege an. Wo bleibst du? Wo sind die Schlüssel für ...? Wo bewahrst du die Dinger für das Dings auf? Wo finde ich ...?
»Hmm?«, atmete sie in den Hörer.
»Linda?«
Augenblicklich war sie hellwach. Die Stimme klang wie mit Samt ausgeschlagen. Besorgnis, fast ein bisschen Angst schwang in der gutturalen Männerstimme mit. Linda sah förmlich die graublauen Augen, umkränzt von den attraktivsten Falten, die es in der Abteilung Traummänner gab, und die stets spöttisch geschürzten Lippen, die zwei Reihen absolut ebenmäßiger Zähne verbargen. Teuer!
»Wolf«
»Geht es dir gut Linda?« Die Besorgnis wurde von der zweiten Stufe auf die dritte gestellt. Gleichzeitig spürte Linda mehr, als dass sie es hörte, dass da tatsächlich etwas mitschwang, was sie bei diesem Mann noch niemals bemerkt hatte: Unsicherheit. Von der Art, wie man sie hat, wenn der Arzt einem das Ergebnis nicht am Telefon sagen will.
»Danke, es geht. Ich wollte dich auch gerade anrufen.« Ihre Stimme

klang nicht gerade nach Powerfrau.
»Wir müssen reden, Linda. Es ist sehr wichtig für mich, mit jemandem zu sprechen, zu dem ich absolutes Vertrauen habe. Wenn es dir möglich ist, dann ...«
»Ich bin in zwanzig Minuten bei dir«, unterbrach sie ihn. Als sie ins Badezimmer kam und sich im Spiegel sah, verwünschte sie ihre Zeitangabe.
»Zwanzig Minuten?«, sagte sie zu ihrem Ebenbild. »Zwanzig Tage, damit kleine Kinder nicht anfangen zu weinen, zwanzig Wochen, damit ich kein Mitleid errege und zwanzig Jahre, damit ich mich selbst wieder erkenne.«
Zwanzig Minuten später stoppte Linda ihren Micra auf dem Vorplatz der eindrucksvollen Villa am Ende der Wolfsschlucht. Dabei handelte es sich keineswegs um eine dramatische Schlucht, sondern um eine mäßig steile Wohnstraße, an deren Ende sich einige Villen sowie der Friedhof von Auerbach befanden. Von hier aus hatte man einen herrlichen Blick auf Auerbach, auf das Schloss und hinunter in die Rheinebene.
Linda wusste selbst nicht so genau, warum sie in derart unziemlicher Hast Wolfs Einladung gefolgt war, ja, wie sie sich förmlich abgehetzt hatte. Hatte Wolf an ihrer Kette gerasselt? Oder war es dieses Gefühl, dass die Einladung wirklich eine Art Hilferuf darstellte? Wolf hatte Linda schon ein paar Mal eingeladen. Zweimal hatte sie angenommen. Einmal zu einem gemeinsamen Abendessen mit ihm und Timothy Banks, dem zur Zeit populärsten Paläontologen der Welt. Es waren noch ungefähr eine Million weitere Gäste geladen und so erschien ihr das Unterfangen ungefährlich. Die Annahme der zweiten Einladung verstieß eigentlich gegen ihr Prinzip, niemals ohne Begleitung das Haus eines attraktiven Junggesellen, den sie nur oberflächlich kannte, zu betreten. Da dieser attraktive Junggeselle aber immerhin schon 65 war, stufte sie das Risiko angefallen und vergewaltigt zu werden als vernachlässigbar ein. Es wurde ein richtig gemütlicher Abend bei guter Musik, exzellentem Essen und den allerbesten Manieren. Wobei sie nach dem dritten Martini fast bedauerte, dass dieser weißhaarige Adonis sie den ganzen Abend wie

eine Lady behandelte. Als sie sich an jenem Abend von seinem Fahrer vor ihrer Haustür absetzen ließ, überlegte sie ernsthaft, mit dem über 15 Jahre älteren Wolf eine Beziehung einzugehen. Der Mann machte ihr eindeutig Avancen, war kultiviert, vermögend und sah aus wie aus dem Otto-Katalog. Seite 345–356, Geschäftsanzüge für distinguierte Manager. Armani & Co. Sie hatte schon immer eine Vorliebe für ältere Männer gehabt. Vielleicht, weil sie so früh ihren Vater verloren hatte. Linda wusste es selbst nicht. Sie hatte schon mit 14 nichts mit Gleichaltrigen anfangen können. Der erste Freund war 24. Damals ein richtig gefährliches Abenteuer. Freunde von ihr glaubten aber, dass es einfach an ihrer geistigen Reife läge. Linda war bereits als Teenager intellektuell ihren Altersgenossinnen um Jahre voraus. Männer merken so etwas und die meisten fürchten sich vor solchen Frauen.

Also Wolf? Bestimmt würde sie von vielen beneidet werden. Doch das war ihr gleichgültig. Es hatte einfach noch nicht »Klick« gemacht. Linda glaubte an das »Klick«. Mit fast religiöser Inbrunst. Kein Klick, keine Beziehung. Selbst wenn Graf Koks auf Stelzen hinter ihr herliefe: Kein Klick, kein Glück. So einfach war das.

Dr. Wolf Grohner empfing sie in legeren Cordhosen, hellbraunem Lambswool-Pulli und weichen Lederschuhen. Er ging voraus, nahm ihr den Mantel ab und geleitete sie in das Wohnzimmer, welches sichtbar erlesen und teuer, aber nicht protzig eingerichtet war. Auf dem niedrigen Couchtisch standen drei Gläser, eine Kaffeekanne und eine benutzte Tasse. Wolf bemerkte Lindas Blick und machte eine entschuldigende Geste.

»Die Polizei war hier. Sie sind vor einer halben Stunde gegangen.«

»Dr. Herbert Schachen.«

»Woher weißt du ...?«

»Die Pathologin, die den Fall bearbeitet, ist eine Freundin von mir. Sie hat mich mitten in der Nacht angerufen.«

Grohner nickte. Er stellte das Geschirr auf ein Tablett und trug es aus dem Raum. Linda wunderte sich über die Stille in dem großen Haus. Wolf musste dem Personal frei gegeben haben. Sein Vater, der in einem eigenen Flügel des weitläufigen Gebäudes wohnte, war auch noch nicht erschienen, um sie zu begrüßen. Ihr fiel auf, dass sein Mercedes nicht da war. Das mächtige Holztor der Doppelgarage, die auch als Wartungshalle für Kleinflugzeuge dienen könnte, war bei ihrer Ankunft offen gewesen. Wolfs Jaguar stand darin und der Range Rover, den nur Wolf benutzte. Vielleicht war der alte Herr auch gerade unterwegs. Er verkehrte oft in dem kleinen Kaffeehaus in Zwingenberg am Stadtpark. Wolf sah es gar nicht gern, wenn sein Vater, der in diesem Jahr seinen 90. Geburtstag gefeiert hatte, allein mit dem schweren Wagen fuhr. Er hatte ihm die Dienste seines Fahrers angeboten, das hatte er mit den Worten abgelehnt, Chauffeure wären etwas für alte Leute.

Als Wolf Grohner wiederkam, hatte er einen Drink in der Hand, hob ihn in Richtung Linda und machte ein fragendes Gesicht. Linda schüttelte den Kopf. Mein Gott, dachte sie. Wolf und ein Drink. Am Vormittag! Der Chirurg achtete sonst streng auf eine gesunde Ernährung. Zwar war er geistigen Getränken nicht abgeneigt, aber »Kein Bier vor vier!« war einer seiner Standardsprüche. Etwas war geschehen. Etwas, das für Wolf Grohner noch bedeutsamer war, als das Auftauchen von Schachens Leiche.

»Vater ist weg.« Wolf Grohner hatte ihr gegenüber in dem bequemen Ledersessel Platz genommen. Er sprach tonlos und an sein Glas gewandt, das er vor sich auf den Tisch gestellt hatte.

Linda sagte nichts. Wartete auf die Fortsetzung. »Weg« war ihr zu vieldeutig. Allerdings löste Wolfs Miene, der ungewohnte Whiskey und das unsichere Gebaren schlimmste Befürchtungen bei ihr aus. Arthur Grohner, Wolfs Vater, der seinem Sohn die Leitung der hervorragend laufenden Privatklinik übertragen hatte, war ihr schon länger bekannt als der Sohn. Er war eines Tages bei der Ausgrabungsstelle aufgetaucht, hatte sie von seinem schwarzen Mercedes aus zu sich gewunken, sich dafür entschuldigt und sich vorgestellt: Prof. Dr. Arthur Grohner; Chirurg im Ruhestand und begeisterter Hobby-Archäologe. Linda hatte den rüstigen Senior augenblicklich in ihr Herz geschlossen. Sie bewunderte den alten Herrn und konnte es gar nicht glauben, dass der wie ein agiler Sechziger aussehende Mann bereits neunzig Jahre alt sein sollte. Grohner senior kam jeden

Tag. Wenn es das Gelände erlaubte, stakste er mit seinem Gehstock heran und ließ sich von Däschel und Linda jeden Spatenstich erklären.
Eines Tages kam ein gut gekleideter, großgewachsener Mann in einem Geländewagen. Federnder Schritt, legere Kleidung, die aber förmlich nach Geld stank, Selbstbewusstsein in Höhe der Mondumlaufbahn und in Lindas Augen geradezu unanständig gut aussehend. Er stellte sich als Wolf Grohner vor und erkundigte sich, ob die ständigen Besuche seines Vaters als störend empfunden würden. Nachdem Linda verneinte, tauchte sie nur für einen winzigen Augenblick in die unergründlichen Tiefen seiner blauen Augen. Bevor sie darin ertrank, rettete sie sich rasch ans Ufer kühler Distanz. »Gefahr!«, signalisierte ihre Ratio. Toller Mann, charmant, gebildet, sportlich und ... viel älter als sie ... wisperte ihr Herz und ihr Bauch unterstützte das noch, indem das darin stationierte Jagdflugzeug Loopings drehte.
Mittlerweile kannte sie Wolf Grohner schon seit über sechs Wochen. Sie hatte inzwischen den Freischwimmer gemacht und lief nicht mehr Gefahr, in den Augen, um die ihn Terence Hill beneidet hätte, zu ersaufen. Allerdings war sie sich immer noch nicht im Klaren darüber, was sie von dem Mann wollte, besser gesagt, ob sie überhaupt etwas von ihm wollte.
»Er ist seit gestern Nachmittag verschwunden.«
»Verschwunden?« Linda gab sich in Originalität eine glatte Sechs.
Wolf nickte, hob den Kopf und schaute Linda ins Gesicht. Seine Augen waren glanzlos, die tiefen Falten darum und die harten Züge um den Mund verrieten, anders als sonst, seine 65 Jahre.
»Er verhielt sich seit einiger Zeit etwas merkwürdig. Unruhig. Nervös. Nun weiß ich, dass es etwas mit Schachen zu tun hat. Die Polizei hat es mir vorhin brühwarm serviert. Seither ist mir einiges klar geworden, doch ich wehre mich mit aller Kraft dagegen. Es darf nicht sein. Es kann nicht sein. Ich weigere mich, es zu akzeptieren.«
»Vielleicht macht er nur einen kleinen Ausflug.« Linda war noch nie gut im Banalisieren gewesen.
Wolf lachte freudlos. »Die Polizei hat mir gegenüber angedeutet,

dass sein Verschwinden in ein Muster passt. Sie wollten damit sagen, dass es unter Mordverdächtigen durchaus üblich ist, spurlos zu verschwinden.«
Da lag er auf dem kostbaren Teppich. Der heiße Brei. Endlich hatte das Darum-Herumreden ein Ende.
»Sie verdächtigen tatsächlich deinen Vater, Herbert Schachen getötet zu haben?« Lindas Augenbrauen fuhren in die oberste Etage, wo sie dabei halfen, unschöne Falten auf ihrer Stirn zu bilden.
»Es ist absurd. Das habe ich ihnen auch gesagt. Mein Vater hat es sich zur Lebensaufgabe gemacht, Leben zu retten, nicht zu zerstören.«
»Das Abmeißeln von Höckernasen und das Ausstopfen von Brüsten rettet Leben?« Linda hatte noch nie ein entspanntes Verhältnis zu reinen Schönheitsoperationen gehabt.
»Die kosmetische Chirurgie ist ein Kind der Neuzeit, Linda. Die meiste Zeit seines Berufslebens hat sich mein Vater der Unfallchirurgie gewidmet. Er war im Krieg Stabsarzt. Die Klinik war bis in die späten 70er Jahre ein ganz normales Krankenhaus.« Wolf Grohner spulte die Worte wie einstudiert herunter. Linda merkte, dass er über andere Dinge mit ihr sprechen wollte als über Berufsethik.
»Mein Vater und Herbert Schachen waren die besten Freunde. Schon als Kinder waren sie unzertrennlich. Für meinen Vater war es eine persönliche Katastrophe, als sie damals Schachen geholt haben.« Er nippte an seinem Drink. Schaute das Glas nachdenklich an und leerte es dann in einem Zug. »Das habe ich jedenfalls der Polizei gesagt ...«
Er erhob sich um nachzuschenken. Als er von der Bar zurückkam stellte er ein zweites Glas vor Linda. »Was ich ihnen nicht gesagt habe, erzähle ich jetzt dir. So, wie es wirklich war. Die Wahrheit. Du wirst den Whiskey nötig haben, glaube mir.«
Linda schaute Wolf intensiv in die Augen. Etwas klammerte sich um ihr Herz. Etwas Kaltes. Arthur Grohner ... der alte Mann mit den gütigen Augen und der leisen, freundlichen Art. Ein intelligenter Zuschauer, ein gebildeter Gesprächspartner. Ein Mann, der alles im Leben erreicht hatte, was er wollte. Ein Mann, der sich dem wohl-

verdienten Ruhestand hingab. Wohlverdient? Linda drängte den bohrenden Zweifel zurück. Jede Faser ihres Körpers war angespannt. Wolf Grohner würde ihr nicht irgendeine belanglose alte Geschichte erzählen. Dazu war der Mann einfach zu aufgewühlt. Er erwiderte ihren Blick. Nicht selbstbewusst, flirtend, abschätzend, taxierend wie schon so oft. Nein. Dr. Wolf Grohner brauchte Hilfe. Ihre Hilfe. Vor ihr saß ein Mann, der kurz davor stand, die Grundlagen seiner Stellung und seines Lebens in Frage zu stellen. Ein Mann, der kurz davor war zusammenzubrechen. Dies war keine kokette Schauspielerei. Ihre Menschenkenntnis hatte sie noch niemals getrogen.
»Es war ein Mittwoch«, begann er mit leiser Stimme, so als spräche er nur zu sich selbst. »Ein Mittwoch im August. 1956. Ich erinnere mich noch sehr genau an diesen Tag ... Er stand vor unserer Tür. Gut gekleidet, sehr schlank, fast mager. Dr. Herbert Schachen. Ehemaliger Chef der Urbach-Klinik. Er war der beste Freund meines Vaters ...«
Wolf stockte, hob das Glas, schaute es nachdenklich an und setzte es wieder ab. »Bis er von jemandem bei der SS-Ortsgruppe denunziert wurde. Erstellen falscher Papiere für Juden. Manipulierte Krankenakten. Hören von Feindsendern. Schachen hat damals viele jüdische Mitbürger in die Schweiz geschafft.«
Wieder machte Wolf eine Pause. Seine Augen wanderten unruhig durch den Raum, blieben schließlich an dem Glas hängen.
»Der Denunziant war mein Vater ...« Unhörbar fast. Ein Flüstern nur.
Linda stockte der Atem. Ihre Hände krampften sich in ihrem Schoß ineinander. Sie fühlten sich kalt an.
»Haben sie ihn ...«
Er nickte, schaute Linda plötzlich und unvermittelt an. Jede Niedergeschlagenheit war aus seinen Augen verschwunden. Das betörende Blau hatte die Ausstrahlung eines arktischen Himmels angenommen. Die Züge verhärtet, kaum dass die Zähne die Worte aus dem verkrampften Mund ließen.
»Sie haben ihn geholt. Gleich am nächsten Morgen. Sie haben das ganze Haus verwüstet. Haben ihn zusammengeschlagen und seine Vermieterin beschimpft. Die Scherben der Fenster lagen fast eine

ganze Woche auf der Straße. Mitsamt der zerstörten Möbel. Niemand hat es gewagt aufzuräumen. Die Vermieterin kam nach drei Tagen zurück. Die Frau sah furchtbar aus, sprach tagelang kein einziges Wort. Herbert Schachen wurde nach Dachau geschafft. Am nächsten Tag war Vater Klinikchef.« Den letzten Satz spie er förmlich aus.

»Wann war das?« Lindas Stimme klang rau.

»1942 ...«

»Dann hat er drei Jahre KZ überlebt?«

Grohner nickte gedankenverloren. Es dauerte eine Weile, bis er wieder sprach. Linda sah förmlich wie Bilder, Personen und Szenarien hinter seiner Stirn vorbeizogen. Als er den Faden wieder aufnahm, klang seine Stimme wieder tonlos und flach.

»Wir haben niemals mehr etwas von ihm gehört. Bis zu jenem Mittwoch, als er bei uns vor der Tür stand. Ich war damals ein hoffnungsvoller, hochmotivierter junger Chirurg. Erst als ich die Klinik von Vater übernahm, hat er mir die ganze Geschichte erzählt. Aus seiner Sicht natürlich ...«

Wolf leerte das Glas in einem Zug, wischte sich die Lippen ab und lachte humorlos und etwas zu laut. Linda merkte, dass er wohl schon vor ihrem Kommen dem Whiskey zugesprochen haben musste.

»Und? Wie war die?«

»Er gab zu, seinen besten Freund an die SS verraten zu haben. Er behauptete, sie hätten zuerst ihn geholt. Sie wussten bereits alles über die Aktivitäten von Dr. Schachen. Es war ein Test. Sie wollten wissen, ob Vater seinen Freund und Chef gegen die Interessen von Führer und Vaterland decken würde. Sie haben ihm klipp und klar gesagt, dass er Schachen auf dem Weg ins KZ Gesellschaft leisten würde. Er hatte Herbert immer gewarnt. Er hatte die Wahl: Leiter der Urbach-Klinik oder KZ. Er hat geweint, als er es mir erzählt hat ...«

»Du hast ihm damals geglaubt. Was hat deine Meinung geändert?«

»Jener Mittwoch. 1956.« Wieder ging eine eisige Kälte von Wolf Grohners Augen aus. »Prof. Dr. Herbert Schachen war zurückgekommen. Es war kein Höflichkeitsbesuch. Schachen war gekommen, um alte Rechnungen zu begleichen. Er forderte Wiedergutma-

chung. Er wollte die Klinik. Allein.«
Wieder entstand eine Pause. Wolf griff nach der Wasserkaraffe auf dem Tisch, schenkte sich ein und trank in tiefen Zügen. Er räusperte sich und legte die Fingerspitzen gegeneinander.
»Vater und Schachen gingen ins Arbeitszimmer. Sie waren drei Stunden da drin. Ich musste zurück in die Klinik. Als ich wieder nach Hause kam, war Schachen nicht mehr da. Vater sagte, man habe sich geeinigt. Schachen habe ihm verziehen und man habe ein Gentlemen's Agreement getroffen, über das er sich nicht näher ausließ. Bis heute morgen habe ich ihm geglaubt, dass Schachen wieder in die Staaten zurückgekehrt ist. Bis heute morgen ...«
Seine Stimme brach, er massierte mit Daumen und Zeigefinger seine Nasenwurzel, wischte sich über die Augen.
Linda sah die Nässe auf den Wangen dieses Mannes. Sah den gequälten Blick und ahnte, was in dessen Inneren nun vorging. Ein glanzvolles Leben. Erfolgreicher, international angesehener Chirurg. Niemals materielle Sorgen. Eine Klinik, die als Vorzeigeobjekt in ganz Europa gehandelt wurde. Aufgebaut auf Denunziation, Lüge und Blut. Dem Blut eines selbstlosen Menschen, dem die berufliche Laufbahn weniger wichtig war als das Leben fremder Leute. Eines Menschen, von deren Sorte es in jener dunklen Zeit nicht sehr viele gab. Feige abserviert und nach all dem erfahrenen Leid noch brutal und aus niedersten Beweggründen ermordet.
Linda fand sich plötzlich neben Wolf auf der Lehne des Sessels, nahm seinen Kopf in ihre Arme, roch den Alkohol in seinem Atem, spürte das Zittern und das unterdrückte Schluchzen. Wolf Grohner hatte seinen Vater verloren. Dieser große, gut aussehende Mann. Beneidet von den meisten Menschen, die ihn kannten, anerkannt und verehrt von allen Mitarbeitern, vergöttert von seinen Patienten. Er lag in ihren Armen und, endlich, hielt er sich nicht mehr zurück. Er weinte wie ein kleiner Junge und Linda, die schon bei jeder billigen TV-Schmonzette in Tränen ausbrach, machte kräftig mit. Erst als ihr die Arme einzuschlafen drohten, ließ sie Wolf los. Schwankend erhob er sich.
»Linda ...«

»Wolf ...«
»Danke, dass du hier bist. Danke, dass du dir das alles anhörst, dass du, dass du ...«
Linda legte einen Finger auf ihre Lippen und schaute ihm in die verschwollenen Augen. Der Mutterinstinkt in ihr war erwacht. Ein törichtes Gefühl bei einem so viel älteren Mann, aber was, bitte, haben Gefühle mit Logik oder Folgerichtigkeit zu tun?
Eng umschlungen standen sie in dem riesigen Wohnzimmer. Draußen zog einer dieser typischen Bergsträßer Regenschauer in Schwaden durch die umliegenden Weinberge. Schloss Auerbach verschwand hinter grauen Vorhängen und die überlaufende Dachrinne ließ Wasserfälle auf die marmorgeflieste Terrasse pladdern.
Linda spürte seinen Körper. Ihre Libido erwachte aus monatelangem Schlaf, klopfte zart gegen ihre Bauchdecke und streute Hormone in ihren Kreislauf. Irgendwo zwischen ihrem Herzen und dem Zwerchfell machte es »Klick«. Sie wehrte sich nicht dagegen, schmiegte sich an Wolf und legte ihren Kopf an seine Brust. Wie lange hatte sie schon nicht mehr einem Männerherzen beim Schlagen zugehört? Monate? Jahre? Jahrhunderte?
Es war spät geworden, als Linda in ihrem Micra auf die B3 einbog und in Richtung Zwingenberg fuhr. Wolf hatte sie nicht gefragt, ob sie dableiben wollte. Sie war froh darüber. Sie hätte heute nicht Nein gesagt. Nicht heute. Nicht morgen. Nie mehr. Sie wussten es beide. Aber sie wussten auch, dass der heutige Tag nicht der richtige dafür gewesen wäre. Es wäre ein Rausch gewesen. Da war sich Linda ziemlich sicher. Aber ein Rausch mit gewaltigem Kater am Morgen. Sie zog es lieber umgekehrt vor. Katerstimmung hatte sie für heute genug. Doch bei all dem Schrecklichen, bei all der Dramatik von Wolfs Enthüllungen freute sie sich über die Entscheidung, die ihr Bauch heute für sie getroffen hatte. Es hatte »Klick« gemacht. Sie würde diesem unglücklichen Mann beistehen. In allem. Dr. Linda Reining war verliebt.

# 5
# Wolf

Linda, Solo und Tarzan saßen auf der Terrasse des Cafés im Herrenhaus des Staatsparks Fürstenlager in Auerbach. Die ehemalige Sommerresidenz der hessischen Landgrafen und Großherzöge mit ihrem herrlichen Park, den Rundwegen und den Brunnen, Grotten und Wasserflächen war wie dafür geschaffen, einen der ersten warmen Tage des Jahres zu genießen. Solo nahm eine entspanntere Haltung ein.

Auch Tarzan, der Lindas Schilderung mit vorgerecktem Kopf gelauscht hatte, ließ sich schwer atmend zurücksinken. »Starker Tobak«, schnaufte er. Auch Solo war tief bewegt von dem, was Linda über ihr Treffen mit Wolf Grohner berichtet hatte.

»Man kann den Menschen nicht hinter die Stirn schauen«, sagte Linda resigniert.

»Quatsch!«, erwiderte Tarzan so heftig, dass sich zwei Tische weiter ein junger Mann neugierig umdrehte. »Der alte Grohner ist im Leben kein Mörder nicht!«

»Doppelte Verneinung heißt Ja«, stichelte Solo.

»Hä?«

»Vergiss es. Auch du kannst nicht vom Augenschein auf die Veranlagung eines Menschen schließen.«

»Mag sein, denn sonst hätte ich sicher die Finger von dir gelassen«, schoss Tarzan zurück und Solo hob drohend die Hand zur Ohrfeige.

»Pass bloß auf, wenn ich meine Finger an dich lasse!«

»Ich weiß selbst nicht, was ich glauben soll«, warf Linda ein. Schlagartig wurde die kleine Runde wieder ernst. »Wolf hat die

Wahrheit gesagt. Wenn nicht, dann bin ich die einfältigste Ziege auf der Welt und er hat mindestens zehn Oscars im Regal. Allerdings ...«, sie nagte kurz an ihrer Unterlippe, »kann ich mir seinen Vater auch nicht als Mörder vorstellen. Das ist ein ganz lieber Opa.«
»Mag ja sein, dass der jetzt ein lieber Opa ist. Aber vor fast 40 Jahren hättest du vielleicht Angst vor ihm gekriegt«, warf Solo ein.
»Der war's nicht. Nie im Leben!« Tarzan schüttelte entrüstet den Kopf. »Der Sohnemann, der hat bestimmt Dreck am Stecken. Wer so viel Kohle hat ...«
Solo verzog das Gesicht, als hätte sie auf einen Kieselstein in ihrer Apfeltorte gebissen. »Mensch Tarzan, du Feierabendmarxist!«, fauchte sie. »Bloß weil einer drei Mark mehr hat als du, ist er noch lange kein Mörder! Überhaupt, der liebe Opa hat noch viel mehr Mücken auf der Kante. Der Junior sitzt doch bloß im gemachten Nest und schleppt hübsche Archäologinnen ab!«
Linda verschluckte sich an ihrem Kaffee und konnte gerade noch die Tasse absetzen. »Also, sag mal ...« Erstaunt schaute sie Solo an.
»Entschuldige Linda, war mir so rausgerutscht.«
Linda winkte besänftigend ab, schaute einem schwarzen Schwan zu, der im benachbarten Teich schwamm und sagte leise: »Sie werden ihn sicher bald finden. Dann wird sich das aufklären.«
Tarzan schaute sie zweifelnd an. »Bist du dir da ganz sicher? Wenn der 'ne Fliege gemacht hat, kriegt ihn keiner. Mit seiner vielen Kohle kann er überall auf der Welt ein neues Leben anfangen.«
»Vergiss nicht, er ist 90 Jahre alt. Der ist nicht unterwegs nach Südamerika. Der ist wahrscheinlich gar nicht weit weg von hier und weiß nicht recht, was er machen soll«, sagte Solo.
Sie ahnte nicht, wie recht sie damit hatte. Allerdings wusste Arthur Grohner sehr genau, was er machen, beziehungsweise nicht machen konnte ...
Unter Solos Protest zahlte Linda für alle. Tarzan protestierte niemals, wenn jemand ihn einlud. Man solle die wohlwollenden Spender nicht vor den Kopf stoßen, sagte er immer.
Danach fuhren sie wieder auf den Burgberg. Linda überwachte die Sicherung der Gruft und den Abtransport des Sarkophags.

Der schmale Wanderweg war von der Forstbehörde für den Fahrzeugverkehr befestigt worden. Ein breites Schotterbett zog sich wie eine hässliche Narbe durch den Wald. Nach dem Ende der Arbeiten würde der Weg wieder renaturiert werden. In der Nähe der Fundstelle stand eine mit dicken Ballonreifen und martialisch aussehenden Greifwerkzeugen ausgestattete Arbeitsmaschine. Damit hatten Forstarbeiter eine Schneise zur Fundstelle geschlagen. Mehrere Buchenstämme lagen, säuberlich entrindet, am Wegesrand.
Ein gelber Baulaster, der mit einem Anbaukran ausgerüstet war, stand direkt vor der nun gut sichtbaren, freigeräumten Zugangsöffnung der Gruft. Aus dem Inneren des Gewölbes drang das Klirren von Ketten und schwerem Werkzeug, begleitet von rauen Arbeitskommandos und Dr. Däschels nervöser Geröllheimer-Stimme. Mit hydraulischen Hebezeugen hatte man den mächtigen Sarkophag vorsichtig und millimeterweise angehoben. An den Flanken und der Oberseite waren Dehnungsmessstreifen befestigt worden, um ein Verziehen und Reißen des wertvollen Artefaktes rechtzeitig zu bemerken. »Barney« Däschel hatte ein elektronisches Gerät umhängen, von dem Kabel zu den einzelnen Messpunkten auf dem großen Steinkasten führten. Er hatte den Blick auf die grünleuchtende Anzeige geheftet. Ständig rief er »Auf, ab, stopp, hinten, vorne« und dirigierte den Mann, der per Fernsteuerung den Ausleger des Krans bediente, welcher wie ein neugieriger Saurierarm in die Gruft ragte.
»Ihr kommt gerade recht«, begrüßte er Linda und ihre Freunde.
»Das Baby lernt gerade fliegen. STOPP!«, schrie er den Kranführer an. Wippend verharrte der Ausleger. Däschel legte das Gerät ab, warf sich auf den Bauch und inspizierte die Unterseite des Sarkophages.
»Sieht ordentlich aus. Lassen Sie das so, Herr, äh, Dings ...«
Dr. Hans Alfred Däschel war bekannt dafür, dass er die Reihe der altägyptischen Pharaonen mit sämtlichen zugehörigen Daten vorwärts und rückwärts herunterbeten konnte, allerdings Probleme hatte, sich Namen lebender Personen zu merken. Herr oder Frau »äh, Dings« war am Landesmuseum längst zu einem geflügelten Wort geworden. Hilfskräfte schoben einen massiven hölzernen Schlitten unter den

Sarkophag. An diesem »Bett« wurden die Gurte für das Hebegeschirr verankert. Erst wenn das Objekt auf dieser Plattform sicher ruhte, konnte es auf die Ladefläche des LKW's gehoben werden. Es wäre für das Archäologenteam eine Katastrophe, wenn ein solch kostbarer Fund durch unsachgemäßen Umgang zerstört werden würde.

Der Kranführer in seiner blauen Latzhose und dem gelben Schutzhelm verstand sein Handwerk. Zentimeterweise lavierte er die wertvolle Fracht aus der Gruft. Barney und Linda liefen aufgeregt darum herum wie Bodyguards um die Präsidentenlimousine.

Ohne jeden Ruck und fast unhörbar »streichelte« der Mann mit der Fernsteuerung den Schlitten mit Lindas »Baby« auf die Ladefläche des Lasters. Dann begann die eigentliche Arbeit. Mit Luftkissen, alten Autoreifen, massiven Kanthölzern und zahlreichen Gurten und Keilen wurde die Ladung gesichert. Anschließend kam noch eine blaue, wasserdichte Plane darüber. Es dauerte fast zwei Stunden, bis Barney endlich zufrieden war und das Kommando zur Abfahrt gab. Vorher fand allerdings noch ein kleiner Umtrunk statt. Barney passte auf wie eine fürsorgliche Mutter, dass der LKW-Fahrer anstatt Sekt nur O-Saft bekam und wirkte immer noch sichtlich angespannt. Beruhigen würde er sich erst, wenn der steinerne Sarg im klimatisierten Arbeitsraum des Landesmuseums angekommen wäre.

Vom Waldweg her klang das dumpfe Geräusch einer zuschlagenden Autotür. Ein großgewachsener Mann mit vollem Silberhaar kam die frisch geschlagene Schneise herunter.

»Graf Yoster gibt sich die Ehre«, frotzelte Tarzan, der sich denken konnte, wer der Neuankömmling war.

»Wolf!« Linda winkte erfreut und Solo drehte sich interessiert um.

»Hallo Wolf, schön, dass du da bist. Gibt es etwas Neues von deinem Vater?«

Der Mann schüttelte resigniert den Kopf.

»Nichts. Ich habe heute schon ein paar mal bei der Polizei nachgefragt. Sie sind ziemlich zurückhaltend, aber sie wissen definitiv nichts. Willst du mich nicht vorstellen?«

»Oh, entschuldige! Natürlich. Dr. Wolf Grohner, das sind Solo und

Tarzan, äh, meine Freunde Bertha Solomon und Lothar Zahn ...«
Hände wurden geschüttelt, Höflichkeitsfloskeln ausgetauscht und auch Barney Däschel, der von der Ladefläche herunterwinkte, wurde bekannt gemacht.
Linda führte Wolf Grohner in die Gruft, erklärte dem staunenden Mann die Fundstelle und den Aufwand, der hier getrieben wurde, wie ein Kind, das seinem Vater ein tolles neues Spielzeug vorstellte.
»Toller Mann«, sagte Solo und erntete einen verwunderten Blick von Tarzan, der bei der Begrüßung des Neuankömmlings eher kühle Zurückhaltung an den Tag gelegt hatte.
»Seit wann stehst du auf Uralt Lavendel?«
»Ich steh nicht auf ihn. Ich finde nur, dass Wolf Grohner ein äußerst attraktiver Mann ist und dass er gut zu Linda passen würde.«
»Herr im Himmel! Wann läuten denn die Hochzeitsglocken? Ein Kerl, der so aussieht wie der, ist entweder schwul oder so in sich selbst verliebt, dass er absolut beziehungsunfähig ist. Warum hat so einer keine Frau?«
»Linda sagt, sie ist seit über zehn Jahren tot. Autounfall. Sie ist auf seinem Operationstisch gestorben. Die beiden waren an jenem Tag 25 Jahre verheiratet.«
»Oh«
»Ja, oh. Du bist manchmal ein richtiges Ekel, weißt du das?«
»Ich krieg' es ja oft genug gesagt.«
Linda und Wolf Grohner kamen gerade wieder in ihre Richtung und so beendeten Tarzan und Solo das unerfreuliche Gespräch.
»Sie sind also der Mann, der die Gruft des Kardinals entdeckt hat.« Grohner schaute Tarzan bewundernd an. »Das müssen Sie mir aber mal genau erzählen. Ich interessiere mich sehr für Historik. Noch dazu hier, quasi in meinem Vorgarten.« Er lachte ein gepflegtes, leises Dinnerparty-Lachen.
»Kommen Sie doch einmal alle zusammen zum Tee zu mir nach Hause. Sonntag Nachmittag vielleicht, wenn es Ihnen passt natürlich.«
Tarzan wehrte ab. »Ich habe den ganzen Tag zu tun, ich ...«
Solo fiel ihm ins Wort. »Natürlich passt uns das, Dr. Grohner. Dan-

ke für die Einladung. Wir kommen gerne.« Dabei strahlte sie den Mann an wie ein sechzehnjähriger Teenager seinen Lieblingsstar. Grohner verabschiedete sich und ging zurück zu seinem Wagen. Wenig später machte sich die Karawane mit dem Sargtransporter und den Begleitfahrzeugen im Schritttempo auf den Weg in Richtung Darmstadt.
»Schmeißt dich ja ganz schön ran an den feinen Doc«, nörgelte Tarzan und Solo lachte gackernd.
»Oh, mein Tarzanchen ist eifersüchtig. Wie goldig. Hätte wohl beinahe ein Duell der Platzhirsche gegeben, was?«
»Ich bin nicht eifersüchtig. Wenn du neuerdings auf geriatrische Lover stehst, muss ich das wohl schlucken. Außerdem ist das Lindas Boy, die wird sich den schon selbst angeln.«
»Boah, du kannst das Wort ›geriatrisch‹ fehlerfrei aussprechen? Lange geübt, was?« Solo steuerte den Landrover hinter Lindas Dienst-VW-Bus die steile Straße hinunter.
Tarzan schwieg beleidigt.
»Außerdem könntest du dich für Linda ruhig ein bisschen freuen. Eine Frau wie sie sollte nicht alleine sein. Besonders nach dem, was sie in letzter Zeit alles mitgemacht hat.«
»Ich freu' mich ja«, glättete Tarzan die Wogen. »Trotzdem ist mir der Kerl irgendwie nicht geheuer. Der ist mir zu glatt. Ich mag den nicht.«
»Warum?«
»Keine Ahnung, mein Bauch sagt mir das.«
»Na, der hat wohl sehr viel zu sagen. So groß, wie der ist ...«
Tarzan schwieg beleidigt, Folge zwei.

* * *

Als Solo und Tarzan die steile Auffahrt zum Haus der Grohners hinauffuhren, pfiff ein eisiger Wind vom Melibokus herab. Kaum zu glauben, dass sie vorgestern im Fürstenlager im Freien Kaffee getrunken hatten. Es war zwar erst kurz vor 17 Uhr, aber die dunklen, zerzausten Wolken ließen das Tageslicht bereits schwinden. April eben.

Linda öffnete, nahm ihnen die Jacken ab und führte sie ins Wohnzimmer, in dem Wolf Grohner gerade damit beschäftigt war, Feuer im Kamin anzufachen. Er wischte sich die Hände an der bequem geschnittenen Jeans ab, begrüßte seine Gäste und bot ihnen Platz an. Eine ältere Frau servierte tatsächlich Tee und zu Tarzans stiller Freude befand sich eine altmodische Etagere mit Süßigkeiten auf dem Tisch.
Der Hausherr fragte nach weiteren Getränkewünschen und ließ sich dann in dem schweren Sessel gegenüber von Solo und Tarzan nieder. Er wirkte angespannt. Scharfe Falten zogen sich von den Nasenflügeln zu den Mundwinkeln. Er wechselte mit Linda einen Blick und sie eröffnete das Gespräch.
»Die Polizei hat den Wagen von Wolfs Vater gefunden ...«
Tarzan, der sich dem genauen Studium des Etagereninhaltes widmete, wandte neugierig den Kopf.
Linda fuhr fort: »In Frankfurt. In der Tiefgarage des Flughafens. Sie haben vorhin angerufen. Der Wagen war ordnungsgemäß verschlossen. Er wurde am Mittwoch um 7.32 Uhr an der Einfahrt registriert. Die Überwachungskamera zeigt eine Person mit Hut am Steuer. Einen englischen Hut mit herunterhängender Krempe.«
»Vater trug solche Hüte ...« Wolf Grohners Stimme klang brüchig. Er umklammerte seine Teetasse mit beiden Händen.
»Vielleicht ist er bloß mal in Urlaub geflogen. New York, Rio, Tokio?«, vermutete Tarzan, der sich den kleinen Seitenhieb auf die offensichtliche Wohlhabenheit der Grohners nicht verkneifen konnte.
Grohner junior schaute ihn ernst an. »Seine Urlaubspläne hat er immer mit mir besprochen. Schon weil wir oft gemeinsam etwas unternahmen. Wir lieben beide das Angeln und die Jagd. Wir wollten nächste Woche für ein paar Tage nach Wales.« Er musterte Tarzan intensiv, warf einen kurzen Seitenblick auf Solo und sprach weiter mit fast beschwörender Stimme. »Linda sagt, Sie sind in der Sicherheitsbranche tätig. Wenn es Ihre Verpflichtungen erlauben, wäre ich Ihnen sehr verbunden, wenn Sie in dieser Sache für mich tätig werden könnten.«
Tarzan blickte überrascht auf. Solo hob leicht das Kinn.

Grohner fuhr fort: »Ich denke schon, dass die Polizei mit aller Kraft ermittelt. Ich habe auch Vertrauen zu den Leuten. Der leitende Ermittler wirkt auf mich sehr kompetent und erfahren. Aber, verstehen Sie mich bitte richtig, ich möchte mit meinem Vater reden, bevor die ihn kriegen. Er schuldet mir zumindest eine Erklärung.«
Der stolze große Mann hockte im Sessel wie ein ertappter Eierdieb. Tarzan schob die Unterlippe vor, was ein sicheres Zeichen dafür war, dass seine Gehirnzellen Schwerarbeit verrichteten. Solo lehnte sich zurück, spreizte alle zehn Finger und legte den Kopf schief.
»Wir sind keine klassische Detektei, Herr Grohner. Wir sind spezialisiert auf Ermittlungen im Transportgewerbe, wir ...«
»Ich weiß. Ich habe mich über Ihr Unternehmen erkundigt. Sie sollen auch nicht den Rockford markieren. Ich möchte nur, dass Sie meinen Vater finden. Bitte. Ich zahle gut.«
Tarzan schaute Solo an. Solo wusste auch so, dass ihre Firmenkasse an Magersucht litt.
»Ihr Vater lebt hier im Haus?« Sie hatte sich entschieden. Mit dem Auffinden der Kardinalsgruft erübrigte sich der Security-Job bei Linda und neue Auftraggeber drängelten sich nicht vor der Gangway der *Lady Jane.*
Wolf Grohner erhob sich erfreut und reichte ihnen die Hand.
»Es freut mich sehr, dass Sie sich so entschieden haben. Ich bin ein guter Menschenkenner. Außerdem ...«, er schaute kurz zu Linda, »sind Freunde von Linda auch meine Freunde. Ich heiße Wolf.«
»Ich heiße Bertha, aber ...«
Wolf winkte lächelnd ab. »Ich weiß. Linda hat mich gut vorbereitet. Bertha und Lothar, oder, wenn man am Leben bleiben will, Solo und Tarzan. Kommen Sie, äh, kommt mit, ich zeige euch die Wohnung meines Vaters.«
Durch eine breite Doppelglastür erreichten sie eine weitere große Diele, mehr eine Halle, von der aus man in die Räume von Arthur Grohner gelangte. Das Wohnzimmer lag nach Westen mit großartigem Blick auf Auerbach und die Rheinebene. Es war mit schweren englischen Möbeln und einem mächtigen Kamin ausgestattet. Wolf zeigte ihnen ein für Solos Geschmack mit etwas zuviel mediterra-

nem Kitsch geschmücktes Badezimmer, das sich eine kleine Gemeinde auch gut als Hallenbad leisten könnte, das überraschend schlichte Schlafzimmer und ein ganz in dunkelrotem Leder und Mahagoni gehaltenes Arbeitszimmer. Drei Wände waren bis zur Decke mit Bücherregalen verstellt. Das Ganze sah aus, als hätte ein nostalgiesüchtiger Regisseur ein Set für die Neuverfilmung der ollen Edgar-Wallace-Schinken aufgebaut. Solo hätte sich nicht gewundert, wäre in diesem Augenblick Klaus Kinski als verschrobener Butler aus einer Geheimtür hinter den Regalen hervorgetreten.
Zwischen dem mächtigen Schreibtisch und dem Sprossenfenster mit den schweren Vorhängen stand eine fast zwei Meter hohe gläserne Vitrine. Sie wirkte äußerst robust, verfügte über ein kompliziertes Schloss und bestand bis auf Boden und Oberteil aus grünlich schimmerndem Panzerglas. Zwei Seiten waren verspiegelt, so dass die Schaustücke darin sich scheinbar verdreifachten.
Solo sah afrikanische Volkskunst, mehrere merkwürdig geformte Steine und einen verbeulten Helm, der aussah, als hätte ihn Ben Hur beim Pizzaholen verloren.
»Mein Vater war ein weitgereister Mann«, sagte Wolf Grohner und deutete auf die verschiedenen gerahmten Fotos in einigen freien Regalfächern.
Tarzan pfiff leise durch die Zähne, als er eines der Bilder zur Hand nahm, um es genauer zu studieren.
»Der da, das ist doch Helmut Kohl, oder?«
Wolf nickte. »Da war er noch Ministerpräsident von Rheinland-Pfalz. Mein Vater ist schon sehr lange mit ihm befreundet. Sie gingen manchmal zusammen auf die Jagd.«
Tarzan stellte das Bild wieder an seinen Platz. Es war hier im Arbeitszimmer gemacht worden. Die Vitrine und die Bücherwand waren deutlich hinter den beiden gut gelaunten Männern zu erkennen.

* * *

Solo steuerte den Landrover zurück auf die Bergstraße, die hier in Auerbach Darmstädterstraße hieß, und fuhr ein kleines Stück in

Richtung Zwingenberg. Dort bog sie an der Ampel links auf den Zubringer zur A5 ab.
»Sie ist bei ihm geblieben«, sagte Tarzan und blickte dabei geradeaus über die kantige Motorhaube.
Solo nickte ernst. »Die Sitten verfallen. Das reinste Sodom und Gomorrha hier. Am Ende küsst sie ihn noch.«
Tarzan wandte den Kopf und schaute Solo mit misstrauischem Blick an.
Sie warf ihm einen raschen Seitenblick zu und runzelte die Stirn. »Mann, Linda ist fast fünfzig. Da wird sie doch wohl machen können, was sie will. Sie mag Kerle, die etwas älter sind.« Mit einem verschmitzten Lächeln fügte sie noch hinzu: »So wie ich.«
»Das ist unfair. Ich bin im Zenit meiner Leistungsfähigkeit. In der Blüte meiner Jahre. Ich stehe mitten im Leben und überhaupt, gegen den bin ich ja der reinste Säugling. Außerdem mag ich ihn nicht.«
»Aber seine Schokolade auffressen, das magst du.«
»Morgen gehe ich wieder laufen.«
»Wenn du so weitermachst, kannst du bald 'ne Runde rollen gehen. Sag mir lieber, wo wir nach seinem Vater suchen sollen. In Acapulco, Florida oder im Alten- und Pflegeheim?«
»Im Altersheim«, sagte Tarzan mit einer Bestimmtheit, die Solo stutzig machte.

# 6
# Der Zeuge

Auf dem Nachhauseweg holten sie sich bei Gianni in der Wilhelmstraße noch eine Pizza Familia mit extra Zwiebeln ab. Es war ein warmer Abend, man konnte ja das Schlafzimmerfenster offen lassen. Tarzan verspeiste gerade Solos übrig gebliebene Reste, während sie mit angezogenen Beinen auf der Couch saß und sich die Zehennägel lackierte, was Tarzan wie stets unnötig fand, da Solo fast ausschließlich entweder Turnschuhe oder Armeestiefel trug.
Der Geruch des Nagellacks schuf zusammen mit den qualmenden Zitronella-Mückenkerzen und dem Aroma halbkalter Pizzareste auf durchweichtem Karton die gemütliche Atmosphäre trauten Hausfriedens, die Tarzan so sehr schätzte.
»Du willst wirklich die ganzen Altenheime nach alten Knackern absuchen, die Arthur Grohner kennen?« Solo sprach konzentriert mit ihrem leicht nach innen gekrümmten kleinen Zeh.
Tarzan mampfte mit vollem Mund eine Antwort: »Sch' Alda mu au schdimmen.«
»Bitte?« Missbilligende »Mutti-ist-böse-mit-dir«-Blicke.
Tarzan gelang es endlich, unter Zuhilfenahme eines Weizenbieres, wieder eine klare Aussprache zu modulieren.
»Das Alter muss auch stimmen, meine ich. So um die neunzig dürften ja nicht mehr viele in der Lage sein, Fragen zu beantworten, geschweige denn, sich zu erinnern.«
»Willst du allen Ernstes in einem Altersheim mitten in die Halma-Meisterschaften platzen und fragen, wer vor über 50 Jahren den Arthur Grohner beim Brötchenholen gesehen hat? Du bist doch be-

kloppt, bist du doch!« Wenn Solo so heftig wurde, war sie von einer Sache entweder völlig überzeugt oder sie räumte ihr nicht die geringsten Chancen ein. Tarzan vermutete, dass die zweite Variante zur Zeit aktuell war.

»Hör zu, Solomaus, ich glaube immer noch nicht an die Geschichte vom bösen alten Grohner. Der hat weder seinen Kumpel ins KZ gebracht, noch hat er ihn ermordet. Bei dem Wort Altersheim ist mir jemand eingefallen, den wir beide gut kennen und der auch in Opa Grohners Alter ist. Na? Macht's ›Klick‹?«

»Oma Gerda?«

»Du gewinnst eine heizbare Bettpfanne!«

Gerda Weiß war zwar nicht Solos leibliche Großmutter, aber in der Straße, in der Solo aufgewachsen war, für alle Anwohner nur Oma Gerda. Sie war die Seele des ganzen Viertels, besaß sie doch einen jener inzwischen fast völlig ausgestorbenen Tante-Emma-Läden, in denen es alles gab, was man brauchte, und was es nicht gab, brauchte man nicht. Sie verkaufte nicht nur Lebensmittel, Süßigkeiten und Putzmittel, sie war auch Schlichterin, Beichtschwester und Mittlerin für all die riesigen Sorgen, die Kinder manchmal mit sich herumtrugen. Oma Gerda war keine Ladenbesitzerin. Oma Gerda war eine Institution. Bis eines Tages in unmittelbarer Nachbarschaft ein Discounter eröffnete, ihr jahrzehntelang liebevoll schikanierter Mann Albert einen Schlaganfall erlitt und sie ihn bis zu seinem Tod zwei Jahre später aufopfernd pflegte. Nun war Oma Gerda 89 Jahre alt und lebte im Seniorenheim Waldfried im Mühlgrund zwischen Auerbach und Hochstädten.

Was Tarzan aber meinte, war die Tatsache, dass Oma Gerda die ersten 43 Jahre ihres Lebens in Auerbach gelebt hatte. Auerbach war nicht Manhattan und gerade in den Kriegsjahren rückten die Menschen näher zusammen. Jeder kannte jeden und nichts geschah, ohne dass die ganze Gemeinde es mitbekam.

»Bei Oma Gerda krieg' ich ein richtig schlechtes Gewissen«, sagte Solo leise und schaute Tarzan schuldbewusst an.

»Wir waren schon lange nicht mehr bei ihr. Stimmt.«

Solo schaute einem Schwarm Raben zu, die sich lautstark über ihren

Schlafbäumen am anderen Ufer des Altrheines sammelten. »Dabei sind wir in den letzten Tagen ständig vor ihrer Haustür herumgekurvt.«

Tarzan nickte.

»Wir kaufen morgen einen riesigen Blumenstrauß und Käsekuchen und machen es wieder gut. Bestimmt hat sie den ollen Grohner gekannt. So ein Klinikchef ist doch damals schon so eine Art Halbgott in Weiß gewesen. Dem sind doch bestimmt alle Girls hinterhergelaufen.«

Solo lächelte. »OK, dann lass' uns das Girl gleich morgen besuchen. Die alte Dame wird sich freuen.«

* * *

Es war kurz vor zehn, als Tarzan den Landrover vor der Vetters Mühle im Bensheimer Ortsteil Gronau parkte. Käsekuchen gab es zwar bei fast jedem Bäcker, aber Oma Gerda war sehr wählerisch. Einmal hatten sie der Einfachheit halber Käsekuchen aus Lampertheim mitgebracht, den die alte Dame brüsk ablehnte. Zu wenig Rosinen, zu fest, zu süß. Der arme Tarzan musste den so schnöde zurückgewiesenen Kuchen ganz allein aufessen.

Auf der B3 in der Ortsdurchfahrt Bensheim standen sie anschließend noch über zehn Minuten im Baustellenstau, der hier schon dazugehörte wie besagte Rosinen zum Käsekuchen. Als sie dann erwartungsvoll an der Pforte des idyllisch an der Auer gelegenen Seniorenheims klingelten, war es bereits fast halb elf.

Der Türsummer ertönte. Solo und Tarzan bugsierten den wagenradgroßen Blumenstrauß und den gut verpackten Käsekuchen durch die Glastür und meldeten sich beim Portier an.

»Zu Frau Weiß möchten Sie?« Der freundliche junge Mann mit der ausgeprägten Vokuhila-Frisur, offenbar ein Zivi, schaute die beiden Ankömmlinge irritiert an.

»Gerda Weiß«, wiederholte Solo. »Sie wohnt in 302. Das Eckzimmer.«

Der junge Mann nickte und wirkte plötzlich sehr unsicher.

»Darf ich fragen, ob Sie Verwandte von Frau Weiß sind?«

»Wir sind alte Freunde«, erklärte Tarzan. »Wir waren schon lange nicht mehr hier, aber heute wollten wir ihr mal wieder eine Freude machen ...« Tarzans Worte wurden immer leiser, als er dem Portier ins Gesicht schaute.
»Es tut mir leid ...« Der Mann suchte sichtlich nervös nach den richtigen Worten. »Frau Weiß ist verstorben. Vor einer Woche schon ... Das Herz. Sie ist friedlich eingeschlafen. Sorry, dass Sie es auf diese Art erfahren müssen ...«
Solo umklammerte den Blumenstrauß, presste ihn an ihre Brust, dass das Papier knitterte. Ihre Augen wurden feucht, sie tastete nach einem der Stühle, die hinter ihr an der Wand standen und ließ sich darauf sinken.
Tarzan stand, den Kuchen immer noch auf der flachen rechten Hand balancierend, wie eine misslungene Statue vor der Pförtnerloge und starrte den Mann hinter der Sprechöffnung an.
Endlich fand er seine Sprache wieder. »Ist sie bereits beerdigt worden?«
»Am Freitag. Hier in Auerbach. Es ist nicht weit von hier. Die Straße runter ...«
»Danke, ich weiß, wo es ist. Danke, vielen Dank ...« Tarzan schaute verstört auf den großen, in Papier eingepackten Käsekuchen. Schließlich stellte er ihn auf dem kleinen Beistelltisch neben der Eingangstür ab.
»Würden Sie den bitte in der Küche abgeben? Sagen Sie, er sei von Frau Weiß. Er ist von der Vetters Mühle. Ein Guter ...« Solo reichte Tarzan ein Taschentuch, als sie wieder ins Freie traten. Sie sprachen beide kein Wort, bis sie wieder im Auto saßen.
»Unsere Schuld, dass wir sie nicht mehr gesehen haben«, sagte Tarzan, der immer noch einen Kloß von der Größe eines Medizinballs im Hals hatte.
»Alles war wichtiger, alles war dringender als Oma Gerda ...«
»Gestern sind wir am Friedhof vorbeigefahren ...« Tarzan startete den Motor und fuhr die kurvige Mühltalstraße hinunter. Als auf der linken Seite die hübsche kleine Bergkirche zu sehen war, setzte er den linken Blinker und steuerte den Parkplatz des Friedhofs an.

Wenige hundert Meter entfernt befand sich der Eingang zum Staatspark Fürstenlager. Dort hatten sie gesessen und Kaffee getrunken. Am Freitag. Dem Tag, als Oma Gerda beerdigt wurde ...

Der Auerbacher Friedhof befand sich auf einer Erhebung direkt hinter der Bergkirche. Der ältere Teil der Anlage war von alten Bäumen umgeben und zahlreiche historische Grabmale, zum Teil bemoost und verwittert, verbreiteten die feierliche Ruhe und Zeitlosigkeit, die man nur an solchen Orten vorfindet.

Die frischen Gräber waren auf dem neueren Teil des Friedhofes angelegt worden, ganz in der Nähe der modernen Kapelle. Hinter der Begrenzung nach Westen konnte man die Dächer Auerbachs erkennen. Hinter der Südseite befand sich unter anderem auch die Villa der Grohners.

»Unverbaubare Lage«, hatte Linda gesagt, als Solo bei ihrem Besuch auf den benachbarten Friedhof hingewiesen hatte.

Drei Gräber, die hoch mit Blumen und Kränzen bedeckt waren, wiesen auf die jüngst erfolgten Bestattungen hin.

Solos Finger krampften sich um den Blumenstrauß. Dass es sich um ein Grabgesteck handeln würde, hatte sie am Morgen nicht ahnen können.

Vor einem der Gräber stand ein alter Mann. Er trug einen für den heutigen Tag viel zu dicken Wollmantel, eine schwarze Hose und abgewetzte braune Lederschuhe mit Lochmuster. In den Händen hielt er einen altmodischen, ehemals eleganten grauen Hut mit schwarzem Hutband, der Tarzan an die Schlapphüte amerikanischer Gangster der fünfziger Jahre erinnerte. Der frische Westwind spielte mit den dünnen, weißen Strähnen seines Haarkranzes, die bis über den Mantelkragen reichten. Den Kopf etwas schiefgelegt, trotzdem eine gewisse Würde ausstrahlend, erinnerte er ein wenig an einen Dirigenten, der einem verfliegenden Ton nachlauscht.

Solo und Tarzan verhielten in einigem Abstand zu dem in sich versunken wirkenden Mann. Oma Gerdas Grab war nicht ganz so üppig mit Blumen und Kränzen überhäuft wie die anderen beiden. Solo konnte sich die Bestattung sehr gut vorstellen. Ein traurige, kleine Zeremonie in kleinstem, aber nicht wirklich traurigem Kreis. Eine

Hand voll Verwandtschaft. Die einzige Tochter, mit gelangweiltem kleinem Mädchen an der Hand, von weit her angereist, mit Alibi-Kränzchen »Wir vergessen dich nicht« und der Erleichterung, dass die halbjährlichen Besuche und die Kosten für die Unterbringung im Haus Waldfried endlich ein Ende hatten. Die Routineansprache des Pfarrers, die Pflichtabordnung des Heims und der ein oder andere Mitbewohner, der Oma Gerda wirklich kannte und ihren Tod bedauerte.

Solo schämte sich. Auch der heutige Besuch erfolgte nur aus pragmatischen Beweggründen. Noch nicht einmal ein Pflichttermin aus schlechtem Gewissen. Der Blumenstrauß in seiner Papierverpackung raschelte.

Der alte Mann setzte den Hut auf und wandte sich zum Gehen. Er musterte Solo und Tarzan aus erstaunlich jung wirkenden, hellblauen Augen, nickte grüßend und führte eine Hand zur Hutkrempe. Als er Solos feuchte Wangen bemerkte, verhielt er den Schritt und tätschelte ihr väterlich den Arm.

»Sie ist in Würde gestorben. In ihrem Bett. Ohne Schmerzen. Ich war die ganze Zeit bei ihr. Guten Tag ...«

Wieder der Griff zur Hutkrempe. Ein leiser, feiner alter Herr.

»Herr ...« Solo drehte sich um, ging dem Mann hinterher und holte ihn gleich darauf ein.

Der Mann blieb stehen.

»Entschuldigen Sie. Mein Name ist Bertha Solomon, das ist Lothar Zahn. Darf ich Sie etwas fragen?«

Der Mann nickte. Seine Augen blickten Solo neugierig an.

»Lassen Sie uns zu Gerda gehen. Ich habe keine Geheimnisse vor ihr. Mein Name ist Konrad Schmidt. Ich hatte die Ehre, mit Gerda befreundet sein zu dürfen.«

Tarzan gefiel die etwas verstaubte Sprache des Mannes. Er nahm Solo den Blumenstrauß ab, entfernte das Papier und legte ihn vorsichtig zwischen die anderen Bukette und Kränze.

»Wir waren auch Freunde von Frau Weiß. Wir haben heute erst von ihrem Tod erfahren. Wir ...«

»Ich habe Sie schon einmal gesehen. Es ist schon etwas länger her.

Aber ich erinnere mich noch gut an Sie und den jungen Herrn.«
Tarzan merkte sich den »jungen Herrn«, um ihn bei besserer Gelegenheit Solo gegenüber wieder zu erwähnen.
»Stammen Sie aus der Gegend?«, fragte Tarzan. Konrad Schmidt nickte.
»Ich bin ein alter Auerbacher. Zeit meines Lebens nicht groß rausgekommen. Im Krieg bin ich glücklicherweise gleich verletzt worden. Habe dann hier im Ort einen Posten bekommen. Druckposten nannten sie das damals. Böse Zeit. Aber manche hatten eben ein klein wenig Glück ...« Er brach ab.
Tarzan erinnerte sich an den ursprünglichen Grund ihres Besuches, entschuldigte sich im Stillen bei Oma Gerda dafür und fragte weiter:
»Als alter Auerbacher kennen Sie doch sicher Dr. Grohner?«
Ein langer, prüfender Blick unter der Hutkrempe ruhte auf Tarzan. Dann sprach Schmidt mit einer plötzlich das Alter und die abgeklärte Ruhe verlierenden, erstaunlich klaren Stimme:
»Den Alten?«
Tarzan nickte stumm.
»Natürlich kenne ich den. Wie könnte ich solch einen Menschen jemals vergessen. Wohltäter, Heiler, messianischer Kämpfer gegen die Ungerechtigkeit von Krankheit, Tod und Verletzung. Zierde der Gemeinde. Mäzen und Träger der Ehrenbürgerschaft. Vergessen? Dr. Arthur Grohner? Unmöglich!«
Solo horchte auf. Der messerscharfe Sarkasmus in dem bühnenreifen Monolog war ihr, genau wie Tarzan, nicht entgangen.
Friedhofsstille. Nur der Wind rauschte in den etwas entfernt stehenden alten Bäumen. Es roch nach Frühling. Nach feuchtem Rasen, nach Erde und dem Duft der Blumen auf den Grabhügeln. Der Gesang der Vögel unterstrich die Ruhe eher, als dass er sie störte.
Eine Autohupe unten in Auerbach beendete die lange Pause. Solo sprach als Erste wieder.
»Herr Schmidt. Wir würden uns gerne noch ein wenig mit Ihnen unterhalten. Wenn Sie gestatten und wenn es Ihnen recht ist.«
Tarzan verzog anerkennend die Mundwinkel. Seine gute alte Solo hatte ihre Erziehung wiederentdeckt.

»Wenn es mir recht ist ...« Konrad Schmidt lachte freudlos. »Ein alter Mann, dem die Frau gestorben ist, der in einem Altersheim lebt und der nach zwanzig Jahren endlich wieder jemanden gefunden hat, den er nun auch noch beerdigen durfte, dem ist jede Ablenkung willkommen. Natürlich gestatte ich es. Schöner Name übrigens ...«
Solo blickte verwirrt.
»Bertha. Ein schöner Name. Hört man heutzutage selten. Gerade bei so jungen Frauen.«
Tarzan grinste. Das war genau der Grund, warum Solo ihren Vornamen nicht leiden konnte. Bertha war in ihren Augen ein Name für dicke Köchinnen in Hans-Albers-Filmen oder bestenfalls für Briefkastentanten in der Yellow-Press.
Eine Viertelstunde später saßen sie zum zweitenmal innerhalb weniger Tage im Herrenhaus des Fürstenlagers. Allerdings im gemütlich eingerichteten Innenraum, denn der stetige Westwind hatte wieder Regenschauer mitgebracht.
Konrad Schmidt bestellte koffeinfreien Kaffee und Wasser, Tarzan und Solo orderten ein spätes Frühstück.
»Gerda konnte ihn auch nicht ausstehen«, sagte Schmidt, nachdem die Bedienung die Getränke serviert hatte.
»Den Alten. Von dem jungen Grohner war sie dagegen ganz begeistert. Der ist ja auch aus anderem Holz geschnitzt. Der ist Arzt aus Passion, nicht aus Berechnung. Das ist ein edler Mensch. Wenn sich einer aus dem Heim etwas bricht, kommt er in die Urbach-Klinik. Egal, ob Kassenpatient oder privat. Der junge Doktor will das so. Der hat noch Respekt vor dem Alter. Auf den lass' ich nichts kommen. Auf den nicht!«
Schmidt war bei den letzten Worten immer lauter geworden. Tarzan amüsierte sich über die Wortwahl des Alten. Für ihn war es ungewohnt, dass ein 65-jähriger Mann als junger Doktor bezeichnet wurde.
»Warum können Sie Grohner senior nicht ausstehen?«, fragte Solo, während sie Zucker in ihren Kaffee schüttete.
»Weil er ein Drecksack ist!«
Der unerwartet heftige Ausdruck ließ Solo den Zucker vergessen

und Tarzan entwand ihrer Hand den Spender, ehe die Tasse überlief. Die Augen Schmidts sprühten vor Zorn.
»Verstehen Sie mich nicht falsch. Es ist lange her und ich bin der Letzte, der sich erlauben kann, über das Verhalten anderer gegenüber ihren Mitbürgern zu richten. Ich selbst war einmal ein Drecksack. Ein richtiger. Aber ich habe niemals einen Freund verraten!«
Solo und Tarzan nahmen gar nicht wahr, dass die freundliche Bedienung mittlerweile das Frühstück aufgetragen hatte. Sie blickten Schmidt fassungslos und stumm an. Der lehnte sich zurück, nippte an seinem Glas Tee und stellte es wieder ab. Seine Hand zitterte. Solo wusste nicht, ob vor Aufregung oder wegen des Alters.
»Ich war Ortsgruppenführer der SS hier in Auerbach. Eines Tages klopfte es an meine Tür und Dr. Grohner stand vor mir ...«
Konrad Schmidt holte tief Luft, schaute sich prüfend um, ob jemand mithörte und sprach leise, fast flüsternd weiter:
»Ja, ich war ein Nazi. Wie so viele andere auch. Aber ich rede darüber. Ich gebe es zu. Ich habe gelernt, dass ich einem Götzen diente. Ich war Erfüllungsgehilfe für diese unmenschliche Maschinerie, die Millionen von Menschen ermordet hat. Ich bin schuldig. Ich bin mitmarschiert. Aber ich habe Verantwortung übernommen. Ich habe gebüßt. Ich habe meine Strafe abgesessen und ich warte auf meine endgültige Verurteilung da oben.«
Er wies zur stuckverzierten Decke des Cafés, bevor er weiterredete.
»Ich habe die schwarze Uniform mit den Totenköpfen voller Stolz getragen. Ich habe meinem Vaterland gedient. So dachte ich es jedenfalls. Ich war ein guter Deutscher.«
Die letzten Worte spie er angewidert aus.
»Was war mit Dr. Grohner?«, versuchte Tarzan wieder anzuknüpfen.
Schmidt ließ ein kurzes, abgehacktes Lachen hören.
»Der war auch ein guter Deutscher. Der hat einen Volksfeind angezeigt. Einen, der Schande über sein Land brachte. Einen, der Juden falsche Papiere ausstellte und der Fluchtwege in die Schweiz organisierte. Einen, der Feindsender hörte und Arbeitsdienstler krankschrieb.«
Tarzan fröstelte in dem gut beheizten Raum. Konnte man sich so in

einem Menschen täuschen?
»Dr. Arthur Grohner hat seinen damaligen Chef bei uns angeschwärzt. Dr. Herbert Schachen. Gleich am nächsten Morgen habe ich unsere Buben losgeschickt. Die haben ihn geholt, seine Wohnung kurz und klein geschlagen, die Vermieterin gleich mitgenommen und den Hausrat auf die Straße geworfen. Dem guten Doktor Grohner ist es nicht sonderlich schwer gefallen, seinen Chef und Freund an die SS zu verkaufen. Der wollte zwar mir gegenüber so tun, als ringe er mit sich selbst, aber ich habe ihn durchschaut. Der hat noch in meinem Büro die Goldtaler in den Augen gehabt. Seitdem war er Chef der Urbach-Klinik. Hat bis zu seinem achtzigsten Lebensjahr am Sessel geklebt. Erst, als es gar nicht mehr ging, hat er sie seinem Sohn übertragen. Wer weiß, ob der junge Grohner überhaupt jemals die ganze Wahrheit erfahren hat. Der war schon als junger Kerl ganz in seinem Beruf aufgegangen. Der hat nach dem Krieg die Leute umsonst behandelt. Das macht er für uns Alte heute noch. Kriegt dafür mächtig Ärger mit den Kassen und so. Aber der Alte? Heute tut er gerne so, als könnte er kein Wässerchen trüben. Aber glauben Sie mir: Alles, was der aus der Urbach-Klinik gemacht hat, hat er auf dem Rücken von Dr. Schachen gemacht. Der hat seinen Lebenslauf mit dem Blut seines Freundes geschrieben.«
Der alte Mann atmete heftig. Solo machte sich schon Sorgen um seine Gesundheit, aber da winkte er schon der Bedienung und bestellte einen Korn.
»Sie haben sicher von der Mumie gehört?«, fragte Tarzan.
Schmidt schwieg, wartete, bis der Schnaps kam und kippte ihn routiniert. Er leckte sich schmatzend die Lippen, blickte Solo und Tarzan mit blitzenden Augen an und flüsterte mit vorgehaltener Hand: »Der alte Grohner hat Schachen umgelegt. Der hat ihn sich zum zweiten Mal vom Hals geschafft. Schachen ist zurückgekommen, um alte Rechnungen zu begleichen. Das glaube ich. Weil es die Wahrheit ist.«
Die Rückfahrt nach Lampertheim verlief still. Erst als der markante Kirchturm des Lampertheimer Doms zu sehen war, brach Tarzan das Schweigen.

»Den Schmidt kann ich mir absolut nicht als Nazi-Schergen vorstellen.«
»Du konntest dir auch nicht vorstellen, dass Arthur Grohner ein Denunziant und vielleicht sogar ein Mörder ist.«
»Ich komm' da immer noch nicht klar damit.«
»Ich auch nicht. Aber es ist noch viel unwahrscheinlicher, dass sich ein alter Mann wie Schmidt solch eine Geschichte ausdenkt, damit wir ihn zum Frühstück einladen.«
Solo steuerte den Landrover durch die Biedensandstraße in Richtung Altrhein.
Als sie wenig später am Wohnzimmertisch saßen, rekapitulierte Solo: »Da hat einer seinen Chef auf recht mühelose Art aus dem Verkehr gezogen. Hat gedacht, den sieht er nie mehr wieder und sich fast ein halbes Leben lang als Klinikchef von eigenen Gnaden auf der Sonnenseite des Lebens befunden. Dann taucht der Totgeglaubte eines Tages vor seiner Haustür auf, fordert Genugtuung und die Wiederherstellung der alten Verhältnisse. Dem Grohner muss das doch fast an den Rand des Herzschlages gebracht haben. Da lag es doch nahe, das Werk, das die Nazis damals nicht zu Ende gebracht hatten, zu vollenden.«
Tarzan protestierte: »Man kann doch nicht einfach jemanden erschlagen, bloß weil der einem nicht in den Kram passt oder weil der olle Kamellen aufwärmen will!«
»Du vergisst, dass für Arthur Grohner nicht nur sein guter Ruf auf dem Spiel stand. Die Urbach-Klinik war bereits damals eine der angesehensten Institutionen im Land. Die hätte er dichtmachen können. Außerdem hatte Schachen keinerlei lebende Verwandten mehr. Das hat Linda herausgefunden. Sie hat ein wenig recherchiert. Schachen hat auch in den Staaten nie geheiratet. Der Mann war allein. Allein auf einer Reise fern der Heimat. Bis nach dem ein Hahn kräht, ist mächtig viel Gras über die Sache gewachsen.«
»Aber wie ist er dann in den Sarkophag gekommen? Den haben wir doch jetzt erst entdeckt?«
Solo lächelte spöttisch. Ein Lächeln, das Tarzan absolut nicht leiden konnte. Es bedeutete: »Mutti weiß was, was du nicht weißt, du klei-

ner, dummer Bubi.«
»Woher willst du wissen, dass ausgerechnet ein joggender, rundlicher Heckenschisser der Erste war, der diese antike Tupperdose gefunden hat?«
Tarzan holte so tief Luft, dass Solo schon befürchtete, er würde gleich wie ein heliumsüchtiger Kugelfisch unter der Decke schweben, aber er ließ sie mit dem Geräusch eines bremsenden Schwerlasters wieder ab.
»Du glaubst, dass Grohner die Gruft schon kannte?«, fragte er, ohne auf den rundlichen Jogger näher einzugehen.
»Es würde passen. Ein idealeres Versteck für eine Leiche kann ich mir im Augenblick nicht vorstellen. Außerdem würde es erklären, warum die Grabungen so massiv gestört wurden.«
»Der alte Grohner soll für die Sabotage verantwortlich sein? Womöglich noch die arme Jenny überfallen haben? Das kann nicht dein Ernst sein! Der war doch immer ganz begeistert, wenn er zu Linda raufgekommen ist. An allem interessiert und voller Fragen.«
Solo nickte bestätigend. »Genau. Da hat er alles auf dem Präsentierteller serviert bekommen und konnte seine Pläne machen. Der Kerl, der Jenny überfiel, war ein gekaufter Gorilla. Genauso wie die Typen mit dem Sack, die wir aufgeschreckt haben. Ich gehe davon aus, dass die den Auftrag hatten, die Leiche verschwinden zu lassen, weil Lindas Team der Gruft schon zu nahe gekommen war. Ein Puzzle. Alle Teile passen. Perfekt.«
Tarzan blies die Backen auf und zog die Augenbrauen hoch. Nachdenklich wiegte er den Kopf hin und her. Er erinnerte Solo an einen einsamen, neurotischen Elefanten.
»Du hast ja recht. Es passt wirklich eines zum anderen. Dass man sich so in einem Menschen täuschen kann ...«
Solo tröstete ihn. »Ich habe den alten Grohner auch sympathisch gefunden. Oder nimm mal unseren neuen Freund, Konrad Schmidt. Solche wie der waren es, die Hitlers Vernichtungsapparat erst zum Laufen brachten. Schmidt ist kein lieber Opa. Nun ja, vielleicht ist er es inzwischen, aber damals war das ein fieser Henkersknecht. Einer, der Schlägertrupps zu harmlosen Leuten geschickt hat. Einer,

der vielleicht Tausende ins KZ gebracht hat. Ein Nazi aus Überzeugung. Gegen den sind die Glatzen von heute kleine Kinder.«

»Meinst du, wir finden den alten Grohner?«

Solo antwortete nicht. Ihre Augen wanderten durch die großen Scheiben nach draußen, ohne die Wasserfläche des Altrheins wahrzunehmen.

# 7
# Viele Grüße an den Mörder

Hauptkommissar Katter legte den Telefonhörer auf, kippte seinen Schreibtischsessel zurück und legte die Füße auf den Schreibtisch. »Negativ. Hab' ich mir gleich gedacht.«

»Du bist zu pessimistisch, Bernie«, sagte sein Kollege, Kriminalkommissar Raimund Maier und legte eine weitere Solitär-Karte auf seinem Bildschirm ab.

»So ein langes Elend wie der Grohner, der findet sich irgendwo von ganz allein. Wo soll der sich schon verstecken? Im Giraffenhaus? Ich habe die Fahndungsbilder jetzt auch an alle Fernbahnhöfe und großen Hotels geschickt. Warten wir's halt ab.«

Katter sah seinen Kollegen böse an.

»Wir suchen hier einen Mörder, Raimund. Vergiss das nicht.«

Maier verdrehte die Augen.

»Mann. Das ist über 40 Jahre her. Da kommt es doch auf ein paar Tage nicht an. Außerdem wird der Opa dann seinem Anwalt erklären, dass er haftunfähig ist und weiterhin seine Rosen züchten. Ist mir ein Rätsel, warum der nicht gleich reinen Tisch gemacht hat. Was kann denn einen 90-jährigen noch groß kratzen?«

Maier zündete sich eine Zigarette an und Bernard Katter öffnete demonstrativ ein Fenster.

»Warte nur mal ab, wenn du selbst mal so alt bist«, warnte er grinsend.

»Das passiert mir nicht«, beteuerte Maier und blies Rauchringe in die Luft. »Dafür sorgt schon Dr. Marlboro.«

Katter klappte den Ordner mit den Ermittlungsakten im Fall Scha-

chen auf.
»Wenn ich mir das so alles betrachte ...«, sinnierte er.
»Ich denke, wir machen die ganz große Sause.«
Maier grinste.
»Das hab ich gewusst. Der Bluthund nimmt die Witterung auf. Gnade Gott dem armen Opa ...«
Katter wurde schlagartig ernst.
»Mord ist Mord, Kollege. Wir leben in den Neunzigern. Verjährung ist nicht mehr. Ich habe überhaupt kein Problem damit, einen alten Mann vor Gericht zu bringen, wenn er es verdient hat. Und wenn er zehnmal ein armer Opa ist!«, fügte er heftig hinzu.
Maier machte eine besänftigende Geste.
»War nicht so gemeint, Bernie. Ich teile deine Meinung. Wer über so viele Mittel verfügt und noch so rüstig ist, wie man uns Grohner beschrieben hat, der zieht alle Register. Überredet. Machen wir die ganz große Sause. Ich bin dabei.«
Katter griff zum Telefon und wählte eine ihm wohlvertraute Nummer.
24 Kilometer weiter, im Norden Darmstadts, nahm Staatsanwältin Christine Dubois im siebten Stock des schmucklosen Hochhauses den Hörer ab.
Die ganz große Sause konnte beginnen ...
Mit diesem lässigen Begriff bezeichnete Hauptkommissar Bernard Katter gemeinhin das Einleiten einer internationalen Fahndung.
Die Staatsanwältin erwirkte auf Betreiben der Heppenheimer Kriminalinspektion einen internationalen Haftbefehl gegen Dr. Arthur Grohner wegen dringenden Mordverdachtes. Christine Dubois schaltete über das Bundeskriminalamt Interpol ein. Damit war sichergestellt, dass Raimund Maiers »armer Opa« sich ab jetzt im internationalen Polizeifahndungssystem befand.
Da die Indizien schlüssig schienen, beauftragte die Staatsanwältin noch am selben Tag das hessische Landeskriminalamt in Wiesbaden mit der so genannten Zielfahndung nach dem Beschuldigten.
Die Kriminalhauptkommissare Werner Bachem und Gerd Kerner wurden mit der Aufgabe betraut, Dr. Grohner zu finden. Im Gegen-

satz zu ihren Kollegen aus Literatur und TV fuhren sie weder rassige Dienstwagen aus italienischen Edelschmieden, noch zückten sie ihre Dienstausweise, um in der ersten Klasse einer Lufthansa 747 nach Rio de Janeiro oder Singapur zu fliegen. Die Schulterhalfter hingen im Schrank des schmucklosen Büros und Armani-Jacketts kannten sie nur aus den Auslagen Wiesbadener Boutiquen. KHK Bachem wickelte ein duftendes Leberwurstbrötchen aus und sein Kollege beschäftigte sich mit der wirkungsvollsten Waffe im Kampf gegen das Verbrechen: der abgegriffenen Tastatur seines Dienstcomputers. Sollte es notwendig werden, würden die beiden Spezialisten auch um die Welt fliegen. Economy, versteht sich, und erst nach dem genau festgelegten Prozedere diverser Genehmigungsverfahren. Der rundliche Bachem und der schlaksige Kerner hatten absolut keine Ähnlichkeit mit knallharten Ermittlern. Sie wirkten eher wie glücklose Vermögensberater im ersten Lehrjahr. Doch dieses Erscheinungsbild trog. Die beiden Männer hatten in diesem Jahr die beste Fangquote und verdankten dies ihrer langjährigen Erfahrung und ihrer innovativen Recherchearbeit. Bachem und Kerner waren die Besten. Sieben von zehn Kriminellen hatten sie vom Schreibtisch aus »erlegt«. Sauber, effizient, aber leider absolut unspektakulär. Das letzte Mal, als Bachem seine Waffe abgefeuert hatte, war vor drei Wochen ... auf dem Schießstand im Keller.
Nun suchten sie einen 90-jährigen Mordverdächtigen. Die freien Tage des Dr. Arthur Grohner waren gezählt.

* * *

Tarzan hatte den sonnigen Morgen genutzt und war seine Hausrunde gelaufen: einmal um den Biedensand und über die Holzbrücke, die den Rallengraben überquerte. Weiter durch die Bonnau mit ihren alten Bäumen und den sie umgebenden Schilfdickichten. Über die breite Betonpiste, die von der Stadt zum Rhein, den die Lampertheimer hier »Neurhein« nennen, führt, erreichte er wieder den Altrheindamm. Er wandte sich nach links und erreichte nach wenigen hundert Metern wieder den Liegeplatz der *Lady Jane.* Solo war bereits unterwegs. Sie war mit einer Freundin ins Rhein-Neckar-Zen-

trum nach Viernheim gefahren. Das große Einkaufscenter beherbergte über 60 Geschäfte. Solo interessierte sich lediglich für das knappe Dutzend Schuhläden, weswegen es Tarzan vorgezogen hatte, zuhause zu bleiben. Er würde niemals verstehen, was Frauen an Schuhläden fanden. Er selbst kaufte sich zweimal im Jahr neue Laufschuhe. Das war für ihn ein Akt der Notwendigkeit, weil seine Plattfüße zusammen mit seinen strammen 85 kg auch die teuersten Modelle unerbittlich verschlissen. Er genoss es, auf dem Weg in die Dusche seine Laufklamotten im gesamten Schiff zu verstreuen. Nach dem Duschen würde er sie auf dem Achterdeck zum Trocknen aufhängen. »Staatsbeflaggung« nannte er das. Er duschte lange und ausgiebig, machte unter dem warmen Wasserstrahl ausgiebige Dehnübungen und überhörte fast das anhaltende Gebimmel der Schiffsglocke, die, ganz stilecht, bei der *Lady Jane* die Türklingel ersetzte.
Er wischte das beschlagene Bullauge sauber und sah nach, wer da wohl Einlass begehrte.
Auf dem schlammigen Parkplatz vor dem Schiff stand ein dunkelgrüner Jaguar. Vor dem Laufsteg wartete ein großer, elegant gekleideter Mann, dessen silberne Mähne auch vom recht rauen Westwind kaum angegriffen wurde.
»Drei-Wetter-Taft«, murmelte Tarzan, schlang sich rasch ein Handtuch um und patschte barfuß zur Tür.
Wieder erklang die Glocke. Tarzan sammelte die Unterhose auf.
»Ja, ja. Moment!«
»Ding-Ding!« Die durchgeschwitzte Laufhose.
»Ding-Ding!« Das T-Shirt.
»Ding-Ding!« Die Windjacke. Tarzan schmiss alles in die Küche und schloss schnell die Tür.
»Ding-Ding!«
»Jahaaa!« Kurzatmig riss er die Eingangstür auf und winkte Wolf Grohner zu.
»Komm rein, Wolf. Guten Morgen.«
Grohner, der sich bereits enttäuscht zum Gehen gewandt hatte, drehte sich um. Ein erleichtertes Lächeln auf dem Gesicht, kam er über

die »Planke«, wie Tarzan den geländerbewehrten schrägen Aufgang zum Schiff gerne nannte.
»Morgen, Tarzan. Ich habe dich hoffentlich nicht geweckt?«
Der Blick zur Armbanduhr war fast beleidigend. Schließlich zeigte sie bereits 11.10 Uhr.
»Aus der Dusche geholt. Kleiner Morgenlauf. Macht aber nichts. Kaffee? Espresso? Cappuccino?« Tarzan war ganz stolz auf die neue Kaffeemaschine, die der Einfachheit halber gleich im Wohnzimmer einen Platz auf einer Anrichte hatte.
Er bat seinen Gast herein.
»Espresso wäre schön. Entschuldige mein Sturmläuten, ich komme gerade von einem Kollegen aus Mannheim, da dachte ich, ich besuch' euch mal auf euerem Dampfer. Solo ist nicht da?«
»Schuhe kaufen.« Die beiden Männer sahen sich voller Verständnis an. Man wusste Bescheid.
Tarzan, dessen Handtuch der natürlichen Wölbung seines Bauches folgen wollte, bereitete einhändig den gewünschten italienischen Muntermacher, entschuldigte sich dann und verschwand für kurze Zeit im Schlafzimmer.
Wolf Grohner hatte es sich auf der Couch gemütlich gemacht, schaute sich interessiert in dem die ganze Breite der Lady Jane einnehmenden Wohnzimmer um und genoss den Espresso.
Tarzan erschien im bequemen Trainingsanzug, eingehüllt in eine Wolke Old Spice und sah aus wie neu.
»Was Neues von deinem Vater?«, fragte er und Wolfs entspannter Gesichtsausdruck wich einer besorgten Miene.
»Deswegen bin ich hier. Ich habe fast die ganze Nacht in seinem Arbeitszimmer verbracht, habe um die halbe Welt telefoniert, jeden angerufen, den er kennt, und heute morgen meinen Kollegen in Mannheim genervt, mit dem er gelegentlich Schach spielt. Ach ja, die Polizei hat immer noch keine Spur. Das Augenrollen, wenn ich bei denen anrufe, kann ich förmlich hören. Das da habe ich in einem alten Fotoalbum gefunden ...« Er legte ein vergilbtes Briefkuvert auf den Tisch. Tarzan griff danach. Es enthielt drei Ansichtskarten. Fleckig, mit verblichenen Farben. Die Handschrift verwaschen. Sie zeigten

die New Yorker Skyline, die Niagarafälle und ein klassizistisch anmutendes Gebäude mit gepflegten Rasenflächen und gekiesten Wegen. »Columbia University, Brain of the USA« stand in typisch amerikanischer Bescheidenheit am unteren Bildrand.
Tarzan drehte die Karte um und las den Text: »Viele Grüße aus Amerika, wish you where here. Gruß Herbert« stand in steiler, energischer Handschrift auf der Rückseite. Die anderen beiden enthielten ähnlich knappe Botschaften. Alle endeten mit »Gruß Herbert«.
»Das Datum!«, Wolfs Stimme klang eindringlich. »Schau auf das Datum!«
Nur mühsam konnte Tarzan die kaum noch lesbaren Buchstaben und Zahlen entziffern. »July-11-1956«, murmelte er. Die Karte von den Niagarafällen war vier Wochen später datiert, auf der New-York-Karte konnte man den Stempel überhaupt nicht lesen.
Tarzan schaute Wolf an. »Wann hat Schachen euch besucht?«
Wolf ließ sich aufatmend zurücksinken. »Im Mai. Herbert Schachen stand an einem Samstag im Mai vor unserer Tür. Du weißt, was das bedeutet?«
Tarzan nickte bedächtig. Die Ansichtskarten hatte er immer noch in der Hand. »Er ist wieder in die Staaten zurückgekehrt.«
»Genau.« Wolf schaute Tarzan intensiv in die Augen. »Das bedeutet, Vater hat Schachen nicht umgebracht.«
»Nicht im Mai ...«
»Wie meinst du das?«
Tarzan reichte die Karten Wolf zurück und lächelte hilflos.
»Tatsache ist doch, dass der Tote im Sarkophag zweifelsfrei als Dr. Schachen identifiziert worden ist.«
Wolf nickte.
»Nachdem anzunehmen ist, dass er sich nicht selbst den Schädel eingeschlagen und sich anschließend in der Steinkiste zur letzten Ruhe gebettet hat, gehe ich davon aus, dass er umgebracht wurde. Und zwar hier in Deutschland. Nicht in New York, nicht an der kanadischen Grenze und nicht an der Columbia.« Tarzan schaute aus dem Fenster. Seine Rolle begann ihn zu nerven. Er, der von Arthur Grohners Unschuld überzeugt war, saß hier vor dessen Sohn und

trug Fakten zusammen, die den alten Mann belasteten. Mit resignierter Miene sprach er weiter:

»Schachen ist wieder zurückgekommen. Es gibt nur diese Erklärung. Vielleicht war er beim ersten Besuch nur auf der Durchreise und hatte wenig Zeit. Vielleicht hat er auch erst nach dem Gespräch mit deinem Vater den Entschluss gefasst, alte Rechnungen zu begleichen. Vielleicht, vielleicht, vielleicht ...« Tarzan hob die Hände und ließ sie entmutigt wieder in den Schoß fallen.

Dr. Wolf Grohner saß auf der großen Couch wie ein Schüler, der seinem Vater gerade die Sechs in Mathe gebeichtet hat.

»Weißt du, Tarzan ...«, er legte die Stirn in Falten, öffnete den Mund, sog Luft zischend durch die Zähne, »ich mache zur Zeit etwas durch, das lässt mich nachts nicht schlafen, das vergällt mir den Appetit und das belastet meine Beziehung zu Linda. Ich weiß nicht, ob du verstehst, wie das ist ...«, er suchte nach Worten, erhob sich und ging zur Fensterfront, »wenn du den eigenen Vater plötzlich als potentiellen Mörder siehst. Wenn du dich an solche Strohhalme wie diese alten Postkarten klammerst und es doch besser weißt. Weißt du, was das Schlimmste ist?« Er wandte sich ruckartig um, die Züge verhärtet, die Augen zu schmalen Schlitzen verkniffen. »Das Schlimmste ist, dass ich es glaube. Ja, ich glaube, dass mein Vater Schachen ermordet hat. Alles spricht dafür. Diese Ansichtskarten beweisen nichts. Gar nichts!« Er schleuderte die Karten auf den Teppich. »Entschuldige bitte, Tarzan. Danke für den Espresso ...« Mit wehendem Jackett stürmte er vom Schiff, rannte fast die Gangway hinunter und wendete den Jaguar in einer Staubwolke.

Tarzan sah ihm lange nach. Dann sammelte er die Karten ein und steckte sie in den Umschlag zurück, der noch auf dem Tisch lag. Er bereitete sich auch einen Espresso, griff sich vom Pfeifenständer neben der Kaffeemaschine eine sandgestrahlte Norup und begann, sie routiniert mit Black Cavendish zu stopfen. Vor sich hin paffend hockte er auf der Couch und betrachtete abwechselnd Vorder- und Rückseite der Ansichtskarten. Er rekapitulierte, was er über die Beziehung Grohner-Schachen wusste:

Da hatte einer seinen Boss bei der SS verpfiffen. Hatte ihn von den

Braunhemden für scheinbar immer und ewig entsorgen lassen und war auf dessen Thron geklettert. Dort saß er dann, bis die Geister der Vergangenheit Jahre später an seine Tür pochten. Bringt einer, der unliebsame Konkurrenz bei den Nazis anschwärzt, auch einen Menschen um? Ist der Weg vom Denunziant zum Mörder ähnlich kurz wie vom Voyeur zum Vergewaltiger? Kommt drauf an ...
Tarzan legte die Pfeife beiseite und schlürfte einen Schluck Espresso.
Kommt drauf an, was auf dem Spiel steht. In diesem Falle wohl ein ganzes Leben. Grohner hatte sich nicht irgendeinen lukrativen Posten ergaunert. Er hatte die Urbach-Klinik zu dem gemacht, was sie heute war. Er hatte beträchtliches Vermögen angehäuft. Die großzügige Villa, Ferienhäuser in Schweden, Italien und der Schweiz. Renommee und Ansehen sowohl in der Gemeinde als auch in internationalen Fachkreisen. Begeht man dafür einen Mord?
Tarzan zündete sich die erloschene Pfeife wieder an.
Es gab Leute, die begingen für hundert Mark einen Mord. Würde er selbst? Blödes Spiel. Andererseits ... Grohner hatte viel zu verlieren. Seine gesamte Existenz ... Da kam ein Kerl aus den USA, den hier jeder für längst tot hielt. Vergast, verbrannt, verscharrt, vergessen ... Steht vor der Tür und sagt »Hallo, ich bin's. Wir müssen miteinander reden.« Da sagt man doch gleich: »Tach auch, komm rein, freut mich, dich zu sehen. Lass uns ein Tässchen Kaffee trinken und über die bösen alten Zeiten plaudern.« Man trennt sich eine Stunde später, verspricht zu telefonieren und winkt sich freundlich zu. Der Besucher reist zurück ins gelobte Land, schickt Ansichtskarten und lebt glücklich und zufrieden bis ans Ende seiner Tage.
»Die er dann mit eingeschlagenem Schädel in einem Sarkophag im Auerbacher Burgwald beschließt«, sagte Tarzan laut und ärgerlich zu seinem Espresso. Wieder studierte er die Grußtexte auf den Ansichtskarten. Es passte einfach nicht zusammen.
Schachen war drei Jahre im KZ gewesen. Tarzan hatte Filme gesehen. War in seiner Schulzeit in Birkenau gewesen. Hatte Erzählungen seines Großvaters gelauscht und hatte Bücher gelesen. Er wusste, das war nur ein klägliches, lückenhaftes Bild dieser Vernich-

tungsindustrie. Aber Tarzan hatte Fantasie. Er hatte damals in Birkenau nicht nur Mauern, verrostetes Eisen, Bahngleise und die zahllosen, mehrsprachigen Tafeln gesehen. Er sah die Menschen. Kinder, Frauen, alte Leute in endlosen grauen, wankenden Reihen. Tarzan hatte den Rauch gerochen ... tief in seinem Inneren.
Nein. Niemand schreibt nette Kärtchen an den Teufel. Niemand schreibt »wish you where here« an einen Mann, der einem das angetan hat. Niemand.
Tarzan ließ seine Pfeife und das Kuvert mit den Karten achtlos liegen, ging ins Schlafzimmer und tauschte den Jogginganzug gegen Jeans und Lederjacke. Solo war von ihrer Freundin abgeholt worden, so dass er den Landrover nehmen konnte. Er besaß zwar noch seinen guten alten Honda Helix Motorroller, aber der stand zur Zeit in der Werkstatt.
Tarzan steuerte den Geländewagen durch Lampertheim, kaufte bei einem Bäcker noch zwei Schoko-Croissants und fuhr dann über die B44 und die B47 in Richtung Bensheim. Unterwegs futterte er die Croissants, wobei er Sitz, Fußraum und seine Hosen völlig verkrümelte. Nach dem Lauftraining verspürte er jedes Mal einen geradezu animalischen Heißhunger auf Süßes und Fettiges. Dies war wahrscheinlich der Grund, warum sein Körperbau nicht ganz der landläufigen Vorstellung eines Marathonläufers entsprach.
Vor Grohners Villa hielt Tarzan an, stieg aus und klopfte sich die Reste seiner Mahlzeit von den Jeans. Auf sein Klingeln öffnete die Haushälterin und teilte ihm mit, der gnädige Herr weile in der Klinik.
Tarzan starrte die mittlerweile wieder geschlossene Tür mit offenem Mund an.
»Der gnädige Herr weilt in der Klinik ...«, murmelte er kopfschüttelnd, drehte sich um und stieg wieder in den Landrover.
»Der gnädige Herr ...« Tarzan konnte es nicht fassen. Er startete den Diesel, legte krachend den Rückwärtsgang ein und rangierte das sperrige Gefährt vom Parkplatz. »Dann wird der gnädige Herr Tarzan mal die Hühner satteln und seiner Durchlaucht einen Besuch abstatten.« Wenige Minuten später parkte er auf dem Angestellten-

parkplatz der Urbach-Klinik und betrat die Eingangshalle, die mehr an die Lobby eines Fünf-Sterne-Hotels erinnerte als an ein Krankenhaus.

Noch nicht einmal einen mürrischen Pförtner hatten sie hier, registrierte Tarzan erfreut, als er den freundlich lächelnden, platinblonden Engel am Empfang erblickte. Das äußerst attraktive obere Drittel der Dame war hinter einem Tresen zu sehen, den die Klinikleitung wohl auf einer Versteigerung von Star-Wars-Utensilien erstanden hatte.

»Guten Tag. Ich möchte gerne zu Dr. Grohner.«

»Haben Sie einen Termin?«, flötete das Geschöpf, das seinen perfekt gestylten Körper sicher einem großzügig bemessenen Mitarbeiterrabatt verdankte.

»Sagen Sie ihm, Tarzan sei da.«

Die aufgesetzte Freundlichkeit wich kühler Reserviertheit.

»Augenblick bitte.«

Ein Finger, dessen manikürter Nagel fünfzig Prozent der Gesamtlänge betrug, huschte über die Tastatur der Telefonanlage.

»Wally hier. Maren, bei mir ist jemand, der sich Tarzan nennt und den Chef sprechen will ...«

Silikon-Wally horchte kurz in den Hörer, schenkte Tarzan einen abschätzenden Blick unter Wimpern, die in der Länge perfekt zu den Fingernägeln passten.

»Ich weiß selbst, dass das in Heppenheim ist. Sag es einfach weiter, danke.« Damit legte sie den Hörer wieder auf.

»Sie können gerne Platz nehmen, Herr Tarzan. Möchten Sie einen Kaffee oder eine Banane?«

Wenigstens hatte sie Humor.

»Kaffee bitte«, orderte Tarzan grinsend. »Viel Milch, wenig Zucker.«

Nachdem eine brünette Version der Empfangsbarbie den Kaffee serviert hatte, dauerte es noch fast zehn Minuten, bis mit wehendem Kittel Wolf Grohner erschien, Tarzan die Hand reichte und ihn, den Arm um die Schulter gelegt, durch eine Seitentür geleitete. Tarzan registrierte befriedigt den erstaunten Blick des Busenwunders.

»Gibt's was Neues, Tarzan?« Sie saßen in Grohners erstaunlich

nüchternem Büro. Ein großer, schlichter Schreibtisch mit angebauter Konferenzecke, graue Aktenschränke, Diplome und Auszeichnungen an der Wand. Ein deckenhohes Bücherregal mit dem von intensivem Gebrauch zeugenden Durcheinander aus Büchern, Zeitschriften, Aktenordnern und Sortierkästen. Aus einem großen Pflanzkübel wucherten diverse Hydrokulturpflanzen an der linken Seite der großzügigen Fensterfront empor. Die Lamellen waren zur Seite geschoben und gaben den Blick frei auf den in asiatischem Stil gehaltenen, penibel gepflegten Innenhof der Klinik. Tarzan und Wolf hatten in der bequemen Sitzgruppe gegenüber vom Schreibtisch Platz genommen.
Der Chirurg schaute Tarzan erwartungsvoll an und hob beide Hände in einer entschuldigenden Geste.
»Ich möchte mich für meinen Abgang vorhin entschuldigen. Ich habe mich benommen wie ein Schuljunge. Ich habe mir aus diesen Ansichtskarten eine wackelige Brücke gebaut. Tut mir leid.«
Tarzan winkte ab.
»Ich kann dich gut verstehen, Wolf. Es geht schließlich um deinen Vater. Ich weiß ja nicht einmal selbst, was ich von alledem halten soll. Ich drehe mich im Kreis und wäge ab. Es ist so, als erkläre einem jemand, der Papst sei aus der Kirche ausgetreten. Ich bin hergekommen, um dich nach dem Arbeitszimmer deines Vaters zu fragen. Er hatte doch sicher hier im Hause ein eigenes Büro?«
Wolf nickte.
»Er ist zwar offiziell im Ruhestand, hat mir aber immer noch bei der Verwaltung und der Patientenbetreuung geholfen. Viele unserer älteren Patienten identifizieren dieses Haus immer noch mit ihm. Ohne ihn hätten wir längst einen Verwaltungsdirektor einstellen müssen. Ich selbst betrachte mich ja hauptsächlich als ärztlichen Leiter. Ich war noch nie ein richtiger Chef. Ich bin immer Arzt gewesen und möchte es auch immer bleiben. Schon von daher ist es für mich sehr schwer, dass er jetzt plötzlich verschwunden ist, ganz zu schweigen von diesem ungeheuerlichen Verdacht. Glaube mir, ich nehme jeden Strohhalm, und sei er auch noch so kurz. Sein Büro ist im vierten Stock. Ich habe es natürlich auch schon auf den Kopf ge-

stellt, aber ich weiß nicht einmal, nach was ich suchen soll ...« Wolf Grohner senkte den Kopf und Tarzan, dem der Mediziner inzwischen richtig sympathisch geworden war, hatte Mitleid mit dem Mann und schämte sich fast dafür, in ihm womöglich falsche Hoffnungen zu wecken.

»Ich auch nicht, Wolf. Ich will mir lediglich ein genaueres Bild machen. Wenn du erlaubst, würde ich mich gerne einmal in seinem Büro umschauen.«

Der Piepser in der Brusttasche von Wolfs Kittel meldete sich. Die beiden Männer erhoben sich und Wolf öffnete die Tür zu seinem Vorzimmer.

»Frau Erler wird dich zu Vaters Büro begleiten. Ich habe noch zu tun. Glücklicherweise ...«

Tarzan verstand. Grohner versuchte, mit Arbeit die finsteren Gedanken in Schach zu halten.

»Frau Erler, seien Sie bitte so nett und öffnen Sie für Herrn Zahn Vaters Büro. Herr Zahn ist ein Vertrauter von mir. Er hilft uns bei der Suche nach Vater.« Er wandte sich an Tarzan: »Wenn du Hilfe brauchst oder wenn du fertig bist, wähle die 11 auf dem Haustelefon. Frau Erler steht dir zur Verfügung.«

Tarzan, dem bei dem letzten Satz normalerweise eine politisch völlig unkorrekte Bemerkung entschlüpft wäre, verspürte diesmal keine Lust zu plumpen Anzüglichkeiten. Der Ton und der Gesichtsausdruck Wolf Grohners verhinderten das.

Frau Erler, eine etwas rundliche Frau in den Sechzigern, die mehr natürliche Schönheit ausstrahlte als Silikon-Wally und ihr brünettes Duplikat zusammen, ging auf unglaublich hohen Absätzen voraus. Ihr Gang verriet, dass Flip-Flops oder Birkenstocks niemals eine tragende Rolle in ihrem Leben gespielt hatten.

Im Lift umhüllte sie eine dezente, aber äußerst kostspielig wirkende Duftnote. Tarzan kam sich in seiner speckigen Lederjacke vor wie der Schmuddel-Kommissar in einem drittklassigen Krimi.

»Sie kannten sicher Dr. Arthur Grohner?«, fragte Tarzan.

»Oh ja.« Die Frau im hellgrauen Kostüm lächelte ohne jede Fröhlichkeit. »Ich habe mein ganzes Leben für ihn gearbeitet. Wenn er

hier ist, bin ich immer noch seine rechte Hand.«
Sie stockte, ihr Mund verkrampfte sich.
»Kannten Sie ihn, Herr Zahn?«
»Ich habe ein paar mal mit ihm gesprochen. Ein feiner alter Herr. Ich konnte es kaum glauben, als ich hörte, wie alt er wirklich ist. Er wirkte auf mich wie ein höchstens Siebzigjähriger.«
»Sind Sie ein Detektiv oder so etwas?« Der Lift stoppte, auf dem Display leuchtete eine rote Vier.
»Meine Partnerin und ich sind in der Sicherheitsbranche tätig, aber Detektive sind wir eigentlich nicht. Nicht so, wie es im Film immer ist. Wir helfen Ihrem Chef seinen Vater zu finden, das ist alles.«
Frau Erler schloss eine Tür am Ende des mit blauem Teppichboden ausgelegten Flures auf und öffnete die Tür.
»Finden Sie ihn, Herr Zahn«, sagte sie mit leiser Stimme. »Er ist ein guter Mensch.«
Sie wandte sich rasch ab und stöckelte davon. Tarzan schaute ihr nach. Ihre linke Hand wischte kurz über die Augen.
Resigniert schaute er sich in dem nicht sehr großen Arbeitszimmer um. Es war ebenso wie das Büro des Sohnes zweckbestimmt eingerichtet, allerdings ohne Konferenztisch und Sitzecke. Vor dem antik wirkenden Schreibtisch standen zwei bequeme Besuchersessel, dahinter ein alter Holzstuhl mit von den Jahrzehnten blank polierten Armlehnen. Das obligatorische Bücherregal war allerdings bedeutend ordentlicher als das von Wolf. Auch befand sich hier kein Computer. Das moderne Telefon wirkte auf der grünen Schreibtischplatte seltsam unpassend. Ein fast schwarz nachgedunkelter Aktenschrank aus Eiche stand an der Wand neben der Tür. Eine hölzerne Trittleiter mit Rollen befand sich davor. Sie würde in jede Klosterbibliothek passen, fand Tarzan.
Von hier oben hatte man einen weiten Blick entlang der Bergstraße. Die Urbach-Klinik befand sich am Westhang des Melibokus, zwischen Auerbach und dem benachbarten Zwingenberg. Das Fenster von Arthur Grohners Büro ging nach Nordwesten, und bei guter Sicht konnte man von hier aus den Taunus mit dem großen Feldberg sehen.

Tarzan stellte sich vor das Regal und überflog die langen Reihen der Buchrücken. Das meiste war Fachliteratur, zum Teil dick wie Ziegelsteine, aber auch schmalbrüstige Bändchen, Hefte und Kladden. Tarzan wandte sich wieder ab, ging um den Schreibtisch herum und setzte sich in den knarrenden Holzstuhl. Rechts und links befanden sich jeweils zwei Türen, hinter denen sich eine Reihe von Schubladen verbarg. Die Türen besaßen Schlösser, in denen jedoch die Schlüssel staken. Tarzan öffnete die rechte Tür und zog die Laden der Reihe nach heraus. Das Übliche: Papier, Schreibzeug, Ordner, Heftmappen und allerlei Krimskrams, wie er sich wohl in allen Schreibtischen der Welt auf geheimnisvolle Art und Weise zu vermehren schien. Auch die linke Seite brachte weder Dramatisches noch in irgendeiner Weise Interessantes zum Vorschein. Das hätte Tarzan auch gewundert, denn dann hätte es Wolf sicher ihm gegenüber angesprochen.
Tarzan schaute nachdenklich aus dem Fenster. Ein kleiner Traktor kämpfte sich gerade einen schmalen und steilen Wingertweg hinauf. Am hinteren Teil war ein Behälter montiert, an dem Ausleger mit Spritzdüsen befestigt waren. Ein Flugzeug gewann, aus Frankfurt kommend, schnell an Höhe.
Was hatte er zu finden gehofft? Nach was suchte er überhaupt? Tarzan wusste es nicht. Er erhob sich, bereit, Frau Erler Bescheid zu sagen. Vielen Dank für Ihre Mühe, auf Wiedersehen ...
Dann fiel sein Blick auf den mächtigen Aktenschrank. Er drehte den mit Ornamenten verzierten Metallschlüssel und öffnete die Türen, die sich erstaunlich leichtgängig öffneten. Gute Wertarbeit, dachte Tarzan anerkennend, als er den handwerklich perfekten Mechanismus betrachtete. *Bureau-Möbel-Fabrik Thalbach & Schneider aus Aschaffenburg-Leipzig* war auf der Rückseite der Tür eingebrannt. Das Möbel war mit Sicherheit dreimal so alt wie er selbst. Die ordentlichen Reihen von Aktenordnern mit ihren schwarz-grün marmorierten Deckeln waren sämtlich von Hand beschriftet. Eine feine, wie gestochen wirkende Frauenschrift. Die dazu passende Frau sah in Tarzans Vorstellung Grohners Sekretärin sehr ähnlich. Er überflog die Bezeichnungen.

*Geschäftsbericht 1952-1954, Statistik 1960-1971, Lieferungen, Mitarbeiterverträge, Landesärztekammer, Kosten/Verwaltung, Kosten Med.-Bereich* usw. Alles war nach Sachgebieten und nach Jahreszahlen geordnet. Alles verströmte den typischen Geruch nach altem Papier und Staub. Alles sah aus, als wäre es seit Jahren nicht mehr benutzt worden. Im oberen Fach standen noch mehrere Kartons aus grober, fasriger Pappe mit Griffloch und kaum mehr lesbarer Beschriftung. Es handelte sich lediglich um Jahreszahlen: *1928-1930, 1931-1940, 1941- ...* – auf diesem Karton fehlte die zweite Zahl.
In Tarzans Kopf glomm wie der Docht einer gerade gelöschten Kerze eine Idee auf. Er rollte die Trittleiter herbei, betätigte die Rollenbremse und kletterte bis fast unter die Decke. Er zog den letzten Karton mit der fehlenden Jahreszahl heraus, musste husten, als sich eine feine Staubwolke über ihn legte und stieg vorsichtig wieder die Leiter hinunter. Er kam sich vor wie ein Bürodiener um die Jahrhundertwende. Er stellte den Karton auf den Schreibtisch, nahm wieder auf dem harten Holzstuhl Platz und öffnete den Deckel.
Säuberlich durch Karteikarten getrennt, befanden sich darin zahlreiche vergilbte Papiere. Tarzan zog wahllos ein Formular heraus. Es handelte sich um eine Tabelle. Zahlen und medizinische Begriffe standen darauf, die Tarzan nichts sagten. Er griff in eine andere Rubrik. Offenbar Korrespondenz. Sorgfältig gefaltete Briefe. Alle in der gleichen Handschrift. Anders als die saubere Schrift auf den Ordnern im Schrank, war es eine typische Doktorenklaue: Hieroglyphenartig zogen sich lange, von steilen Zacken unterbrochene Tintenwürmer über das Papier. Hier und da ein I-Punkt, U-Striche und seltsame Kreise und Schnörkel. Die Unterschrift, wenn vorhanden, war immer die gleiche. Mit Mühe und sehr viel Fantasie erkannte Tarzan ein verfremdetes *H. Schachen,* wobei einzig das H und das S des Nachnamens als Buchstaben erkennbar waren. Der wilde Kringel am Anfang sollte wohl den akademischen Grad darstellen. In Tarzans Hinterkopf erwachte die verlöschte Ideenflamme wieder zum Leben. Klein und flackernd, gewann sie jedoch rasch an Leuchtkraft.
Er griff zum Telefon, wählte die 11 und bat Frau Erler zu sich. Bis zu

ihrem Eintreffen legte er noch zwei weitere Schriftstücke auf die fleckige grüne Schreibunterlage von Arthur Grohners Schreibtisch. Er lehnte sich zurück und versuchte, sich an die Ansichtskarten zu erinnern. Dumm, dass er sie auf der *Lady Jane* liegengelassen hatte ...
Er hatte die Tür offen gelassen und schrak aus seinen Gedanken, als Frau Erler im Zimmer stand.
»Kann ich Ihnen helfen, Herr Zahn?«
Tarzan erhob sich, deutete auf die Papiere und fragte: »Kannten Sie eigentlich Dr. Schachen noch?«
Die Frau musterte ihn lächelnd. »Ich bin älter, als Sie vielleicht glauben. Selbstverständlich kannte ich Dr. Schachen.«
»Ist das hier seine Schrift?« Er nahm einen der Briefe und hielt ihn ihr hin. Sie nahm das gelbe Blatt zur Hand und schaute es nur kurz an.
»Das ist seine Schrift. Die erkenne ich unter tausend anderen.«
»Kein Zweifel?«
»Nicht der geringste. Als junge Tippse habe ich mir noch die Finger an einer alten Adler-Maschine wund gehämmert. Ich hatte zu Beginn meiner Tätigkeit große Schwierigkeiten mit den Handschriften der Herren Doktoren. Ich habe nachts sogar schon davon geträumt. Das hat Dr. Schachen geschrieben. Kein anderer.«
»Könnte ich davon eine Kopie haben?«
»Gerne. Gehen wir in mein Büro?«
Wolf Grohner war im OP. Deshalb verzichtete Tarzan drauf, ihm mitzuteilen, was er im Arbeitszimmer seines Vaters entdeckt zu haben glaubte. Es war vielleicht besser, wenn er zuerst mit Solo darüber sprach. Er fuhr auf dem schnellsten Weg zurück nach Lampertheim, erreichte bereits nach 20 Minuten die *Lady Jane* und wäre hinter der Eingangstür beinahe über Solos Motorradstiefel gestolpert, die direkt dahinter auf dem Boden lagen. Verwundert betrachtete er die überall verstreuten Plastiktüten und leeren Kartons.
»Solomaus?«, rief er besorgt. Keine Antwort.
»Solo?« Diesmal ohne Maus, dafür ernsthaft besorgt. Er fand seine Freundin im Wohnzimmer auf der Couch liegend. Vor ihr auf dem Boden lagen zwei leere Joghurtbecher sowie diverse Pappschachteln

von Mc Donalds. Ihre Jacke lag vor dem Fernseher auf dem Boden. Ein Apfelstrunk und eine Bananenschale verzierten die ansonsten immer penibel polierte Tischplatte aus Glas.
»Hallo Tarzan ...« Sie blickte ihm gelassen entgegen.
»Hallo Solo ...« Er beugte sich zu ihr hinunter, um ihr einen Kuss zu geben. Sie drehte den Kopf zur Seite und Tarzan wich erstaunt zurück.
»Was ist denn los, Solo? Ist was passiert? Was hast du denn?«
»Nichts.« Tonlos, teilnahmslos.
Bei Tarzan machte sich ein gewaltiges Unwohlsein breit. Wenn Solo »nichts« in diesem Ton sagte, dann war da sehr wohl etwas. Etwas, das verdächtig nach Ärger roch. Nach großem Ärger. Für ihn ...
»Äh ...«
»ÄH!« Solo sprang auf, als hätte sie die ganze Zeit auf einer riesigen Sprungfeder gelegen. Wenn sie sich richtig aufblies, überragte sie Tarzan fast um Haupteslänge.
Ihr Gesicht war dunkelrot vor Zorn. Ihre Stimme gefährlich leise und beängstigend ruhig: »Du hast völlig recht. Dieser ganze Mist hier ...«, sie machte eine umfassende Handbewegung, die verdächtig nach zurückgehaltener Backpfeife aussah, »... ist völlig unnötig. Man verplempert Jahre seines Lebens mit Aufräumen, Putzen, Ordnung halten. Alles Unsinn.«
In Tarzan keimte eine Ahnung ...
Solo fuhr mit ihrem Monolog fort: »Ich werde mir das abgewöhnen. Bestimmt werde ich bald so weit sein wie du: Niedere Arbeiten finden nicht mehr statt. Lasst uns dem großen Ganzen dienen. Dem Geist der Freiheit. Sauberkeit im Kopf ist die wahre Ordnung. Ist so ein Leben nicht herrlich?« Sie rauschte an ihm vorbei, öffnete die Tür zur Küche und lächelte ihn einladend an. Es war das gleiche Lächeln wie bei einem weißen Hai, der gerade ein besonders leckeres Opfer erspähte.
Vorsichtig, um sie nicht noch mehr zu reizen, folgte Tarzan der unausgesprochenen Einladung. Er näherte sich der Küche, als lauere darin eine zehnköpfige Medusa.
»Schöne Schuhe ...«, sagte er leise.

Es stimmte. Solo hatte im Rhein-Neckar-Zentrum wieder einen guten Fang gemacht. Schicke Sommerschuhe in Sonnengelb, bequeme Mokassins mit Ethno-Muster, elegante City-Treter mit modischen Accessoires und mehrere Badelatschen in Neonfarben. Sie lagen auf dem Tisch, auf der Anrichte, ein Paar Badelatschen ragte aus einem Kochtopf und Tarzans Müslischüssel in der Spüle wurde von einem weichen Wildlederschuh veredelt.
»Schön, nicht wahr ...« Solos Stimme wurde schrill.
»Sie passten leider nicht zu deinen stinkigen, verdreckten, ausgelatschten Paddelbooten von Laufschuhen!«
»Wo sind meine Laufschuhe?« Tarzan beschlich ein mulmiges Gefühl. Autsch, dachte er. Ich habe nur an Wolf und seinen Vater gedacht. Die Laufklamotten, die er bei Wolfs Ankunft achtlos in die Küche geschmissen hatte, hatte er völlig vergessen.
»Wo gehört deiner Meinung nach Stinkiges und Dreckiges hin?« Solos Stimme troff vor Selbstgefälligkeit.
»Äh ...«
»Genau ...«
Tarzans Blick wanderte nach draußen. Das weißgraue Müllauto fuhr gerade die Rampe zum Parkplatz hinunter. Tarzans Gesicht verfärbte sich. Ein interessanter bläulich-roter Farbton breitete sich vom Hals her darauf aus.
»Nein!« Mit hervorquellenden Augen stürzte er an Solo vorbei, riss die Eingangstür auf und polterte über den Steg. Gerade stellte einer der Entsorger die graue Tonne hinter den Greifarm der Presse.
»Halt! Stop!« Schnaufend erreichte Tarzan den Mann, der verwundert innehielt.
»Augenblick!« Tarzan öffnete die Mülltonne, fischte seine Schuhe sowie den Rest seiner Laufgarderobe heraus und griente den erstaunten Mann schief an. »Danke, schönen Tag noch!«
Am Ende der Gangway erwartete ihn Solo. Sie stand neben dem Eingang wie der Türsteher vor einer Nobeldisco.
»Leute, die in Mülltonnen wühlen, kommen hier nicht rein.«
Tarzan platzte der Kragen.
»Es reicht jetzt! Ich habe es kapiert, verdammt noch mal! Komm

jetzt wieder runter von deinem Ross und benimm dich wie ein normaler Mensch!«
»Wie ein normaler Mensch?« Solo zischte wie ein defekter Presslufthammer. »Wie ein normaler Mensch? Etwa so, wie du einer bist? Einer, der das ganze Bad unter Wasser setzt, die Hälfte seiner Körperbehaarung in der Wanne verstreut, seine miefigen Klamotten in der Küche herumschmeißt, seine dreckigen Latschen als Garnierung obendrauf und seine verharzte Pfeife auf dem Wohnzimmertisch auskippt? Ich bemühe mich, Lothar! Ich bemühe mich wirklich!«
Tarzan war zutiefst erschrocken über Solos Heftigkeit. Es war jetzt wohl besser das Programm »Der zerknirschte Täter« abzuspielen.
»Schon gut. Beruhige dich. Ich entschuldige mich. Es tut mir leid. Ich mach es wieder gut. Sorry, Liebes ...«
»Du machst es wieder gut?« Ein gefährliches Glitzern in Solos Augen ließ Tarzan das Schlimmste befürchten.
»Du räumst alles auf?«
Nicken.
»Auch meinen Dreck?«
Widerstrebendes Nicken.
»Augenblicklich?«
Resigniertes Nicken.
»Dann mal an die Arbeit. Ich gehe rauf zu Manni. Heute im Angebot: ein Stück Kuchen nach Wahl und ein Pott Kaffee, 3,50 DM. Viel Spaß.«
Tarzan brauchte zehn Minuten, um alles in Ordnung zu bringen und weitere 90, um es so in Ordnung zu bringen, dass es für Solo akzeptabel war. Zwischendurch schaute er zum Restaurant Fährhaus hinüber. Gelächter von der Terrasse, welches sich wohl nur in seiner Fantasie wie Solos anhörte. Tarzan hatte die Wut im Bauch in Arbeitseifer konvertiert. Andernfalls wäre er wohl geplatzt. Er war wütend. Wütend auf seine Gedankenlosigkeit. Nichts hasste er mehr als Streit mit Solo. Freunde warfen ihm öfter vor, er stünde unter ihrem Pantoffel. Das stimmte zu einem kleinen Teil, aber er konnte ganz gut damit leben. Er liebte seine Solo abgöttisch und es lohnte sich durchaus, ab und zu im Schatten eines Pantoffels zu verweilen.

Ab und zu. So wie heute zum Beispiel.
Als er endlich erschöpft auf der Couch saß, blitzte und blinkte die Wohnung wieder, als hätte niemals ein Mann die Schwelle überschritten.
Solo näherte sich gemessenen Schrittes. In der Hand trug sie einen Teller, der mit weißem Papier abgedeckt war.
Sie grinste lausbübisch, als sie den Kopf vorsichtig zur Tür hereinstreckte. Anerkennend verzog sie die Mundwinkel, kam zu Tarzan ins Wohnzimmer und stellte den Teller auf den Tisch.
»Die Käsesahne ist ein Gedicht. Schönen Gruß von Manni. Er hat mir geraten, damit die Wogen zu glätten. Ich bin ausgerastet. Tut mir leid.«
Solos Gesicht hätte Granitfelsen zum Weinen gebracht. Tarzans misstrauisch blickende Augen schlossen sich, als Solos Mund seine Lippen berührten.
Frauen!
Wenig später, die Käsesahne dichtete mittlerweile in Tarzans Bauch weiter, legte Solo die Ansichtskarten und den kopierten Brief zurück auf den Tisch.
»Warum hast du mir das nicht gleich gesagt?«
Frauen!

* * *

»Interessant.« Hauptkommissar Katter wog die Ansichtskarten in der Hand. Solo und Tarzan saßen vor seinem Schreibtisch. Kommissar Maier lehnte an der Fensterbank und versuchte, den Rauch seiner Zigarette aus dem Fenster zu blasen.
»Raimund, haben wir Kontakte in die Staaten?«
Maier nickte.
»Die Jungs aus Wiesbaden ermitteln im dortigen Umfeld Schachens. Es ist mühsam. Alles schon so lange her. Aber wir haben gute Kontakte zum FBI. Die sind schon dran, aber bis jetzt haben sie noch nichts Greifbares. Die meisten Kollegen von Dr. Schachen sind schon tot.«

An Solo und Tarzan gewandt, sagte Katter: »Ich danke Ihnen für Ihre Hilfe. Wir werden das hier den Grafologen vorlegen, aber ich würde sagen, selbst für mich als Laien sind das zwei völlig verschiedene Schriften.«
»Könnte sich eine Handschrift nicht im Laufe der Zeit ändern?«, fragte Solo.
Katter nickte. »Klar ändern sich Handschriften. Aber nicht komplett. Jedenfalls nicht in diesem Ausmaß. Ich denke auch, dass die Ansichtskarten von einer anderen Person geschrieben wurden als dieser Brief, den Frau Erler ja bereits als von Dr. Schachen verfasst identifiziert hat. Es ergeben sich jetzt ganz neue Gesichtspunkte. Wir werden dem natürlich nachgehen. Zunächst werden wir noch einmal mit Grohners Sohn sprechen. Nochmals vielen Dank, Frau Solomon, Herr Zahn.«

* * *

**Donnerstag, 27. April**

»Ich habe heute noch einmal einen Rundruf gemacht.« Wolf Grohner saß in seinem Wohnzimmer, ein Glas in der Hand, das er umklammerte, als hätte er Angst, es könne davonfliegen.
»Ich habe rund um den Globus telefoniert und gefaxt. Alle Kollegen, mit denen er jemals Verbindung hatte. In unseren Häusern. In den Kliniken, mit denen wir schon zusammengearbeitet haben. Alte Freunde, Golfclubs, Schulkameraden, ehemalige Patienten, alle und alles.«
Linda seufzte.
»Wir werden uns wohl an den Gedanken gewöhnen müssen, dass ...«
Sie sprach es nicht aus, aber Wolf nickte resigniert.
»Ich wehre mich trotzdem dagegen. Alles in mir schreit: Er war es nicht. Es ist nicht rational, es ist nicht logisch. Alles spricht dafür, dass die Polizei recht hat. Alles. Nur mein Herz nicht. Es kann doch wohl nicht möglich sein, dass ich ein ganzes Leben lang einen Vater hatte, zu dem ich aufblickte, der mein Vorbild war, dem ich meine berufliche Laufbahn verdanke, meinen relativen Wohlstand, die Si-

cherheit, dieses Haus, dieses, dieses ...« Er stand auf, das Glas zersplitterte an der Wand. Sein Gesicht war rot vor Zorn, verzerrt zu einer Maske, die Linda zutiefst erschreckte.
»Mein Vater ist kein Mörder!« Die wütende Grimasse zerfiel. Hilflos starrte Wolf Grohner aus dem Fenster, die Arme hingen schlaff herab, kraftlos ließ er sich zurück in die Polster fallen und stützte den Kopf in beide Hände. Die Tür wurde geöffnet, die Haushälterin erschien, kehrte die Glassplitter zusammen und zog sich diskret wieder zurück.
»Diese Ansichtskarten waren ein Hoffnungsschimmer, verstehst du, Linda?« Er schaute sie aus feuchten Augen an.
»Ich war fast euphorisch, als ich sie in seinem Arbeitszimmer fand. Da war er, der Beweis. Tarzan hat mich zurückgeholt aus meinem Wunderland. Wie ein Vater, der seinem Sohn erklärt, dass es den Weihnachtsmann gar nicht gibt. Ich bin ihm jetzt sogar dankbar dafür ...« Er machte eine Pause, holte tief Luft, legte die Hände auf seine Knie und schaute Linda offen an.
»Das hier eben hat mich überzeugt. Ich bin Arzt. Praktizierender Chirurg. Ich habe in meinem langen Berufsleben gelernt, dass es feste Größen gibt. Ich kann aus einem Geierzinken hübsche Stupsnasen machen. Ich kann Busen bis zur Größe von Heißluftballons vergrößern, ich kann Wangen straffen, Ohren anlegen, alles das, aber ich kann nicht aus Frankensteins Monster Schneewittchen zaubern. Das muss ich akzeptieren. Damit muss ich mich abfinden. Katter hat die weltweite Fahndung herausgegeben. Du hast es gehört. Zielfahnder sind angesetzt. Der Apparat läuft jetzt erst so richtig an. Ich gebe auf. Ich stelle mich der Realität, sei sie auch noch so schmerzhaft.« Er beendete seinen Monolog, erhob sich, holte sich ein neues Glas und füllte es zu Lindas Erstaunen mit Mineralwasser. Er leerte es in einem Zug, schenkte sich wieder nach und nahm wieder Platz. Es war erst eine Viertelstunde her, dass Hauptkommissar Katter gegangen war. Er hatte ihn über den Stand der Ermittlungen informiert. Hatte ihm gesagt, was am frühen Morgen das Landeskriminalamt gefaxt hatte: Dr. Herbert Schachen war im Juli 1956 zu einer Europareise aufgebrochen, von der er niemals zurückkehrte. Sechs

Wochen nach seiner Abreise meldete ihn seine Fakultät als vermisst. Die Ermittlungen verliefen im Sande. Das FBI nahm zwar Kontakt mit deutschen Behörden auf, man ging allerdings von Anfang an davon aus, dass der Professor aus eigenem Antrieb verschwunden war. Studenten gegenüber hatte er öfter von einem Leben abseits jeglicher Hektik geschwärmt. Irgendwo an einem ruhigen Ort, einem Kloster, einem einsamen Bergdorf, einer schottischen Insel wolle er einmal seinen Lebenstraum verwirklichen. Bibliophile Forschungen betreiben. Bücher schreiben, die Natur studieren. Die Akten wurden bereits nach drei Monaten geschlossen. Zumal nirgends eine unbekannte Leiche entdeckt wurde und es keinerlei Hinweise auf ein Verbrechen gab. Das FBI war der Ansicht, dass ein erwachsener Mann, der verschwinden wollte, auch das Recht dazu hatte. Sofern er keine Autos gestohlen, keine Drogen verkauft und keine Anschläge auf den Präsidenten geplant hatte.
»Aber er muss doch irgendwo sein ...« Linda empfand tiefstes Mitgefühl für Wolf. In der vergangenen Nacht hatten sie miteinander geschlafen. Die erschöpften Pausen genossen. Ihre Leidenschaften hemmungslos ausgelebt. Zwei Menschen, die schon alles erlebt hatten, die alles wussten, alles praktizierten, was möglich und gewollt war. Linda hatte nie den groben, unbeholfenen, spontanen Sex der Jugend vermisst. Sie waren ein gutes Team. Zärtlich, stark, schwach, weich ... die Glut der Jahre, nannte sie es gerne. Sex, der auch die geistige Ebene mit einschloss. Zwei Menschen, die sich auch intellektuell vereinigten. Der Sexualakt war lediglich das Vehikel für diese höhere Art des Einsseins. Sie war nie gierig gewesen. Wenn sie monatelang keinen Sex hatte, fehlte ihr nichts. Lieber enthaltsam als billige Befriedigung. Linda hatte noch nie in ihrem Leben einen sogenannten One-Night-Stand gehabt. Ihre Ansprüche schlossen das aus. Nicht unbedingt ein Vorteil, aber für eine Nacht wie die in den Armen von Wolf lohnten zehn verschenkte Jahre.
Linda hatte sich endgültig entschieden. Der Zeitpunkt war nur für Außenstehende ungünstig. Linda empfand eine immer tiefer werdende Zuneigung zu diesem innerlich zerrissenen Mann. Liebe? Linda war alt genug, um das meiststrapazierte Wort der Welt nicht

zu wichtig zu nehmen. Liebe war für sie weder mit Sex noch mit Sympathie verwandt. Beides konnte hilfreich sein, führte aber nicht zwingend zur Liebe. Für Linda war die Liebe etwas, das sich entwickelte. Sie hatte immer über die sogenannte »Liebe auf den ersten Blick« gelacht. Vielleicht könnte sie Wolf Grohner einmal lieben. Die hinter ihr liegende Nacht versprach Dinge, die eine langweilige Beziehung wohl eher ausschlossen. Viel wichtiger aber war die mentale Öffnung dieses Mannes. Ein Mann, der so gut aussah, so vieles erreicht hatte, große öffentliche Anerkennung genoss und sich nicht seiner Tränen schämte. Ein Mann, der sie hineinschauen ließ in seine Abgründe, seine Mutlosigkeit und seine Zweifel. Ja, Linda glaubte fest daran, dass sie diesen Mann einmal lieben könnte.

»Die Spur endet hier«, sagte sie leise. »Hier in diesem Haus, im Juli 1956. Es tut mir so leid, Wolf ...«

»Finden wir ihn.« Wolfs Stimme klang fest und bestimmt. Seine graublauen Augen schimmerten entschlossen. »Zusammen mit deinen Freunden werden wir ihn finden. Hoffentlich vor der Polizei. Ich weiß nicht, wie ich es verkraften würde, wenn ich ihn im Gefängnis sähe. Ich möchte ihm Fragen stellen. Aber nicht durch eine Glasscheibe oder durch ein Gitter. Ich will Klarheit. Ich will wissen, wer mein Vater ist.«

# 8
# Das Gold des Kardinals

Wolf verabschiedete sich von Linda. Er hatte in der Klinik einen wichtigen Termin wahrzunehmen. Merkwürdigerweise verursachte der Rummel um das Verschwinden von Arthur Grohner der Urbach-Klinik keine Probleme. Im Gegenteil: Seit auch die überregionale Presse über den Leichenfund und den Verdacht gegen den ehemaligen Klinikleiter berichteten, nahm die Zahl der Patienten und Anfragen nach Operationsterminen sogar noch zu. Wahrscheinlicher Grund: Durch die Berichterstattung wurde die Urbach-Klinik im ganzen Land bekannt. Es gab nun mal keine schlechte Werbung. »Keine Werbung ist schlechte Werbung« war auch in dieser Branche ein geflügeltes Wort.

Linda nahm in der Küche zusammen mit der Haushälterin Alina ein zweites Frühstück ein. Alina, eine resolute Polin Anfang vierzig, die sehr gut deutsch sprach und mit ihren blonden Zöpfen, ihrer kräftigen Figur und den rosigen Wangen aussah wie einem Schullesebuch aus den fünfziger Jahren entstiegen, bewunderte ihren »gnädigen Herrn« glühend, obwohl Wolf ihr die gestelzte Anrede gerne abgewöhnt hätte. Alina litt sehr unter den Ereignissen der vergangenen Tage, hatte sie doch Arthur Grohner ebenso in ihr großes Herz geschlossen wie den »gnädigen Herrn«. In Alinas zentralem Pumporgan, gut geschützt hinter dem mächtigen Busen, war sogar noch ein Plätzchen für Linda gefunden worden. Es war Linda sogar gelungen, ihr die »gnädige Frau« auszutreiben. Mittlerweile verband die beiden Frauen eine verschmitzte Komplizenschaft und ein stilles Verständnis, das es in dieser Form wohl nur unter Frauen gab.

Linda hatte ein paar Tage frei genommen. Eigentlich wollte sie ihren Sohn Lucius besuchen, aber der hatte abgesagt, weil er zusammen mit seinem Vater in Neuseeland bergsteigen wollte. Ja, es gab ein Gefühl, das man zornige Wehmut nennen konnte. Linda kannte es gut. Der schlaksige junge Mann mit der blonden Mähne sah nicht nur aus wie Jochen, als er auf der Uni einer arroganten Göre namens Linda den Hof gemacht hatte, er hatte auch die gleichen Prinzipien, die letztendlich ihre Ehe scheitern ließen: Ein Mann muss tun, was ein Mann tun muss usw. usw. Er würde genauso ein Macho werden wie sein Vater. Bergsteigen, Drachenfliegen, in Fußballstadien sich die Lunge aus dem Hals grölen, Börsenkurse verfolgen, Saufen und alles Mögliche mit Frauen anstellen, nur nicht mit ihnen reden ...
Linda setzte sich in Arthur Grohners Arbeitszimmer und schaute Alina beim Putzen zu. Ihr dabei zu helfen, hatte sich die Polin strengstens verbeten. Sie käme auch nicht auf die Idee, alte Knochen auszubuddeln und nach Kardinälen (heilige Mutter Gottes, verzeihe mir!) zu graben. Linda hatte Alina von ihrem Verhältnis zu Lucius erzählt und sich belehren lassen, dass Kinder nur Sorgen machten, fast so schlimm seien wie Männer und vor allen Dingen Geld kosteten.
Alina putzte nicht nur, sie versetzte einen Raum in einen fast klinischen Zustand. Keine Ecke, kein Stäubchen und kein Fingerabdruck blieben ihr verborgen. Wolf hatte ihr mit Engelszungen erklärt, dass man nicht jede Woche sämtliche Bücher aus den Regalen nehmen müsse, um dahinter zu putzen. Sie fügte sich widerstrebend und Wolf wurde das Gefühl nicht los, dass sie ihren »gnädigen Herrn« von da an als absoluten Schmutzfinken betrachtete.
Die treue Seele wischte und wienerte, polierte und wedelte durch das Zimmer, dass sich Linda fragte, warum sie in ihrer Wohnung in Darmstadt noch nicht im Dreck erstickt oder von dackelgroßen Schaben angefallen worden war.
Dabei redete Alina wie ein Wasserfall, ihre helle Stimme trällerte ohne spürbare Pause wie das Lied eines manischen Kanarienvogels. Linda hatte längst gelernt, dass ein vereinzelt eingestreutes »Hmm«, ein Nicken und ein zeitweilig erstaunt wirkendes »Ach« ihr völlig

genügten, um das Ganze ein Gespräch zu nennen.
Ein erschrockener Laut und ein kurzes Scheppern ließen Alinas Arien abrupt verstummen. Fassungslos schaute Alina auf den Boden. Ein Bilderrahmen lag auf dem Parkett, umkränzt von glitzernden Scherben. Alina hielt sich die Hand vor den Mund, als habe sie soeben den Untergang der westlichen Welt ausgelöst. Linda erhob sich, beruhigte die gute Seele mühsam und griff zu Besen und Kehrschaufel. Vorsichtig drehte sie den Rahmen um. Es war das Bild, auf dem Arthur Grohner zusammen mit Helmut Kohl abgebildet war. Alina standen Tränen in den Augen und sie stammelte polnische Sätze, die sich anhörten, als hätte sie ihr Leben nun für immer verwirkt. Linda betrachtete den Rahmen, stellte fest, dass es sich um ein 08/15-Produkt handelte und erklärte der völlig aufgelösten Haushälterin, dass sie im Fotoladen einen neuen besorgen würde. Ja, heute noch. Ja, bevor der gnädige Herr zurückkäme. Ja, sie würde ihm nichts erzählen. Ja, sie sei die Beste und die Liebste und, und, und ...
Linda legte das Bild auf den Schreibtisch und entfernte vorsichtig die letzten Splitter aus dem Rahmen, während Alina den Staubsauger holte, um die letzten feinen Glassplitter zu eliminieren. Linda nahm das Foto in die Hand. In markanter Handschrift stand auf der Rückseite: »Eine gute Zeit, ein guter Freund«, die krakelige Unterschrift entzifferte sie mühsam als »Helmut«. Sie betrachtete die Aufnahme. Eine Männerfreundschaft. Gespräche über Fußball, Autos, Frauen und, in diesem Falle sicher, über Politik. Sie lächelte, wollte das Foto gerade weglegen, als ihr Blick auf ein Detail fiel ...

* * *

*Er* war lange nicht mehr hier gewesen. Der Mann im Kerker nannte *Ihn* nicht beim Namen. Nicht einmal in Gedanken. Da schon gar nicht. Er kannte *Seinen* Namen. Aber er ließ nicht zu, dass sein Gehirn ihn formte. *Er* war unpersönlich. Form- und gestaltlos. Ohne Gesicht. Ohne Identität. Ohne Verbindung. *Er* ... Wesen, Tier, Daseinsform ohne Wertigkeit.

Es war kalt. Dunkel. Die Kerze war längst ausgegangen. Vor Stunden schon. Stunden? Tage! Wochen? Er hatte keinerlei Zeitgefühl mehr. Er zog sich die Decke bis unters Kinn. Wärme. Stille. Das ferne Plätschern war verstummt. Das war das Schlimmste. Das Plätschern. Es erinnerte ihn an den stinkenden Kübel in der Ecke. Alle Knochen taten ihm weh. *Er* hatte ihm Decken dagelassen. Kissen. Eine Matratze. *Er* brachte ihm Essen und Wasser. Vor langer, langer Zeit einmal sogar ein Bier. Labsal. Wie sich die Ansprüche doch den Umständen anpassten. Der Mensch war ein Wunder an Anpassungsfähigkeit. Niemand wusste das so genau wie er. Die Dunkelheit war vollkommen. So vollkommen, dass er nicht wusste, ob es tatsächlich absoluter Mangel an Licht war, oder ob er inzwischen erblindet war. Er hoffte Ersteres. Er hoffte. Hoffen war das Einzige, was er noch konnte. Und den Kübel benutzen ... Reduktion auf das Leben. Leben als Fortdauer organischer Funktionen. Biologisch, das Geistige kommt hier definitiv zu kurz. Ein Lieblingssatz von ihm. Ausgesprochen auf langweiligen Partys und fast jedes Mal, wenn er den Fernseher einschaltete. Wann hatte er das letzte Mal ferngesehen? Es musste in einem anderen Leben gewesen sein. Der Umstand, dass er noch lebte, war es auch, der die Hoffnung nährte. *Er* hätte es doch auch einfacher haben können. Warum hatte *Er* ihn hierher geschleppt? In dieses Verlies? Wenn *Er* ihn getötet hätte, wäre vieles einfacher für *Ihn*. Die seltenen Besuche, um ihm Essen zu bringen, den Wasserkanister auszutauschen und den Kübel zu entleeren. Riskant. Jemand könnte *Ihn* dabei beobachten. Jemand könnte diesen Ort entdecken. War es nur ein Zögern? Ein Ringen mit sich selbst? Ein Abwägen? Verdankte er sein vegetierendes Dasein einem Geist, der sich nicht entscheiden konnte? Er hoffte auf eine baldige Entscheidung. Er hatte keine Angst vor dem Tod. Hatte niemals welche gehabt. Erwartete ihn wohl schon seit über 20 Jahren, aber der Gevatter hatte immer bedauert: Sie haben keinen Termin. Sie sind noch nicht an der Reihe. Wir haben hier noch keinen Platz für Sie. Später vielleicht ...

Der Tod wäre ihm nun so willkommen wie niemals zuvor. Vielleicht könnte er ja mit seinem Ableben *Ihm* in die Suppe spucken ...

Er hatte die Luft angehalten, bis er glaubte zu zerplatzen. Hatte probiert, sich zu strangulieren. Hatte seinen Kopf gegen die Wand gestoßen. Sich umzubringen war ein mühsames Geschäft, wenn man nichts hatte, was es schnell und unwiderruflich machte. Keine Pistole, kein Messer. Noch dazu tat es weh ...
Ein Geräusch!
Sein Körper spannte sich. Sein Kopf ruckte hin und her. Seine Ohren versuchten, das Rauschen seines eigenen Blutes zu filtern.
Da!
Ein Knirschen und Schaben. Weit weg. Jenseits des Jupiters. Ein dumpfer Laut ...
*Er* kam wieder!
*Er* würde wieder eine Kerze mitbringen. Essen. Frisches Wasser. *Er* würde den ekligen Kübel entleeren.
Schritte näherten sich. Die Dunkelheit wich diffusem Schein, der rasch heller wurde. Er war also noch nicht blind! Jenseits der mächtigen Gittertür schälten sich die Umrisse des massigen Sarkophags aus der Schwärze. Die Verzierungen und Ornamente auf seiner Oberfläche schienen sich zu bewegen. Er beneidete den Kardinal glühend. Seit über 500 Jahren ruhte der Glückliche hier in seinem prachtvollen Bett. Er brauchte keinen Kübel, kein Wasser, keine stinkende, feuchte Decke.
Er schloss geblendet die Augen, als der gleißende Strahl der starken Handlampe ihm direkt ins Gesicht leuchtete, hob die Hände abwehrend.
Der Ankömmling senkte den Lichtstrahl in Richtung des staubigen Bodens. *Er* wirkte riesig. Ein Monster.
»Die Hände!« Emotionslos, leidenschaftslos. Geschäftsmäßig. Er schob die Hände durch das Gitter, fühlte die Handschellen klicken und ging mit der aufschwingenden Tür rückwärts. *Er* zerrte den Kübel aus der Ecke, verschwand mit ihm aus seinem Gesichtsfeld und kam kurz darauf wieder zurück. Den leeren Blechkanister tauschte *Er* durch einen vollen aus. Ein Paket mit Nahrungsmitteln ließ *Er* in Reichweite seines Opfers liegen. Dann nahm *Er* ihm wieder die Handschellen ab und schloss das Gitter. Neben dem Sarkophag,

weit entfernt von dem Gefangenen, platzierte *Er* eine dicke Kerze. Er zündete sie an, wandte sich um und verschwand in dem steil abwärts führenden Gang.
Kein Gruß. Kein unnötiges Wort. Er hatte es längst aufgegeben, *Ihn* in ein Gespräch zu verwickeln. Gierig griff er nach dem Kanister. *Er* war lange fort gewesen. Er hatte schon gehofft, er würde hier verdursten. Gehofft und gefürchtet. Er wusste nicht, was stärker war. Er war wieder allein. Allein mit dem Kardinal von Auerbach.

* * *

Linda betrachtete das Bild mit zusammengekniffenen Augen, hielt es ins Licht, kramte in der mittleren Schreibtischschublade nach einer Lupe. Sie bewegte das Vergrößerungsglas über das Foto. Helmut Kohls Grinsen erschien überdimensional. Linda mochte den Mann. Sie hatte ihn einmal persönlich getroffen. Ein hochgebildeter Mensch und in gewisser Weise sogar ein Kollege. Der promovierte Historiker wurde von vielen unterschätzt. Der Vollblutpolitiker in ihm wusste diesen Umstand klug zu nutzen. Seine Karriere bestätigte das. Linda ließ die Lupe wandern. Die Vitrine ... In der oberen Etage glänzte etwas golden ...
Sie bewegte die Lupe hin und her. Der Fotograf hatte das Bild natürlich auf die dargestellten Personen scharfgestellt, der Hintergrund erschien undeutlich. Dennoch gab es für Linda keinen Zweifel. Sie versuchte, auch die weiteren Gegenstände in der Vitrine einzuordnen. Einige waren zu klein, um erkannt zu werden. Doch in der zweiten Etage schimmerte ein eindeutiges Schmuckstück ... Ganz zu schweigen von dem, was sie zuerst gesehen hatte. Linda legte die Lupe zur Seite und betrachtete die Vitrine neben dem Schreibtisch. Es war die gleiche wie auf dem Foto. Absolut. Nur der Inhalt ... Sie erhob sich. Alina war bereits ins nächste Zimmer gezogen. Kopfschüttelnd musterte sie den afrikanischen Kitsch und die zwar authentischen, dennoch aber relativ wertlosen Gegenstände.
Sie nahm das Foto zur Hand und schaute es noch einmal mit Hilfe der Lupe an.
Wenn das, was sie hier sah, tatsächlich echt war, dann erklärte das

auch die kostspielige Sicherheitsvitrine. Linda steckte das Bild in einen Umschlag, holte ihre Handtasche und sagte Alina, dass sie zum Fotoladen wolle, einen neuen Rahmen besorgen.
Nach wenigen Minuten erreichte sie die B3, fuhr an dem kleinen Fotogeschäft vorbei und erreichte nach fünfzehn weiteren Minuten Darmstadt. Sie parkte auf dem Mitarbeiterparkplatz des Landesmuseums, benutzte den Seiteneingang und grüßte Katharina, die in der Zentrale Dienst tat.
»Hallo Linda, ich denke, du hast Urlaub?«
»Hab' ich auch. Will nur schnell was nachschlagen.« Linda betrat ihr kleines Büro mit Blick auf den das Museum umgebenden Park, schaltete den Kopierer ein und startete den Computer. Sie loggte sich ein, rief eine Suchmaske auf und gab einen Begriff ein. Die Sanduhr, Geisel der modernen Informationstechnologie, begann sich gemächlich zu überschlagen. Nach kurzer Zeit, der Kopierer piepste gerade seine Einsatzbereitschaft herüber, erschien ein Auswahlmenü. Linda klickte sich durch mehrere Ebenen, nickte befriedigt und speicherte mehrere Daten ab. Sie schloss das Programm, erhob sich und legte das Foto aus Wolfs Wohnung auf die Glasplatte des Kopierers. Sie stellte eine Vergrößerung von 200% ein und zog drei Kopien. Das Ergebnis war weder brillant noch besonders schön, da schwarz-weiß, ließ aber die Gegenstände noch gut erkennen.
Sie war sich bereits in Wolfs Wohnung sicher gewesen, aber die Wissenschaftlerin in ihr verlangte die zweite Bestätigung: Der Gegenstand in der oberen Etage der Vitrine war eindeutig eine Monstranz. Ein Behältnis für religiöse Reliquien. Form und Ausführung ließen auf ein sehr hohes Alter schließen. Details waren schwer zu erkennen, aber Linda ging von einer frühen Epoche aus. 14. oder 15. Jahrhundert schätzte sie bei aller gebotenen Vorsicht. Das einzige weitere relativ deutlich zu identifizierende Teil war ein schwer wirkendes Kruzifix, reich verziert und in der Machart mit der Monstranz vergleichbar. Dr. Helmut Kohls breite Schulter verwehrte Linda weitere Einblicke. Doch sie hatte genug gesehen. Genug, um Wolf ein paar interessante Fragen zu seinem Vater zu stellen.
Linda fuhr den Computer herunter, verschloss das Büro und ging

zurück zu ihrem Micra. Vor der Grohnerschen Villa stand Wolfs Geländewagen. Linda klingelte und Alina ließ sie ein. Siedend heiß fiel Linda ein, dass sie vergessen hatte, einen neuen Bilderrahmen zu besorgen. Alina sah eingeschüchtert aus und wies ins Wohnzimmer, in dem Wolf gerade einen Stapel Fachzeitschriften durchging.
Er lachte breit, als er Linda sah und kam mit offenen Armen auf sie zu.
»Hallo Linda, stell dir vor, diese tollpatschige Frau hat Helmut Kohl fallen gelassen. Das muss aber einen mächtigen Rumpler gegeben haben! Alina, kommen Sie doch herein. Ich habe vorhin schon gesagt, ich verzeihe Ihnen, aber nur wenn Sie aufhören so zu tun, als ob Sie die blaue Mauritius mitgewaschen hätten.« Er winkte Alina herbei, nahm sie bei den Schultern und schaute ihr in die Augen.
»Mensch Alina, glauben Sie mir. Ich kann es mir gar nicht leisten, böse auf Sie zu sein. Was soll so ein schlampiger Junggeselle denn ohne Sie machen? Den Helmut rahmen wir wieder ein, OK? Der Rahmen hat mir sowieso nicht gefallen. Also: keine Angst vorm bösen Wolf! Gehen Sie in die Küche und machen Sie uns bitte zwei Cappuccino. Dann sind Sie rehabilitiert.«
Erleichtert verschwand die Frau. Linda musste lächeln. Wolfs Mitarbeiter in der Klinik verehrten ihren Chef glühend. Sie verstand jetzt auch, warum.
»Setz dich, Linda. Was hast du denn da? Fotos?«
Linda legte die Kopien und das Originalbild auf den Tisch.
»Das ist der gestürzte Kanzler und das sind Vergrößerungen, die ich gemacht habe. Eigentlich bin ich Schuld daran, dass Alina das Bild umgeworfen hat. Ich habe sie mit meinem Geplauder bei der Arbeit gestört.«
Wolfs Augenbrauen fuhren in den zweiten Stock. Linda sprach weiter.
»Als ich das Bild aufgehoben habe, ist mir etwas Interessantes aufgefallen. Es hängt mit der Vitrine zusammen ...«
Ein schmallippiges Lächeln umspielte Wolfs Mundwinkel.
»Hast du gewusst, dass dein Vater früher andere Dinge darin verwahrt hat als diesen billigen Plunder, der jetzt dort ausgestellt ist?«

Wolf senkte den Kopf, sah Linda von unten herauf an wie ein guter Hund, der etwas angestellt hatte und machte ein zerknirschtes Gesicht.
»Mea Culpa. Du hast uns erwischt ...« Er erhob sich, bedeutete Linda Platz zu behalten und verließ das Wohnzimmer. Als er nach einigen Minuten wiederkam, hielt er eine Hand hinter dem Rücken verborgen. Er grinste wie ein Schuljunge, der beim Rauchen erwischt worden war.
»Weißt du, was das hier ist?« Er streckte ihr den bisher verborgenen Arm hin und öffnete die Faust. Linda erblickte einen dicken, goldenen Ring, ornamental verziert und mit einem großen Rubin ausgestattet.
»Ein Ring ...« Schlagfertigkeit Sechs, Sachkunde Vier ...
»Ein Ring!« Wolf lachte. »Ein Ring sie zu knechten ... Kennst du den Spruch?«
»Tolkien. Der Herr der Ringe.«
»Schon besser, schönste der Elben. Natürlich ist Tolkiens Schöpfung ein Produkt seiner literarischen Fantasie. Doch dieser Ring hier ...« Er hielt ihn gegen das Licht, so dass er blitzte und funkelte und der Rubin zu rotem Feuer erwachte.
»Dieser Ring hier ist mindestens so wertvoll. Für mich jedenfalls. Was glaubst du, wo der her ist?« Linda erkannte belustigt, dass Dr. Wolf Grohner vor Besitzerstolz fast platzte. Sie beschloss, ihm einen Dämpfer zu verpassen.
»Er stammt aus einer Gruft im Auerbacher Burgwald. Ich würde ihn mit einiger Sicherheit auf das 14. oder 15. Jahrhundert datieren und er gehörte einem hohen kirchlichen Würdenträger, womöglich einem Bischof oder Kardinal. Der Wert für dich dürfte von eher ideeller Art sein, da es sich bei dem Ring um Eigentum des Landes Hessen handelt und du dich durch widerrechtliche Aneignung strafbar gemacht hast. Ich gehe davon aus, dass noch mehr von den Grabbeigaben in irgendwelchen Schuhkartons unter deinem Bett zu finden sind. Du bist ein Raubgräber. Ein Raubgräber und Grabräuber. Am Tag des jüngsten Gerichtes wirst du in der Hölle braten.«
Wolfs Gesicht verkrampfte sich vor unterdrückter Heiterkeit.

Er nickte ständig, als wäre er ein Wackeldackel auf der Hutablage eines Mercedes 200D und gluckste unterdrückt.
»Gleich morgen gehe ich zur Beichte, stifte der Kirche ein neues Dach und gebe alle diese Dinge der hübschesten Inquisitorin, die je arme Sünder verbrannt hat, zurück. Ich liebe dich trotzdem und möchte dich bitten, auf dem Scheiterhaufen meine Hand zu halten ...«
»Wolf, ich mein' das ernst.«
»Ich auch, Linda. Aber bevor du mich in Handschellen zur Polizei schleppst, gib mir eine Chance. Es ist nicht so, wie du denkst.«
»Sagte der Ehemann, als seine Frau ihn in den Armen von Gina Wild ertappte.« Linda grinste säuerlich. »Dann schieß mal los, Herr Schliemann.«
»Es war einmal vor langer Zeit ...«, begann Wolf und ahmte die Tonlage eines Märchenonkels nach.
»Verarsch' mich nicht!« Lindas Augen versprühten Blitze.
»OK, jetzt im Ernst. Es ist wirklich schon sehr lange her. 1915, um genau zu sein. Da waren zwei zehnjährige Burschen im Auerbacher Burgwald unterwegs. Herbert und Arthur waren die besten Freunde, die man sich nur vorstellen kann. So was wie Tom Sawyer und Huckleberry Finn ...«
Wolf Grohner sprach über eine Stunde lang. Er ließ nichts aus, beschönigte nichts und legte alles auf den Tisch. Linda hörte gebannt zu, unterbrach, wenn sie etwas nicht verstand oder vertieft haben wollte und lehnte sich erschöpft zurück, als Wolf geendet hatte.
»Du hast die ganze Zeit gewusst, dass ich ... dass mein Team ...«
Wolf nickte.
»Ich habe versucht, die Grabungen zu verhindern. Ich habe Anwälte und Richter eingeschaltet. Ich habe Werkzeug verschwinden lassen und ...«
»Du hast Jenny überfallen!« Lindas Stimme wurde schrill.
Wolf hob beide Hände in einer besänftigenden Geste.
»Linda, glaube mir. Das war eine fremde Aktion. Irgendein gestörter Kerl, der mitgekriegt hat, dass da ein hübsches Mädchen durch den Wald radelt. Das kam nicht von mir. Ich hätte so etwas nie gutgeheißen oder gar angeordnet. Ich bitte dich! Linda!«

»Und dein Vater? Was spielte dein Vater für eine Rolle in dem schmutzigen Geschäft?«
»Vater war der Beobachter. Er war ständig auf dem Laufenden über eure Fortschritte. Ich konnte nicht ahnen, dass er noch ganz andere Gründe hatte als ich ...« Er stockte, blickte Linda beschwörend in die Augen. »Vater hat wohl gemerkt, dass er die Entdeckung der Gruft nicht verhindern konnte. Er hat zwei Mann losgeschickt, um im letzten Moment die Leiche verschwinden zu lassen. Solo und Tarzan sind ihnen dabei in die Quere gekommen.«
Linda resümierte: »Also noch mal der Reihe nach: Zwei Bengels entdecken im Auerbacher Burgwald eine geheimnisvolle Gruft. Die Bengels heißen Arthur Grohner und Herbert Schachen. Als sie älter und in der Lage waren, den Sarkophag zu öffnen, plünderten sie die Grabbeigaben, teilten sie gerecht auf, wie das unter Blutsbrüdern üblich ist, und bewahrten strengstes Stillschweigen darüber. Die Blutsbrüderschaft hielt bis ins Dritte Reich. Da denunzierte dein Vater seinen Freund, um Chef der Urbach-Klinik zu werden. Herbert Schachen verschwand in den Mühlen der Nazis auf Nimmerwiedersehen. Doch plötzlich steht er in den fünfziger Jahren vor eurer Tür, fordert Genugtuung und den Sessel deines Vaters. Der erschlägt ihn und versteckt die Leiche an einem geheimen Ort, den nur er kennt. Dem Sarkophag des Kardinals. Nur etwas ist mir immer noch schleierhaft ...«
Wolf nickte. Er ahnte, welche Frage jetzt kam.
»Wo ist der ursprüngliche Bewohner des Kastens? Und wann hast du von der Plünderung erfahren?«
»Vater hat mir schon als Junge die Gruft gezeigt. Ich durfte niemandem davon erzählen. Großes Indianerehrenwort und so. Als ich älter wurde und anfing, Fragen zu stellen, hat er mir erklärt, welche Bedeutung die Gegenstände in der Vitrine haben. Offiziell behauptete er immer, sie auf Versteigerungen in Osteuropa erworben zu haben. Ich habe versucht, ihm begreiflich zu machen, dass es Unrecht sei, diese Schätze zu behalten.« Wolf machte eine Pause und trank einen Schluck Wein.
»Und?« Linda glaubte, die Antwort zu kennen.

»Er hat gelacht. Nannte mich einen naiven Idealisten. Niemals würde jemand diese Dinge besitzen außer ihm.«

»Du hast ihn natürlich gedeckt.« Eine Feststellung.

»Natürlich. Er ist mein Vater. Ich hatte eine große Zukunft vor mir. Damals, als junger Medizinstudent, wusste ich bereits, dass ich eines Tages die Klinik leiten würde. So etwas wirft man nicht weg wegen ein paar historischer Klunker.«

Linda nippte an ihrem Wasserglas und schüttelte langsam den Kopf.

»Diese ›historischen Klunker‹, wie du sie nennst, würden der Wissenschaft helfen, die Zeit des Mittelalters zu erhellen. Aus jener Epoche gibt es nur wenige wirklich gut erhaltene Artefakte. Allein diese Monstranz ist mit Geld nicht aufzuwiegen.«

»Das ist mir durchaus bewusst, Linda. Nicht erst, seit ich dich kenne. Glaube mir, wir hatten in unserer Familie noch nie finanzielle Sorgen. Es ging uns immer gut. Ich habe in all den Jahren immer wieder versucht, Vater davon zu überzeugen, die Sachen dem Museum zu überlassen. Aber du kennst ja sein Faible für die Archäologie. Ich glaube, er wäre wirklich gerne ein zweiter Heinrich Schliemann geworden.«

»Wo sind die Sachen jetzt?«

»An einem sicheren Ort. Als die Gruft entdeckt wurde, hat Vater alles in seinem Safe eingeschlossen.«

»Den Kardinal auch?« Linda schürzte spöttisch die Lippen.

Wolf blickte sie lange an, verzog schließlich das Gesicht zu einem verunglückten Grinsen und sagte: »Es war keine Leiche im Sarg ...«

»Bitte?« Linda schaute Wolf an, als hätte er ihr soeben die Existenz des Osterhasen mittels einer bisher unbekannten Evolutionslinie zweifelsfrei bewiesen.

Wolf hob die Hände in Schulterhöhe, als bedrohe sie ihn mit einem Revolver.

»Der Sarg war leer. Bis auf die Grabbeigaben natürlich. Frage mich bitte nicht, warum, ich weiß es nicht. Vater hat jahrelang versucht, das Rätsel zu lösen. Grabräuber, die eine Leiche klauen und diese Kostbarkeiten liegen lassen, sind keine sehr realistische Vorstellung.«

»Vielleicht hat dein Vater die Leiche versteckt?« Linda war mittler-

weile so weit, dass sie auch eine spinnwebenüberzogene Mumie im Schaukelstuhl irgendwo im Keller der Villa für durchaus möglich hielt.
Wolf lachte humorlos. »Vater ... Er hat Jahre mit der Suche nach der Leiche des Kardinals verbracht. Du hättest ihn erleben müssen. Tonnenweise hat er alte Wälzer angeschleppt. Tagelang ist er in der Ruine von Schloss Auerbach herumgekrochen. Es gab Zeiten, da ging sogar ich ihm aus dem Weg. Er war völlig fanatisiert. Er wollte unbedingt das Rätsel des verschwundenen Kardinals lösen. Irgendwann hat er es dann wohl aufgegeben. Aber er hat heute noch daran zu kauen. Glaube mir ...«

* * *

**Freitag, 28.4.1995**

Hessisches Landesmuseum, Darmstadt, Halle D

»Stopp! Stopp, Mensch!« Dr. Hans-Alfred Däschels Stimme überschlug sich. Barney Geröllheimer stand kurz vor dem Herzinfarkt. Das Jaulen des starken Elektromotors verstummte, der Laufkatzenkran in der geräumigen Halle stoppte. Ein junger Helfer im Arbeitsanzug schaute den Schreihals gleichmütig an. Er hielt die Fernbedienung für den gelben Kran in der Hand und hatte die Aufgabe, die Traverse mit den Kranschlingen genau über den auf Holzbalken ruhenden Sarkophag zu bugsieren.
Barney Däschel wieselte um sein Baby herum, fuchtelte, schrie und gestikulierte so lange, bis das Hebezeug endlich in der richtigen Position verharrte. Sorgfältig befestigte er und zwei weitere Mitarbeiter die Schlingen an den überstehenden Ecken des steinernen Deckels. Dass der Sarkophag leer war, hatte man ja bereits am Fundort festgestellt. Für den Transport hatte man den Deckel jedoch vorsichtig wieder geschlossen. Die Hebeisen, Brechstangen und Kanthölzer, welche die Entführer der Mumie dort zurückgelassen hatten, jagten Barney auch jetzt noch kalte Schauer über den Rücken.
Doch nun war der Sarkophag da, wo er nach Dr. Däschels Meinung hingehörte: in seiner Halle D. Wohlklimatisiert, reinraumbelüftet und,

was das Wichtigste war, für jeden Publikumsverkehr absolut tabu. Hier würden er und Linda nun in aller Ruhe und mit modernstem Gerät versuchen, dem steinernen Sarg sämtliche Geheimnisse zu entlocken.
Zum vierten Mal umrundete Däschel den steinernen Kasten. Endlich schien alles seinen Wünschen zu entsprechen. Mit wild stocherndem Zeigefinger gab er das Kommando zum Anheben der mächtigen Steinplatte, die den Deckel bildete. Der Windenmotor summte und millimeterweise hob sich der Deckel. Däschel krabbelte auf Knien darum herum, registrierte noch das leiseste Knirschen und Rieseln. Endlich war die Platte frei. Der Kranführer bugsierte sie vorsichtig auf den bereitgelegten Rahmen aus gepolsterten Trägern. Linda, die wie alle im Raum dünne weiße Handschuhe trug, strich über die groben Verzierungen an den Seitenwänden des Behältnisses. Im Gegensatz zu manch anderen Sarkophagen, die reichhaltig mit prächtigen Motiven verziert waren, wirkte dieser hier relativ schlicht: Er besaß ein umlaufendes, gotisch wirkendes Arkadenmuster, jedoch ohne Inhalte. An den vier Ecken waren Stützfiguren in recht grober Darstellung zu erkennen. Den Deckel zierte das Relief einer Prozession, das in ihren Augen merkwürdig unfertig und einfach wirkte.
»Die Kiste hat dir garantiert die Kasse bezahlt«, murmelte sie und erhob sich, um das Innere einer genauen Betrachtung zu unterziehen. Nachdem der Deckel nun sicher auf seinen Böcken ruhte und der Kran wieder zurückgefahren war, überwachte Däschel das Aufstellen starker Scheinwerfer. Zunächst wurde der Sarkophag penibel fotografiert, gefilmt und genauestens vermessen. Später würde man mikroskopisch kleine Proben nehmen, um die Beschaffenheit des Gesteins und das Alter einzugrenzen. Der Sargboden und die Seitenwände würden auf Lagerspuren und organische Rückstände hin untersucht und Historiker würden sich mit den dargestellten Motiven und Figuren beschäftigen. Arbeit für viele Wochen.
Linda hoffte nur, dass der knappe Etat des Museums ihr auch sämtliche Verfahren erlauben würde, die sie für angebracht hielt. Wie überall, so wurde auch in Hessen an Kultur und Forschung zuallererst gespart.

Linda und Dr. Hans-Alfred Däschel waren die Letzten, als sie gegen 22.00 Uhr das Haus verließen. Barney hätte am liebsten in Halle D übernachtet. Nicht gerade im Sarkophag, aber es widerstrebte ihm, seine neueste Errungenschaft allein zurückzulassen.

# 9
# Tod in Korsika

Unten im Tal sah es so aus, als ginge auf dem Kamm des Berges die Sonne unter. Ein rotes Glühen schimmerte durch die Stämme der Fichten auf dem über 500 Meter hohen Stillfüssel. Nun sprachen gegen diese These allerdings zwei wichtige Faktoren: Erstens bedeckte eine dichte Wolkendecke bereits den ganzen Tag den Himmel, und zweitens war es kurz vor 23.00 Uhr. Die herrschende Dunkelheit verhinderte auch, dass der Brand anhand der gewaltigen Rauchwolke früher entdeckt wurde. Denn dass es sich um ein Feuer handelte, war für Friedrich Kunz klar wie die Fleischbrühe seiner geliebten Käthe. Friedrich Kunz kam gerade von einer fröhlichen Skatrunde im Goldenen Bären zurück, als er den Feuerschein auf dem Berg erblickte. Es waren nur noch einige wenige Meter bis zu seinem Hof im Rothenberger Weg. Er wehrte Käthes neugierige Fragen unwirsch ab und wählte die 112. Damit setzte er eine sogenannte »Alarmkette« in Gang. An deren Ende bewegten sich schließlich ein 31 Jahre altes Magirus-Merkur-Feuerwehrauto sowie ein allradgetriebener UNIMOG gefolgt vom geländegängigen Opel-Frontera-Streifenwagen der Polizeistation Wald-Michelbach, mit tapfer blitzenden Blaulichtern die verschlungenen Waldwege hinauf. Die Männer der freiwilligen Feuerwehr Wald-Michelbach waren allesamt ortsansässige Landwirte, Forstarbeiter oder Angestellte bei der großen Kleiderbügelfabrik. Die Blauröcke kannten »ihren« Wald in- und auswendig. Deshalb vermutete Wehrleiter Valentin Lautenschläger auch richtig, als er die Jagdhütte auf dem Stillfüssel als Ziel ansteuern ließ.

Der Feuerschein, anfangs noch weithin sichtbar, wurde jetzt bereits schwächer und degenerierte zu einem schwachen Glühen, als die Wehrmänner endlich eintrafen. Der Regen der vergangenen Tage hatte glücklicherweise ein Ausbreiten der Flammen in den angrenzenden Wald verhindert. Die stattliche Jagdhütte jedoch war nur noch ein rauchender Haufen schwarzer Balken und weißglühender Holzkohle. Die angeforderte Verstärkung wurde wieder abbestellt, die Männer stellten die Düsen an den Schläuchen auf Sprühstrahl und löschten damit flächendeckend die letzten Glutnester. Nach einer Stunde keuchte das Magirus-Tanklöschfahrzeug wieder zu Tal. Als Brandwache blieben die vier Mann mit ihrem UNIMOG. Der Brunnen, etwas abseits der Hütte, war noch funktionsfähig. Die Feuerwehrmänner installierten eine Motorpumpe und legten eine kurze Schlauchleitung. Ein brummendes und stinkendes Aggregat lieferte den Strom für den Lichtmast, der die Szenerie in bühnenreifes Theaterlicht tauchte.
Sven Härtling, der jüngste der Brandwache, war es, der die Leiche entdeckte. Er stocherte in der Asche herum und stellte entsetzt fest, dass der Ast, den er dazu benutzte, mitten durch die regelmäßigen Bögen eines menschlichen Brustkorbes ging. Er konnte gerade noch einen krächzenden Ruf ausstoßen, bevor er, Aschewolken aufwirbelnd, in Richtung Waldrand verschwand. Er war es auch, der den Wagen entdeckte. Als sich der Magen des Feuerwehrmannes wieder beruhigt hatte, sah er einen Lichtreflex auf einer Autoscheibe. Der Wagen, ein dunkler BMW, stand, von der Hütte aus nicht direkt sichtbar, auf einer seitlichen Erweiterung eines Holzabfuhrweges, die offenbar als Parkplatz für die Hütte diente.

* * *

»Wir sind schon unterwegs!« Hauptkommissar Katter legte den Hörer auf und nahm die Füße schwungvoll vom Schreibtisch. Mit dem rechten Absatz streifte er eine Kaffeetasse mit dem Aufdruck FBI, welche daraufhin ihren hellbraunen Inhalt über die Schreibtischkante auf den Boden ergoss. Als die Tasse gerade folgen wollte, fing sie Katter reflexartig auf.

»Gute Reaktion, Kollege«, bemerkte Maier, drückte seine Zigarette aus und schloss das Fenster.
»Wohin so eilig?«
»Nach Korsika.« Katter griff nach seiner Lederjacke, befestigte das Clip-Halfter mit der Dienstwaffe am Hosenbund und warf seinem Kollegen die Schlüssel des Dienstwagens zu.
»Du fährst.«
»Nach Korsika? Da muss ich mir aber noch 'ne Ersatzunterhose einpacken.«
»Nur, wenn du dir vor einer Brandleiche in die Hosen machst. Heute Abend sind wir wieder zurück.«
Maier musterte die Schweinerei auf dem Boden und schaute dann seinen Kollegen an, als hätte der ihm gerade eröffnet, dass die Inbetriebnahme einer Beam-Station den Dienstfuhrpark überflüssig mache.
»OK«, sagte er resignierend und zog seine Jeansjacke an. »Erkläre es mir, als sei ich drei Jahre alt.«
»Also gut. Zum Mitschreiben: Gestern Nacht ist in der Nähe von Wald-Michelbach eine Jagdhütte niedergebrannt. Die freiwillige Feuerwehr hat nur noch Asche vorgefunden. Die Brandwache fand in den Überresten eine verkohlte menschliche Leiche. Achtung an alle Dreijährigen! Jetzt kommt's: Unweit der Hütte parkt ein BMW. Zugelassen auf einen Autoverleiher in Frankfurt, angemietet von einem gewissen Dr. Arthur Grohner. Noch Fragen?«
»Keine weiteren Fragen, Euer Ehren. Wurde die Leiche schon identifiziert?«
»Nein, man hat aber in dem Auto einen Abschiedsbrief gefunden. Opa Grohner hat darin alles gestanden und angekündigt, sich dem höchsten aller Richter zu stellen.«
Raimund Maier lächelte säuerlich. »Dann ist es nur natürlich, augenblicklich nach Korsika zu reisen.«
»Genau, mein Alter. Rasen statt Reisen ist angesagt. Korsika ist ein Ortsteil von Wald-Michelbach. Liegt ganz in der Nähe von Straßburg ...«
Maier nickte verstehend. »Ja, jetzt habe ich es kapiert. Ich freu' mich

schon auf Elsässer Flammkuchen.«
»Wir kommen direkt an der Hoppla vorbei. Da kannst du mit Deinesgleichen Erbsensuppe löffeln.«
Sie nahmen den kürzesten Weg. Vorbei am psychiatrischen Zentrum, das Katter so despektierlich als »Hoppla« bezeichnet hatte, fuhren sie über die Juhöhe und Bonsweiher nach Mörlenbach. Durch den Ortsteil Weiher ging es über Kreidach und die Kreidacher Höhe nach Wald-Michelbach, dem Tor zum Überwald.
Kurz hinter dem schönen Städtchen kam man nach wenigen Kilometern in den Ortsteil Straßburg. Folgte man der Straße weiter, gelangte man durch Ober- und Unterschönmattenwag, welches von den Einheimischen »Owwa-« bzw. »Unna-Schimmidiwoog« ausgesprochen wurde. Als wären die gewachsenen Ortsnamen nicht originell genug, stand kurz nach dem Ortsausgang von Unter-Schönmattenwag ein gelbes Hinweisschild mit der Aufschrift »Korsika«. Hierbei handelte es sich ursprünglich um eine reine Wochenendsiedlung, die wohl in ihrer Anfangszeit unter anderem eine oder zwei italienische Familien beherbergt hatte. Da der Odenwälder an sich alles, was südlich des Neckartales liegt, als zu Afrika gehörend betrachtet, da er darüber hinaus kein Erbsenzähler ist und es ihn nicht wirklich interessiert, ob Korsika nun zu Italien oder Frankreich gehört, gab er dem »Itakernest« kurzerhand den Namen Korsika. Mit den Jahren hatte sich diese Bezeichnung gefestigt und nun hieß die kleine Siedlung eben Korsika. Bastia, äh, Basta.
Gleich nach Unter-Schönmattenwag folgte Maier dem Hinweisschild und bog rechts ab. Sie überquerten den Ulfenbach und fuhren bis hinauf zum Waldrand. Ein dort wartender Streifenwagen fuhr voraus und führte sie über ein Gewirr von Forstwegen zu einer großen Lichtung. In der Mitte des Platzes schwelten immer noch die Gerippe zusammengestürzter Holzbalken. Ein Feuerwehrauto stand abseits. Schläuche ringelten sich vom Brunnen bis zur Brandstelle. Einige Feuerwehrmänner saßen auf einem Baumstamm und vesperten. Um die Brandstelle war rot-weißes Flatterband gespannt. Kriminaltechniker staksten vorsichtig in der Asche herum. In ihren weißen Overalls wirkten sie auf Katter wie Astronauten bei der Er-

forschung unbekannter Welten. Taschen, Koffer und Transportboxen standen herum. Entlang des Waldweges, auf dem sie hergekommen waren, standen die Fahrzeuge der Techniker, zwei Streifenwagen und ein Zivilfahrzeug der Staatsanwaltschaft. Maier und Katter zeigten ihre Dienstmarken und stellten sich der Staatsanwältin vor.
»Christine Dubois, freut mich, dass Sie so schnell hergefunden haben.« Die brünette Schönheit hätte man mit ihren geschätzten 1,80 m eher auf dem Laufsteg als in muffigen Gerichtsälen oder an entlegenen Tatorten erwartet.
»Dubois? Kommen Sie aus Korsika?« Maier grinste das hoch über ihm schwebende Gesicht an. Katter wandte sich genervt ab.
»Aus Pforzheim. Strengen Sie sich nicht unnötig an, ich kenne sämtliche Sprüche darüber.«
Katter grinste schadenfroh. Maier wollte immer witzig sein und trampelte dabei munter und meist ohne es zu bemerken von einem Fettnapf in den nächsten.
»Ich möchte mir die Leiche ansehen.« Katter entband damit seinen Kollegen von der Rolle des Alleinunterhalters und bückte sich unter dem Absperrband hindurch. Nahezu in der Mitte des schwarzen Vierecks, das einmal eine Hütte darstellte, lag eine kleine, bis auf die Knochen verbrannte Leiche. Die verkrümmten Arme schienen nach ihnen greifen zu wollen, der Kopf war nur noch eine schwarze, amorphe Masse.
»Das ist nicht Grohner ...«, sagte Maier nach einem kurzen Blick auf die Überreste. »Der alte Grohner war ein richtig langes Elend ... Entschuldigen Sie, Frau Dubois ...«
»Aber bitte, Herr Maier.« Die Stimme der Staatsanwältin befand sich ungefähr zehn Zentimeter unter dem absoluten Nullpunkt. »Die Einwirkungen starker Hitze, wie sie bei Wohnungsbränden entsteht, können eine Leiche um fast ein Drittel schrumpfen lassen. Jemand von Ihrer Größe wäre dann ungefähr so groß wie ein Erstklässler.« Sie maß Maier mit einem Blick, der deutlich machte, dass sie auch seinen Intellekt in diese Altersklasse einordnete.
»Da werden die Gerichtsmediziner nicht mehr viel zu tun haben«, mutmaßte Katter. Er war in die Hocke gegangen und besah sich die

verkohlten Reste, die einmal ein Mensch gewesen waren, intensiv aus der Nähe.
Etwas unter dem linken Beckenknochen erregte seine Aufmerksamkeit. Er klappte sein Taschenmesser auf und stocherte in der Asche herum. Maier, der sich mit leicht grünlichem Gesicht lieber dem Becken von Frau Dubois widmete, welches sich idealerweise nur wenig unter seiner Augenhöhe befand, winkte einen der Techniker herbei.
»Gerhards, kommen Sie bitte mal?«
Einer der »Astronauten« bewegte sich in ihre Richtung, ging neben dem Hauptkommissar in die Hocke und betrachtete das Objekt, welches Katters Interesse geweckt hatte.
»Nichts verändern«, sagte er zu Katter, der verständnisvoll nickte. Gerhards rief einen Kollegen mit einem Fotoapparat. Als dieser den Gegenstand, die Umgebung und das daneben platzierte Nummerntäfelchen aus allen möglichen Perspektiven fotografiert hatte, barg Gerhards mittels einer Art Greifzange das Objekt und hielt es Katter vor die Nase.
»Gute Augen, Bernie. Weißt du, was das ist?«
»Ein Autoschlüssel?« Der Kunststoffgriff war nur noch ein formloser, glasig gebrannter Klumpen. Gerhards nickte, nahm den Schlüssel in die behandschuhte Linke und rieb vorsichtig daran. Hinter der klebrigen Asche erschien die eingeprägte Schlüsselnummer und ein winziges BMW-Logo.
»Wenn meine Frau mir nicht das Wetten verboten hätte, würde ich jetzt glatt meinen Arsch darauf setzen, dass dieser Schlüssel zu dem Auto da drüben passt.« Gerhards machte eine Kopfbewegung zu dem BMW, der gerade von seinen Kollegen untersucht wurde. »Da, wo du es gefunden hast, befindet sich normalerweise eine Hosentasche.« Gerhards und Katter gingen hinüber zu dem Wagen.
»Passt.« Gerhards betätigte das Türschloss.
Einer der Techniker, die das Auto untersuchten, wandte sich an Katter: »Sind Sie der leitende Ermittler?«
Der nickte und stellte sich sowie seinen Kollegen Maier vor, der sich zu ihnen gesellt hatte.

»Hier ist der Brief.« Der Mann hielt einen Spurenbeutel in die Höhe. Ein Blatt Papier war darin zu sehen. Katter nahm die Tüte und betrachtete deren Inhalt. Eine Seite des Papiers war in akkurater, kleiner Schrift eng beschrieben. Katters Blick wanderte zuerst nach unten. A. Grohner ...
Im Gegensatz zu den meisten seiner Fachkollegen verfügte Grohner senior über eine gut lesbare Handschrift. Katter las konzentriert. Seine Lippen bewegten sich, ohne dass ein Laut hervorkam.

*Sie haben recht.*

*Ich bin der Mörder von Dr. Herbert Schachen. Ich habe ihn gleich zweimal getötet. Einmal 1942, als ich ihn ins KZ gebracht hatte. Ein zweites Mal 1956, als er wieder in mein Leben trat. Ich habe die Klinik auf dem Blut meines ehemaligen Freundes aufgebaut. Ich habe die Karriere und damit auch das Leben meines Sohnes auf einen Mord gegründet. Dafür schäme ich mich. Ich habe Wolfs Vertrauen missbraucht. Ich bin ein Leben lang ein feiger Opportunist gewesen. So werde ich nun einem weiteren Leben ein Ende machen. Einem Leben, das es nicht wert ist gelebt zu werden. Ich bin bereit, mich vor dem wahren Gericht zu verantworten. Ich werde Ihm gegenüber treten und meine Schuld bekennen. Ich habe einen Tod gewählt, dem Herbert Schachen entronnen ist. Ich werde durch Feuer sterben wie so viele Menschen in jener dunklen Zeit. So viele gute Menschen sind gestorben. Ermordet, umgebracht, vernichtet, ausgelöscht, vergast, verbrannt. Vergessen wir sie niemals!*
*»Hüte dich und bewahre deine Seele gut, dass du die Geschichte nicht vergisst, die deine Augen gesehen haben und dass sie nicht aus deinem Herzen komme dein Leben lang. Und tue sie deinen Kindern kund.«*

*So steht es auf der Gedenktafel an der ehemaligen Synagoge in Auerbach. So steht es seit damals in meinen Kopf gebrannt.*

*Nun wird wieder ein Leben ausgelöscht. Eine gute Tat. Gedenkt meiner nicht. Gedenkt den Menschen, die durch Leute wie mich in die Lager kamen. Gedenkt derer, die es verdienen. Und tut dies eueren Kindern kund.*

*A. Grohner*

Bernard Katter reichte den Brief wortlos an seinen Kollegen weiter. Maier las schweigend, schüttelte dabei langsam den Kopf. Seine gewohnte Lässigkeit war verschwunden. Als er geendet hatte, gab er den Beutel an die Staatsanwältin weiter, die auch herübergekommen war.
Christine Dubois brauchte nur wenige Augenblicke, um den Brief zu lesen. Richtig, dachte Maier, er war ja nur ein Erstklässler ...
Sie blies die Backen auf und entließ die Luft mit einem zischenden Laut.
»Grafologisches Gutachten, Fingerabdrücke, verwendetes Schreibgerät, Papiersorte und das ganze Tatü-Tata. Allerdings glaube ich, das Ergebnis bereits zu kennen. Irgendwelche Spuren, die auf weitere Personen hinweisen?«
Gerhards schüttelte den Kopf. »Aussichtslos. Die Feuerwehr hat zwar nach dem Leichenfund sofort alle Arbeiten eingestellt und abgesperrt, aber durch das Löschen und die Anfahrt der Fahrzeuge gibt es hier nichts mehr zu finden. Man ging ja zunächst von einem normalen Brand aus. Dass da einer drin war, konnte niemand ahnen.«
Die Staatsanwältin nickte und blickte hinüber zu den Überresten der Jagdhütte.
»Wie bringt man es fertig, sich selbst zu verbrennen?«, sagte sie mehr zu sich selbst. »Was muss in einem Menschen vorgehen, der so etwas plant und durchführt?«

* * *

**Sonntag, 30.4.1995**

»Sie haben ihn gefunden.« Wolf! Linda umklammerte den wuchtigen Hörer ihres alten Telefons. Sie wusste sofort, wen er meinte. Aus der Tonlage seiner Stimme hörte sie heraus, dass er kurz vor

dem Zusammenbruch stand. Sie hörte seinen schweren Atem.
»Er ist tot ...« Ein Flüstern. Heiser, halb erstickt. »Ich muss nach Frankfurt, seine Leiche identifizieren. Ich kann das nicht alleine. Ich möchte dich bitten ...« Die raue Männerstimme brach.
»Ich bin gleich bei dir. Warte auf mich. Ich begleite dich. Wolf ...« Linda stieß die Worte hastig hervor. Beschwörend fast. Der Mann am anderen Ende der Leitung war fertig. Sie spürte das. Arthur Grohner war tot. Sie wagte nicht, nach den Umständen zu fragen. Alles in ihr drängte danach, den Mann, den sie liebte, in die Arme zu schließen. Ihn zu trösten, ihm zu helfen, ihm zur Seite zu stehen.
»Danke Linda. Danke ...« Wolf Grohner legte auf. Sein Dank war kaum zu hören gewesen. Linda hastete ins Bad, waschen, Zähne putzen, Make-up für Notfälle. Zehn Minuten später raste ihr schwarzer Micra über die B3 in Richtung Süden. Während der Fahrt schlang sie ein Rosinenbrötchen herunter und spülte mit einer Dose Cola nach. Fitnessfrühstück Marke Linda.
Wolf erwartete sie bereits in der Tür. Er stieg zu ihr in den Micra, küsste sie abwesend und begann, noch während Linda aus der Einfahrt rangierte, zu erzählen. Er berichtete von dem Besuch der beiden Kriminalbeamten. Von der grausigen Nachricht, die sie ihm überbrachten und von dem Brief ...
»Der Brief war das Schlimmste«, sagte er zu der Frontscheibe von Lindas Auto. »Es ist der Brief, der mir die letzte Hoffnung genommen hat. Ich habe mich immer an den letzten Funken Hoffnung geklammert. So, wie ich das früher bei meinen Patienten immer getan habe, als ich noch Unfallchirurg war. Es gab immer solch einen Funken. Aber das ...« Er brach ab, beobachtete den Verkehr auf der rechten Spur. Zuckte nicht einmal zusammen, als dicht vor ihnen ein Tiefkühllastzug ausscherte und Linda heftig bremsen musste. Linda, die bei solchen Zwischenfällen zur keifenden, stinkefingerwedelnden Furie werden konnte, reagierte mit dem Automatismus der routinierten Fahrerin. Nicht einmal ein Stirnrunzeln verirrte sich auf ihr Gesicht. Sie fuhr mit dem Unterbewusstsein. Ihre Aufmerksamkeit galt dem Mann neben ihr.
»Ich fühle mich verraten. Verstehst du das, Linda?«

Sie nickte. Sie verstand das. Sie verstand das sehr gut. Sie war fast ein halbes Jahrhundert alt. Geschieden. Wegen Verrat. Desillusioniert. Weil die Welt voller Verräter ist. Abgebrüht. Weil man Verräter verraten darf.
Er erzählte ihr den Inhalt des Briefes. Die Beamten hatten das Schreiben wieder mitgenommen. Doch die Worte hatten sich in seinen Kopf gebrannt, als hätte er sie selbst geschrieben und hundertmal gelesen.
»Ich werde aufhören zu arbeiten.« Seine Stimme klang, als habe er soeben seinen eigenen Freitod angekündigt.
Linda schaute kurz zu ihm hinüber. Sie sah nur sein Profil. Er starrte immer noch mit diesem leeren Blick nach vorne.
»Ich möchte fortgehen. Weit weg von hier. Ich habe genug Geld. Ich möchte vergessen. Bitte komm mit mir. Die Welt ist groß.«
»Sie ist nicht groß genug, Wolf. Deine Erinnerung wird immer bei dir sein, egal, wo du bist. Du kannst ihr nicht entrinnen.«
Wolf nickte. Langsam und konzentriert, als sei es eine Tai-Chi-Übung.
»Zeppelinheim 1000 m«, kündigte ein Schild an. Auf der linken Seite erschien die »Hungerkralle«, das Luftbrückendenkmal, flankiert von zwei restaurierten »Rosinenbombern«. Eine DC10 der Lufthansa schwebte über die Autobahn, das Fahrwerk ausgestreckt wie ein Raubvogel kurz vor dem Beuteschlagen. Linda ordnete sich auf der rechten Spur ein. Würzburg, Offenbach, Frankfurt-Süd, meldeten die blauen Tafeln. Am Anschluss Frankfurt-Süd verließ sie gleich wieder die A3 und fuhr in Richtung Stadtmitte, vorbei am Waldstadion, und erreichte nach wenigen Minuten die Kennedyallee.
Wolf Grohner schwieg. Linda wusste, wie schlimm die folgenden Minuten für ihn sein würden. Als Arzt, insbesondere als Chirurg, war Wolf Grohner natürlich mit einem trainierten Abwehrmechanismus ausgestattet. Kühl und sachlich konnte er die fürchterlichsten Verletzungen diagnostizieren, mit ruhiger Hand abgerissene Sehnen und Blutgefäße vernähen, Angehörigen offen und ehrlich Rede und Antwort stehen und Todgeweihten mit den richtigen Worten sensi-

bel und einfühlsam ihre Situation erläutern. All das war nur möglich, weil es sich um Dinge und Situationen handelte, die anderen passiert waren. Wie viele Ärzte, Sanitäter, Feuerwehrleute und Polizisten hatte auch Wolf Grohner seine eigene Methode entwickelt, um sein Bewusstsein eine Mauer zu errichten. Wer dies nicht vermochte, konnte einen solchen Beruf nicht lange ausüben. Außenstehende verwechselten diesen Selbstschutzmechanismus oft mit Kaltschnäuzigkeit oder Gefühlskälte. Doch niemandem ist geholfen, wenn Rettungssanitäter weinend zusammenbrechen, Ärzten die Hände zittern oder Polizisten aus persönlichen Motiven ermitteln.

Dieser Eigenschutz funktioniert jedoch nicht, wenn man direkt und persönlich betroffen ist. Jeder hat diese Erfahrung schon gemacht: Todesanzeigen in den Tageszeitungen werden mit einer Mischung aus Interesse und Schaudern gelesen. Entdeckt man Jahreszahlen, die den eigenen nahe kommen, ertappt man sich schon mal bei dem Gedanken »besser der als ich«.

Linda stellte das Auto auf dem Besucherparkplatz des Zentrums für Rechtsmedizin ab. Es standen nur wenige Fahrzeuge da. Sonntags haben normalerweise auch die Toten ihre Ruhe. Normalerweise. Die Brandleiche aus der »korsischen« Jagdhütte war Dr. Grete Breggendom überantwortet. Die wiederum hielt Normalität für etwas absolut Abartiges. Vor dem Eingang der herrschaftlich wirkenden Jugendstilvilla blickte sie ein Porträt Goethes ernst an. Das Zentrum für Rechtsmedizin war Teil der Goethe-Universität Frankfurt am Main.

Der Empfang war sonntags nicht besetzt und Linda musste mehrmals klingeln, bis Grete Breggendom erschien. Die Begrüßung verlief geschäftsmäßig, aber trotzdem mit einer gewissen Herzlichkeit. Grete ging voraus. Die Sektionsräume befanden sich im Souterrain. Das Innere des Gebäudes entsprach zwar mit seinen holzgetäfelten Fluren, den breiten Treppenaufgängen und den verspielten Schnitzereien der Geländer ganz dem äußeren Erscheinungsbild, jedoch herrschte hinter den großen Türen modernste Technik. Bestens ausgestattete Labors, eine umfassende Bibliothek und hochmoderne Arbeitsräume belegten die Effizienz und die Wichtigkeit der hier ge-

leisteten Arbeit. Als sie sich den Sektionsräumen näherten, verflog der letzte Rest von aufkommender Nostalgie in dem typischen Geruch, den solche Räumlichkeiten weltweit an sich hatten.
Grete Breggendom öffnete die Tür zu einem gefliesten Raum, den starke Neonröhren in ein fast taghelles Licht tauchten. Auf einem Metalltisch lag ein formloser Körper unter einem Laken.
Grete wechselte einen raschen Blick mit Linda, bemerkte das leichte Nicken und wandte sich an Wolf.
»Dr. Grohner. Was Sie nun sehen, ist ein toter Körper, der fast vollständig verkohlt ist. Seien Sie sich bitte darüber im Klaren, dass es noch nicht zu hundert Prozent feststeht, dass dies Ihr Vater ist. Sie sind heute hier, um uns bei der Identifizierung zu helfen. Wenn Sie bereit sind, dann lassen Sie es mich wissen.«
Wolfs Lippen waren zwei blutleere Striche. Er nickte mechanisch, als hätte eine versteckte Hydraulik ein Gelenk bewegt.
Wieder suchten Gretes Augen die von Linda. Dann schlug sie das Laken zurück. Wolf zuckte nicht zurück. Linda erkannte lediglich, dass sich die Falten in seinen Mundwinkeln vertieften. Das, was einmal ein Mensch war, lag brutal angestrahlt auf dem Metalltisch. Der Geruch war nicht das Schlimmste. Vollständig verkohlte Leichen riechen wie ein lange nicht gereinigter Grillrost. Ein Aroma, das lediglich als grausig empfunden wird, wenn man es in Bezug zu einem Menschen setzt. Das Erschreckendste war die Größe der Leiche. Es war schwer, wenn nicht gar unmöglich, von diesem schwarzgrauen Haufen auf den großgewachsenen Dr. Arthur Grohner zu schließen. Doch Wolf war lange genug Arzt, um die Prozesse zu verstehen, die hier abgelaufen waren.
»Was, bitte, soll ich hier identifizieren?« Wolfs Stimme klang kühl und absolut sachlich. Die Frage klang weder ärgerlich noch arrogant. Es war eine rein professionelle Frage. Von Arzt zu Arzt.
»Es kommt uns besonders auf diese Gegenstände an.« Grete deutete auf eine Nierenschale aus Metall auf dem Labortisch, in der zwei schwarze Klumpen lagen. Wolf beugte sich interessiert vor.
»Das hier«, sie deutete auf das größere Objekt, »war einmal eine Uhr.« Sie drehte den Klumpen um. »Die Rückseite blieb durch den

engen Hautkontakt relativ gut erhalten. Wir haben herausgefunden, dass es sich um eine Breitling Cosmonaute handelt. Ein edles Stück. Der Astronaut Scott Carpenter trug eine solche Uhr während seiner Weltraumfahrt mit der Aurora 7 am 24. Mai 1962.«
Wolf starrte die Gerichtsmedizinerin an, als hätte sie ihm eröffnet, den vor ihm liegenden Leichnam reanimieren zu wollen. »Ich habe jahrelang nach dieser Uhr gesucht. Sie sollte aus eben diesem Grund aus dem Jahre 62 sein. Ich habe sie Vater zu seinem 80. Geburtstag geschenkt. Er hat diese Uhr geliebt. Ich habe ihn geliebt ...« Wolf schlug eine Hand vor den Mund, er atmete heftig. Linda schickte einen warnenden Blick zu ihrer Freundin.
»Von diesem Ring hier ist noch weniger übrig geblieben«, fuhr Grete ungerührt fort. »585er Gold. Fast vollständig zerstört. Allerdings braucht es schon Temperaturen, wie sie im Erdinneren vorkommen, um den Stein zu schmelzen.« Sie reichte Wolf eine zweite, kleinere Schale, in der ein blitzender Diamant lag. Er war in der Form eines länglichen Achtecks geschliffen und, nach Auskunft Gretes, lupenrein.
»Das ist ...« Wolf wandte sich ab, stürmte mit langen Schritten zur Tür hinaus. Erst auf dem Parkplatz holten die beiden Frauen ihn ein. Wolf lehnte am Auto. Er war aschfahl.
»Tut mir leid. Ich musste raus. Ich bin selbst Arzt. Ich weiß auch nicht, was in mich gefahren ist.«
Grete legte ihm die Hand auf die Schulter. »Lassen Sie sich Zeit, Herr Grohner.« Linda hatte ihre Freundin noch niemals so einfühlsam erlebt.
»Er ist es. Sie müssen schließlich Ihre Arbeit machen. Wenn die Uhr und der Ring von dieser Leiche stammen, dann handelt es sich zweifelsfrei um meinen Vater. Der Ring ...« Er machte ein Pause, schaute Linda hilfesuchend an. »Der Ring wurde nach dem Tode meiner Mutter aus beiden Eheringen angefertigt. Er war sein persönlicher Fetisch. Er bedeutete ihm alles. Er sprach manchmal mit dem Ring, als sei es meine Mutter ...«
Die ganze Fahrt zurück nach Auerbach sprachen sie kein einziges Wort. Alina hatte Mittagessen gerichtet, das sie kaum anrührten.

Am Nachmittag machten sie einen langen Spaziergang, während dessen es Linda gelang, ihn dazu zu bewegen über den Tod seines Vaters zu sprechen. Als es endlich so weit war, gab es für Wolf Grohner kein Halten mehr. Sie saßen auf einer abgelegenen Bank am Rande des Fürstenlagers bis der Abend anbrach. Sie redeten, schwiegen und redeten. Linda spürt eine tiefe Innigkeit zwischen ihnen entstehen. Liebe? Sie war in den vergangenen Jahren sehr behutsam mit diesem Wort umgegangen. War es wirklich Liebe, die da zwischen Wolf und ihr keimte? Oder war es nur der wiedererwachte Beschützerinstinkt, den die Mutter eines erwachsenen Sohnes schon so lange nicht mehr verspürt hatte? Sie wusste es noch nicht. Aber sie würde es herausfinden ...

In dieser Nacht schliefen sie miteinander. Ohne Worte. Mit animalischer Leidenschaft, mit hingehauchter Zärtlichkeit. Umklammerten sich wie zwei verängstigte Tierbabys. Versanken miteinander, flogen miteinander, berauschten sich an ihrer Hitze und kühlten erschöpft im frischen Nachtwind, der die Gardinen blähte. Es war eine Flucht. Flucht vor schwarzen Gedanken. Flucht in eine Welt außerhalb der Realität. Sie machten kein Licht. Reduziert auf Fühlen, Riechen, Hören war es einfacher, an einen schönen Traum zu glauben. Einen Traum, der nach dieser Nacht wieder der Realität weichen musste.

# Bergsträsser Anzeiger

## Mordverdächtiger richtet sich selbst!

### Dr. Arthur Grohner tot aufgefunden!

Dienstag, 2. Mai 1995

In den Trümmern einer abgebrannten Jagdhütte in der Nähe von Wald-Michelbach fanden die Löschmannschaften bereits am Samstag die verkohlten Überreste eines Menschen. Die Ermittlungen der Staatsanwaltschaft ergaben, dass es sich dabei um den unter Mordverdacht stehenden und mit internationalem Haftbefehl gesuchten Dr. Arthur Grohner, den ehemaligen Leiter der renommierten Urbach-Klinik in Auerbach, handelt. Polizeisprecher Peter Rauwolf von der Kripo Heppenheim erklärte dieser Zeitung gegenüber, dass es mittlerweile gelungen war, aufgrund eindeutiger Indizien und der Aussage des Sohnes, Dr. Wolf Grohner, die Leiche zu identifizieren. Im Wagen von Dr. Grohner senior wurde außerdem ein Abschiedsbrief gefunden, in dem er den fast vierzig Jahre zurückliegenden Mord an Dr. Herbert Schachen gestand. Die Staatsanwaltschaft prüft derzeit, ob es nach Lage der Dinge angebracht sei, die Akte zu schließen.
(dek)

# 10
# Im Kerker

Linda lehnte sich in dem knarrenden Laborstuhl zurück und rieb sich die Augen. Auf dem Objektträger des Mikroskops vor ihr befand sich bereits die 18. Probe aus dem Sarkophag von Auerbach. Zweimal hatte sie Spuren organischer Substanzen isolieren können: Zerfallsprodukte und chemische Elemente, wie sie bei der Zersetzung menschlichen Gewebes entstanden. Es gelang ihr auch eine ungefähre Datierung. Ganz grob, aber genau genug, um sie zweifelsfrei dem Körper Herbert Schachens zuzuordnen. Das, was sie suchte, fand sie nicht: Spuren einer extrem langen Verweildauer eines menschlichen Körpers. Eines sehr alten menschlichen Körpers. Für Archäologen und ihre anthropologischen Vettern galt alles, was jünger als hundert Jahre war, als modern. De facto uninteressant. Auch die Suche nach Fasern von Kleidungsstoffen, Leichentüchern, Decken, Kissen usw. verlief ohne Ergebnis. Beziehungsweise mit Ergebnissen, die Lindas Frust nur noch verstärkten.

Sie schaute auf die Laboruhr. Fast sechs Stunden analysierte sie nun bereits die Proben, die sie zusammen mit »Barney« Däschel aus Boden und Innenwänden des steinernen Sarges gekratzt hatte. Sie griff nach dem angebissenen schwammigen Kantinenbrötchen, das mittlerweile auch schon als historisch bedeutsames Objekt gelten konnte, legte es angewidert zurück und Probe Nummer 19 unter die Linsen des Mikroskops.

Jeder andere ihrer Kollegen wäre bereits nach den üblichen zehn Versuchen zu einem Ergebnis gekommen. Linda nicht. Sie glaubte zwar zu wissen, wie das Ergebnis lauten würde, aber gerade deshalb

machte sie weiter. Linda konnte in solchen Sachen so stur wie ein andalusischer Kampfstier sein.
Gewöhnlich befand sich am Boden eines historischen Sarkophages eine schwarzbraune, harzige Schicht aus organischen Rückständen, wie sie bei der Verwesung entstanden. Ein bunter Mischmasch aus allen möglichen Körpersäften, Sekreten und sonstigen leckeren Sachen. Eine Fundgrube und ein wahrer Bilderbogen für forensische Anthropologen. Diese Kiste hier war beinahe klinisch sauber. Die Mumie des unseligen Dr. Schachen hatte viel zu kurz darin gelegen, um ähnliche Spuren zu hinterlassen.
Was sie zutiefst irritierte, war der Umstand, dass der Sarkophag, sah man von der historisch unbedeutenden Nutzung als »Zwischenlager« für Schachens Leiche ab, faktisch in »fabrikneuem« Zustand war.
Sie hatte Hunger. Automatisch griff sie wieder nach dem Brötchen-Zombie, biss hinein und pfefferte es endlich voller Ekel in den Mülleimer.
Tarzan hatte heute Mittag angerufen. Er kochte gerade Chili con Carne. »Mit viel Alles und viel Scharf!«, wie er betonte. Mürrisch schaute Linda den Mülleimer an, schaltete das Mikroskop ab und speicherte die aktuellen Daten auf dem Computer, der daneben stand. Feierabend.
Wer baut im Wald unterhalb des Auerbacher Schlosses eine Gruft und stellt einen leeren Sarkophag hinein? »Feierabend!«, mahnte ihre innere Stimme.
Was hat das für einen Sinn? FEIERABEND!
OK. Linda verdrängte die wie betrunkene Nachtfalter in ihrem Kopf herumtaumelnden Gedanken, schloss das Labor ab und verließ das Museum. In einer halben Stunde konnte sie bei der *Lady Jane* sein. Linda hatte Hunger. Auf der anderen Straßenseite lockte das große goldene M. Sie widerstand. Tarzans Chili schmeckte nicht nach nasser Pappe, kam nicht aus einem Klingeling-Automaten und es wurde einem auch kein XXL-Menü aufgeschwatzt. Tarzans Gerichte gab es nur in Einheitsgröße. So viele X konnte kein Mensch schreiben.

* * *

Während des Essens erzählte Linda ihren Freunden, was sie im Labor herausgefunden hatte.

Tarzan, der gerade frisches Weißbrot zur Reanimation der Gaumennerven brachte, schüttelte verständnislos den Kopf. »Du willst mir wirklich erzählen, dass die ollen Mönche da oben eine Gruft gebaut haben, nur um einen leeren Sarg und den Familienschmuck zu beerdigen?«

Linda stocherte resigniert in ihrem Chili. »Entweder ist der Tote wiederauferstanden, dann haben wir eine neue Wallfahrtsstätte und können uns an einer benachbarten Frittenbude dumm und rund verdienen, oder jemand hat die Leiche kurz nach der Bestattung wieder rausgeholt, oder, und das glaube ich am ehesten, da war nie einer drin.«

Solo drehte nachdenklich ihr Weinglas in der Hand. »War das damals eigentlich üblich, hohe Würdenträger einfach so im Wald zu verstecken?«

Linda schüttelte den Kopf. »Eine Grabstätte wie diese habe ich noch nie gesehen. Weder in Büchern noch in natura. Normalerweise baute man Kathedralen oder zumindest imposante Grabmale über solche Eminenzen.«

»Komischer Heiliger«. Solo nippte an ihrem Heppenheimer Stemmler. »Wo befindet sich überhaupt der Eingang?«

Linda schaute Solo verständnislos an. »Welcher Eingang?«

»Na, der Eingang zu der Gruft. Die Öffnung, welche damals Klein-Arthur und sein Freund Herbert entdeckt hatten, durch die später Schachens Leiche hinein und wieder heraus befördert wurde und die wir seitdem als Eingang benutzen ...« Solo holte tief Luft um weiterzusprechen. Lindas Augen wurden zu Schlitzen. Sie erstarrte wie auf einer Momentaufnahme. Die Gabel, von der Tarzans Meisterwerk tropfte, hielt sie hoch erhoben.

Tarzan schaute Solo mit offenem Mund an. Ein dünner Käsefaden hing an seinem Kinn.

Solo stockte und schaute verwundert ihre Tischgenossen an. »Äh,

hallo?« Sie wedelte mit der linken Hand, als wolle sie weit entfernten Bekannten auf einem Bahnsteig zuwinken. »Hallo, ich bin's nur, die kleine Solomaus. Habt ihr 'nen Filmriss oder was?«
»Der Eingang«, flüsterte Linda und legte endlich die Gabel ab.
»Ja, der Eingang«, sagte Solo verwundert. »Ich frage mich schon länger, wo denn der richtige Eingang zu dieser Gruft sein soll. Das, was wir benutzen, ist doch nur ein Loch in der Wand, entstanden, weil ein Baum im Sturm umgekippt ist.«
Linda schob den Teller von sich und legte beide Hände flach auf den Tisch. »Ich bin so dumm wie ... wie ...«
»Brot«, half ihr Tarzan freundlich und fing sich einen stummen Verweis von Solo ein.
»Dumm wie Brot!«, bekräftigte Linda, erhob sich, stemmte die Arme in die Hüften und funkelte Solo an. »Brauchst du meinen dämlichen Doktortitel? Kannst ihn haben. Hast ihn dir verdient. Im Gegensatz zu mir.« Sie wanderte wie ein deklamierender Schauspielschüler durch das Zimmer. »Da treibe ich mich wochenlang auf diesem Berg herum, grabe Radkappen und Bierkrüge aus und ihr serviert mir meine Gruft auf dem Silbertablett. Ich tappe da drin rum wie ein staunendes Schulmädchen und merke gar nicht, dass ich eigentlich durch die Wand da reingekommen bin. Mann! Solo, weißt du, was du da eben losgelassen hast?«
Solo stand noch völlig unter Schock. Sie hatte auf ihre harmlose Frage einen klugen, akademischen Vortrag erwartet und nicht den Ausbruch des Vesuvs.
»Du hast einen dicken Hund losgelassen, von der Größe eines Mammuts. Das ist der Hammer. Der Oberhammer! Ich werde in etwa drei Sekunden in tausend Stücke zerspringen. Ich muss da rauf. Gleich. Sofort. Kommt ihr mit?« Ohne eine Antwort abzuwarten, stürmte Linda nach draußen.
Solo schaute Tarzan an, zog die Mundwinkel herunter und zuckte die Schultern. Tarzan erhob sich kopfschüttelnd, schenkte dem schnöde im Stich gelassenen Festmahl einen bedauernden Blick, griff sich rasch noch eine Scheibe Weißbrot und folgte den beiden Frauen.

Linda war immer noch völlig aufgedreht und plapperte wie ein kleines Mädchen, das zum erstenmal einen Freizeitpark besucht. Solo versuchte zwar, ihre Freundin zu beruhigen, erreichte aber höchstens das Gegenteil. Kaum hatte Tarzan den Landrover auf dem Parkplatz in der Nähe vom Schloss abgestellt, sprang Linda auch schon aus dem Auto. Nach einem kurzen Fußmarsch, der nur durch Tarzans entschiedene Weigerung nicht in einen Sprint ausartete, erreichten sie das mittlerweile wieder notdürftig renaturierte Gelände. Die Forstbehörde hatte die Mitarbeiter des Museums angewiesen, den Eingang zur Gruft wieder so herzurichten, dass niemand auf Anhieb die Stelle entdeckte. Man hatte sogar einen Stapel bemoostes Altholz vor die ehemalige provisorische Zufahrt gelegt. Trotzdem verkündete ein Schild in unmittelbarer Nachbarschaft der Gruft, dass das Betreten der Stätte verboten war. »Einsturzgefährdeter Bereich. Achtung Lebensgefahr!«, stachelte ein Zusatzschild die Abenteuerlust potenzieller Hobbyforscher zusätzlich an. Linda, Solo und Tarzan zwängten sich durch das Gebüsch und betraten das etwa garagengroße halbrunde Gewölbe. Lindas Begeisterung erfuhr einen Dämpfer, als sie die rundum massiv wirkenden Mauersteine betrachtete.
»Was hast du erwartet?«, fragte Solo spöttisch. »Einen Eisenring mit der Beschriftung ›Geheimtür, bitte ziehen‹?«
Linda schüttelte unwirsch ihre rote Mähne, betastete die Wände, fuhr mit den Fingern die Fugen entlang, drehte sich in dem kleinen Raum immer wieder um sich selbst und schob schließlich trotzig die Unterlippe vor. Sie sah aus wie ein verzogenes kleines Gör, das im nächsten Augenblick »Haben! Haben!« schreien und sich wüst trommelnd auf den Boden werfen würde.
Linda schrie nicht, sie trommelte auch nicht und auf den Boden warf sie sich schon gar nicht. Stattdessen zwang sie sich zur Ruhe und unterzog die Gruft einer nüchternen Bestandsaufnahme. Das trotzige kleine Mädchen hatte sich wieder in eine analytisch denkende Wissenschaftlerin verwandelt.
»Die Decke können wir abhaken«, sagte sie und deutete nach oben. »Kreuzgewölbe. Wenn wir da einen Stein entfernen, kommen zwan-

zig andere nach. Die Seite mit dem Loch scheidet auch aus: gewachsener Fels, die Lücken gemauert. Bliebe noch die zweite Flankenseite und die hintere Wand.« Tarzan und Solo wanderten mit ihren Blicken die von Linda bezeichneten Stellen mit.

Linda fuhr fort: »Ein zugemauerter Gang in der Flankenseite käme nach wenigen Metern ins Freie. Das hätten wir bemerkt. Bleibt die Rückseite. Da geht es, wenn überhaupt, in den Berg.« Sie fixierte die Wand, als genüge schon allein ihr Blick, um die sorgfältig gemauerten Quader in sich zusammenfallen zu lassen.

Tarzan kletterte wieder heraus, entfernte sich ein paar Schritte von der Gruft und blickte suchend nach oben. »Linda, kommst du mal?«, rief er nach einigen Minuten.

Linda stieg aus der Gruft, gefolgt von Solo.

»Da oben sieht man die Mauer des Schlosses.« Tarzan deutete den Berg hinauf. Die beiden Frauen nickten. Durch das Laub der Bäume war die in der Abendsonne fast golden leuchtende mächtige Westmauer deutlich zu sehen.

Tarzan fuhr fort: »Wenn ich die Lage der Gruft richtig einschätze, dann könnte ein Gang, der hinter der Rückwand seinen Anfang nimmt, bis unter das Schloss führen.«

Linda ging zurück zum Eingang, peilte nach einem prüfenden Blick ins Innere der Grabkammer wieder hinauf zum Schloss und nickte. »Hast du Werkzeug im Auto?«, fragte sie Tarzan.

Solo lachte. »Die Karre hat 'ne Ladefläche so groß wie das Flugdeck der Enterprise, aber man kann nicht einmal eine Kiste Wasser draufstellen, weil Tarzan alles mögliche Gerümpel dort aufbewahrt. Was brauchst du, Linda? Wasserpumpenzange, Kettenzüge, ein Zelt für neun Personen oder fünf Paar Laufschuhe? Tarzans Auto ist wie ein Baumarkt: Du findest alles, was du nicht brauchst und was du brauchst, gibt's nicht.«

»Ein Bello wäre nicht schlecht.«

Tarzan schaute Linda verzückt und bewundernd an. Eine Frau, die einen Vorschlaghammer mit dem exakten fachmännischen Begriff »Bello« bezeichnete, war für ihn der absolute Höhepunkt menschlicher Evolutionsgeschichte.

Er dachte kurz nach, ging im Geiste die achtzehnseitige Inventarliste der Ladefläche durch und gelangte zu dem Schluss, dass ein Bello nicht darunter war.
»Einen Fäustel hätte ich im Angebot. Ist der kleine Bruder vom Bello. Liegt gut in der Hand.«
»Fäustel ist OK. Das mit dem Bello war eh' nur ein Scherz. Barney würde mich ans Kreuz schlagen, wenn ich mit solchem Kaliber da unten zugange wäre.« Tarzan setzte sich in Richtung Parkplatz in Bewegung. Als er nach zehn Minuten wieder zurück kam, hatte er eine ausgebeulte Sporttasche in der Hand. Es klirrte vernehmlich, als er die Tasche absetzte.
»So, meine Damen. Der Klempner ist da, wo klempt's denn?« Er öffnete die Tasche, holte den verlangten Fäustel, einen kurzen schweren Hammer mit einem klobigen Kopf, heraus und förderte noch ein Spitzeisen und eine Taschenlampe aus Bundeswehrbeständen zutage. Linda strahlte und bewies Tarzan erneut, dass ein Mann, der Hilti nicht als weiblichen Kosenamen deutete, bei attraktiven Frauen bedeutend mehr Chancen hatte als ein durchgestylter Schönling, der sich beim Zusammenbau von Billy-Regalen die Daumen brach.
Linda schnappte sich den Hammer und stieg wieder in die Gruft. Tarzan und Solo folgten ihr gespannt. Linda begann, die Rückwand systematisch mit dem Fäustel abzuklopfen. Vorsichtig schlug sie nur leicht gegen die Mauersteine. Es klang massiv. Als sie fast in der Mitte der Wand angelangt war, änderte sich das Geräusch. Aus dem trockenen Klacken wurde ein dumpfer Ton. Linda schaute ihre Freunde an. Ihre Augen glänzten. Dann wandte sie sich wieder der Wand zu. In genau abgegrenzten Feldern pochte sie mit dem Fäustel gegen die Ziegel. Der Unterschied war deutlich. Es gelang ihr, ein fast mannshohes Rechteck zu lokalisieren. Es befand sich etwas außerhalb der Mitte und hatte eine Breite von etwa einem Meter.
»Dein Part, Herr des Dschungels«, sagte sie zu Tarzan und reichte ihm den klobigen kleinen Hammer.
Tarzan schaute verdutzt auf das Werkzeug in seiner Hand. »Ich soll damit ...«
»Durch die Wand.« Linda grinste ihn an. »Das macht ihr Männer

doch gerne, oder? Immer feste druff, gelobt sei, was stark macht. Tu dir bloß keinen Zwang an. Heute bin ich gerne mal schwaches Geschlecht.«
Tarzan wog den Fäustel in der Hand, trat an die Wand, hob den Hammer und zögerte. Fragend sah er erst Solo, dann Linda an. »Meinst du wirklich, ich soll .... Ich denke, das ist hier historisch. Alles unheimlich wertvoll und so.«
Linda machte eine ungeduldige Kopfbewegung. »Das ist ein ganz normales Kreuzgewölbe. Angelegt als Grabstätte. Das, was wertvoll war, ist längst verschwunden. Der Sarg steht in Barneys Wohnzimmer. Mach schon. Ich will wissen, wo es da hingeht!« Tarzan schwang den rechten Arm und der Fäustel traf einen der Ziegelsteine. Steinsplitter spritzten davon und Solo und Linda gingen in Deckung. Tarzan hämmerte weiter. Die Wand machte keinerlei Anstalten nachzugeben. Tarzan schwitzte, wechselte öfter den Hammer von der rechten in die linke Hand. Nach wenigen Minuten hielt er erschöpft inne, lehnte sich gegen die Wand und bat Solo, aus der Sporttasche eine Flasche Wasser zu holen. Nachdem alle einen Schluck getrunken hatten, machte er sich wieder an die Arbeit.
Am Fuß der Wand häuften sich die Splitter. Zweimal musste er den Hammerkopf wieder festklopfen, der sich gelockert hatte. Seine Handgelenke schmerzten, die Finger konnte er kaum noch gerade biegen, dann gab endlich der erste Stein nach. Polternd fiel er in einen dahinterliegenden Hohlraum. Ein Geruchsgemisch aus feuchter Erde und modrigem Keller drang heraus. Rasch vergrößerte Tarzan die Öffnung. Er ließ sich das Spitzeisen geben, stemmte die angrenzenden Quader heraus und schuf eine Öffnung, die groß genug war, dass man den Kopf hindurch stecken konnte.
Linda leuchtete mit der Taschenlampe hinein und stieß einen leisen Pfiff aus. »Es ist tatsächlich ein Gang. Sieht sogar noch ziemlich ordentlich aus.«
Tarzan machte sich wieder ans Werk. Solo und Linda räumten die losgehauenen Steine zur Seite. Sie zerschrammten sich die Hände an den scharfen Kanten. Niemand wollte zu diesem Zeitpunkt noch einmal zurück zum Auto, um Arbeitshandschuhe zu holen. Nach ei-

ner guten Viertelstunde war das Loch in der Wand so groß, dass ein Mensch hindurchpasste. Erschöpft machten sie eine kleine Pause.
»Und nun?«, fragte Solo.
Linda schaute sie fassungslos an. »Was und nun? Wir gehen da rein, was sonst?«
»Es wird bald dunkel.« Solo deutete zum Ausgang der Gruft, wo sich bereits dunkle Schatten breit machten. Die Sonne war wohl gerade im Begriff, hinter den Kühltürmen des Atomkraftwerks Biblis unterzugehen.
»Wir haben eine Taschenlampe. Ich gehe hier jetzt nicht weg und lege mich daheim ins Bett. Der Teufel soll mich holen, wenn ich das tue. Wenn ihr nicht mitkommen wollt, könnt ihr ja gehen.«
»Blödsinn!«, sagte Solo ärgerlich. »Logisch gehen wir mit. Wie verträgt sich so eine Hauruck-Aktion eigentlich mit deiner wissenschaftlichen Arbeitsweise?«
Linda schürzte die Lippen. »Ich bin die Leiterin dieses Projektes. Ich bestimme, was wissenschaftlich ist und was nicht. Wir machen hier eine erste, vorsichtige Begehung. Wir fassen nichts an, wir nehmen nichts mit und wir versuchen, keine Spuren zu hinterlassen.«
Tarzan gluckste. »Wir hauen einfach nur eine Wand in einer Gruft in Trümmer. Mit äußerster Sorgfalt.« Linda schenkte ihm einen missbilligenden Blick. Gleich darauf aber erstrahlten ihre Augen wieder voller Begeisterung. So mussten sich die großen Entdecker gefühlt haben, als sie die ägyptischen Grabkammern erforschten. Das war es, was Linda an ihrem Beruf so faszinierte. Das Unbekannte. Unerforschte. Unheimliche ...

* * *

Er hörte sein Herz schlagen. Langsam. Unregelmäßig. Ab und zu aussetzend. Er versuchte, es zu ignorieren. Es gelang ihm nicht. Die verfluchte Pumpe in seinem Inneren schlug immer weiter. Dabei hatte er gehofft, sie würde eines Tages stehen bleiben. Am besten im Schlaf. So, dass er es gar nicht bemerkte. Aber es wollte nicht aufhören. Er hatte schon immer ein gutes Herz gehabt. Hatte als junger Hundertmeterläufer jedes Jahr die Schulmeisterschaften gewonnen.

Es klopfte und klopfte. Bereits ein ganzes langes Leben lang. Plötzlich setzte es aus. Hörte einfach auf. Das dumpfe Pochen hatte ein Ende. Merkwürdig. Er dachte, es sei ein schmerzhaftes Ende. Krämpfe, die den Körper schüttelten. Schaum vor den Lippen, blaue Gesichtsfarbe, hervorquellende Augen. Röcheln, keuchen, würgen. Aber dies hier ... Er legte die linke Hand auf seine Brust, spürte das gleichmäßige Pumpen dieses Zentralorgans und hob den Kopf. Es war gar nicht sein Herz gewesen, das er die ganze Zeit gehört hatte. Die absolute Finsternis um ihn herum hatte seine Sinne verwirrt. Was war es aber dann? Langsam kroch Angst in ihm hoch. Angestrengt lauschte er in die Dunkelheit.
Da war es wieder! Ein leises, fernes Pochen wie aus einer anderen Welt. Es klang bedrohlich. Es erinnerte ihn an alte Abenteuerfilme, die er als Kind gesehen hatte. Die Helden irren im Dschungel herum und von fern dröhnen dumpf die Trommeln der Menschenfresser. Was hatte er sich gegruselt damals in den speckigen Klappsesseln des Astoria-Kinos. 14 Uhr Jugendvorstellung. 50 Pfennige.
Genauso beängstigend war dieses Trommeln, das er nun hörte. Weit weg, aber nah genug, um ihm zu sagen: »Wir sind dir auf den Fersen, weißer Mann. Wir werden dich aufspüren und dich töten.«
Er verdrängte diese kindlichen Gedanken. Sollten sie doch kommen. Sollten sie ihn doch holen und töten. Einen größeren Gefallen konnten sie ihm gar nicht tun. *Er* würde ganz schön schauen, wenn er nicht mehr da wäre. *Er* ... Der Mann veränderte seine Lage. Irgendetwas huschte auf trippelnden Füßlein davon. *Er* ...

* * *

Linda ging voran. Sie beleuchtete prüfend die Decke und die Wände des Tunnels. Es war ein einmaliger Anblick. Dies hier war nicht einfach ein Stollen, den mittelalterliche Bergleute gegraben hatten. Es war ein Meisterwerk. In der Mitte etwas über zwei Meter hoch, etwa ein Meter fünfzig breit und mit sorgfältig geglättetem Boden, bestand dieser Tunnel aus solidem Mauerwerk. Zehntausende handgebrannter Klinkersteine hatte man hier in guter Maurertradition verarbeitet. Es erinnerte Linda an die Abwasserkanäle unter den Stra-

ßen Mannheims, die sie einmal besucht hatte.
Das Licht der kleinen Taschenlampe reichte gerade mal zwei Meter weit. Der Gang führte kerzengerade ins Innere des Berges. Die kleine Gruppe bewegte sich ständig auf ein schwarzes Loch zu, das scheinbar vor ihnen herwanderte. In regelmäßigen Abständen erkannten sie Halterungen für Fackeln.
Linda untersuchte eine dieser Konstruktionen genauer. »Das haben die hier nicht gebaut, um diese Gruft anzulegen«, sagte sie nachdenklich. »Die Art der Steine und diese Fackelhalter deuten auf das 13. oder 14. Jahrhundert. Also genau die Zeit, in der Schloss Auerbach erbaut wurde. Die Gruft erscheint mir um einiges jünger.«
Solo, der es in dieser Umgebung im Gegensatz zu Linda langsam unheimlich wurde, bemerkte: »Warum bauen die eine Gruft, stellen einen leeren Sarkophag rein und mauern das Ganze wieder zu?«
»Vielleicht war das ihre Form der Grundsteinlegung«, warf Tarzan ein. »Heutzutage mauern sie die idiotischsten Dinge in die Fundamente neuer Bauten.«
Linda nickte. »Möglicherweise ist diese Vermutung gar nicht mal so abwegig. Wir reden hier vom Mittelalter. Da herrschte eine ganz andere Sichtweise, was Religion und Aberglaube betraf. Man glaubte damals noch an den Teufel als Person ...«
»Der Leibhaftige!«, dröhnte Tarzan mit übertrieben tiefer Stimme. Das Echo rollte hallend durch den Tunnel.
»Tarzan!«, zischte Solo, der eine Gänsehaut nach der anderen den Rücken hinunterjagte. »Wie weit wollen wir überhaupt noch gehen?« Solo flüsterte, gerade so, als könne lautes Reden die bösen Geister der Vergangenheit aufwecken.
Linda leuchtete ihrer Freundin kurz mit der Lampe ins Gesicht. »Keine Angst. Wenn der kopflose Ritter heranklappert, lässt Tarzan seinen berühmten Filmschrei los, dann bleibt kein Auge trocken.«
»Wie soll das gehen, bei einem Ritter ohne Kopf?« Das Gelächter entspannte die Stimmung etwas. Solo und Tarzan wechselten einen Blick. Nichts und niemand würde Linda Reining davon abhalten, diesem mysteriösen Gang bis zu seinem Ende zu folgen und sei dieses im Mittelpunkt der Erde. Niemand von den Dreien hatte eine Ah-

nung, wie weit sie bereits von der Gruft entfernt waren. Der begrenzte Horizont der Taschenlampe und die gleichförmigen Wände erweckten den Eindruck, auf einem Laufband zu gehen, das sich mit derselben Geschwindigkeit rückwärts bewegte. Tarzan schaltete die Beleuchtung seiner Sportuhr an. Sie waren bereits über eine Viertelstunde unterwegs. Immer noch führte der Gang geradeaus. Ganz schwach schien sich der Boden zu heben. Die anfängliche Scheu und das vorsichtige Vorantasten waren mittlerweile einer forscheren Gangart gewichen. Der Gang war alt. Alles an ihm atmete vergangene Jahrhunderte. Nichtsdestotrotz war er in einem erstaunlich guten Zustand. Ein Beweis für das handwerkliche Können seiner unbekannten Erbauer.

Die Wand tauchte mit der Plötzlichkeit eines Geisterfahrers vor ihnen auf. Fast wäre Solo gegen Linda geprallt, als diese abrupt stehen blieb. Der Gang knickte im rechten Winkel nach links ab. Linda stieß einen leisen Pfiff aus. Es war aber nicht dieser plötzliche Richtungswechsel, der sie beeindruckte. Die Taschenlampe beleuchtete einen ungleichmäßigen, schartigen Durchbruch in der rechten Wand. Lose Steine lagen auf dem Boden. Alles war von einer dikken Staubschicht bedeckt. Hier hatte auch jemand eine Wand aufgestemmt. Vor vielen Jahren schon, wie der Staub vermuten ließ.

Linda leuchtete den Boden ab. Die Spuren waren deutlich zu sehen.

»Ganz schöner Verkehr hier unten«, sagte sie und deutete auf die zahlreichen Fußabdrücke.

»Nach Ritter Kunibert sieht das aber nicht aus«, meinte Tarzan. »Eher nach Doc Martens und seinen Kumpanen.«

»Neonazis?«, fragte Solo und musterte interessiert die groben Profilabdrücke.

»Neo oder deren große Vorbilder«, bemerkte Linda. »Vielleicht haben die echten Nazis das Stollensystem genutzt.«

Tarzan nieste. Wenn Tarzan nieste, war dies die explosive Kurzform eines Urschreis. Solo befürchtete schon, die Decke würde einstürzen.

»Gesundheit«, zischte sie verärgert.

»Danke. Der Staub. Haaaa!« Doch der gefürchtete Zweitschuss blieb

aus. Tarzan fummelte umständlich ein Taschentuch aus der Packung und schnäuzte sich mit ähnlicher Phonzahl.
»Am Ende finden wir noch das sagenumwobene Nazi-Gold!« Tarzan warf das Taschentuch auf den Boden. Er war ganz begeistert von dieser Aussicht. Linda ging nicht darauf ein. Sie leuchtete in den Gang, aus dem sie gerade gekommen waren, in den linken Abzweig und in den Durchbruch. Dahinter führte ein weiterer Stollen ins Dunkel.
»Hmm«, machte Linda nachdenklich. »Wenn ich mich nicht sehr täusche, dann führt der linke Gang nach Nordosten. Demnach müsste der Gang hinter dem Loch ziemlich genau unter der Burg herauskommen. Es würde passen.«
»Was würde passen?«, fragte Tarzan gespannt.
»Die Gruft mit dem leeren Sarkophag. Das ist ein Dummy. Eine Scheingruft, um potentielle Grabräuber in die Irre zu führen. Dazu passt dieser Gang. Ich wette, wenn wir hier nach links gehen, gelangen wir irgendwann an einen Ausgang irgendwo im Wald. Der Gang hinter dem Durchbruch ist garantiert der Weg in die Gruft des Kardinals. Man hat ihn wahrscheinlich nach der Bestattung zugemauert. Wer immer den Eingang zu diesem Stollen entdeckt, würde dem Gang folgen und in der Scheingruft herauskommen.«
»Würde er nicht!«, wurde sie von Solo unterbrochen. »Er würde sich an einer Mauer die Nase blutig stoßen. Einer Mauer, die wir heute Abend erst eingerissen haben.«
Linda schaute sie ratlos an. »Wozu baut man eine Scheingruft, wenn man sie anschließend hinter einer Mauer versteckt?«
Niemandem fiel darauf eine plausible Erklärung ein. Linda beschloss, dass sie zunächst nach dem vermuteten Ausgang suchen sollten und so wanderte die kleine Gruppe in Richtung Nordosten. Nach wenigen Minuten blieb Linda wieder stehen, hob den Kopf und schnüffelte wie ein Hund. »Riecht ihr das auch?«
Solo nickte, während Tarzan immer noch vernehmlich die Luft einsog wie ein verschnupfter Tapir. »Frische Luft.« Es stimmte. Der leicht modrige Bergwerksgeruch vermischte sich mit jedem Meter, den sie weitergingen, mehr mit dem Duft feuchter Erde und nassen

Laubs. Dann erreichten sie das Gitter. Es war massiv. Die einzelnen Streben, die das halbrunde Tor in kleine Quadrate aufteilten, waren mindestens drei Zentimeter stark. Das Tor war antik. Die einzelnen Segmente aufwändig vernietet. Schmiedearbeit vom Feinsten. Jenseits der Barriere wucherte dichtes Unterholz. Schwere Regenwolken hatten die Nacht vorverlegt. Es war zwar erst 21.30 Uhr, aber schon fast völlig finster.
Linda leuchtete das gesamte Tor ab. Der Lichtstrahl der Taschenlampe blieb an der rechten Seite hängen. Schweigend starrten sie die Kette an. Es war eine starke, silbern schimmernde Edelstahlkette, die mehrmals um den beweglichen Teil des Tores und einen der in der Wand eingelassenen Halter geschlungen war. Zusammengehalten wurde sie durch ein äußerst massives modernes Vorhängeschloss aus Stahl.
Betroffen schaute man sich an.
»Hat Wolf dir gegenüber einen solchen Gang erwähnt?« Solo schaute Linda an. Die schüttelte den Kopf. »Dann gibt es noch jemanden, der hier zugange ist.«
»Gehen wir«. Linda wandte sich ab und marschierte zurück. Ohne Zögern passierten sie den Mauerdurchbruch am Abzweig. Nach ein paar hundert Metern führte der Gang nun merklich bergauf. Ein Luftzug war zu spüren. Schwach, als würde sich weiter vorn ein großer Raum befinden.
Linda hob plötzlich den Arm und blieb stehen. »Halt! Zum Teufel, was ist das denn?«
Der Gang machte drei Meter vor ihnen einen rechtwinkligen Knick nach links. Auf der rechten Seite ragten etwa zwei Dutzend Metallspitzen aus der Wand. Sie zeigten in die Richtung, in die der Gang weiterführte. Die eisernen Nadeln waren etwa 50 cm lang. Der Umstand, dass sie rostzerfressen waren, nahm ihnen nichts von ihrer grausigen Bedrohlichkeit. Linda streckte den Kopf um die Ecke und leuchtete den weiteren Verlauf des Tunnels aus.
Sie stieß wieder einen Pfiff aus. »Interessant. Schaut euch das mal an.« Sie klang wie ein Gastronomietester, der gerade eine neue Unterart der gemeinen Küchenschabe in seinem Dessert entdeckt hat.

Der Gang stieg nach der Biegung stark an. Eine Rampe von schätzungsweise 45°. Der Boden war hier fast blankgeschliffen.
»Eine Rutschbahn«, sagte Tarzan.
»Mit bestechendem Ende«, bemerkte Solo und schauderte, als sie die mörderischen Spitzen am Ende der Rampe erneut betrachtete.
»Du willst jetzt aber nicht wirklich da rauf, oder?«, fragte sie Linda.
Die zuckte die Schultern. »Wo wir schon mal da sind. Wir gehen langsam da hoch. Mit unseren modernen Schuhen ist dies nur ein billiges Gruselkabinett. Man muss nur aufpassen, dass man nicht auf den Hosenboden fällt.«
Vorsichtig, mit wohlüberlegten Schritten, erklommen sie die Rampe. Solos Nackenhaare sträubten sich, wenn sie an die Eisenspitzen in ihrem Rücken dachte.
»Seid ihr noch da?«, fragte Linda und Tarzan antwortete: »Mach dir keine Sorgen um mich, Linda. Wenn ich ausrutsche und da unten reinhaue, schrei' ich.«
Solo fauchte: »Tarzan, du bist ein ...«
»Ganz Lieber. Wie recht du hast, mein Schatz. Pass aber trotzdem auf, wo du hintrittst, mir war so, als hätte ich da vorne eine Bananenschale gesehen.« Tarzan fühlte sich selbst nicht sehr wohl auf dieser besonderen Art von schiefer Bahn. Er überspielte seine Nervosität mit betont lässigem Geplapper.
Nach etwa hundert Metern endete die Rampe. An der Art, wie ihre Stimmen klangen, erkannte Linda, dass sie sich in einem sehr großen Raum befinden mussten.
Sie leuchtete noch einmal die steil abfallende Strecke hinunter. »Wenn da jemand runterhagelt. Der kriegt einen ganz ordentlichen Zacken drauf.«
»Und hängt dann da unten wie ein Schmetterling in eurem Museum«, tönte Tarzan, sichtlich froh, der schiefen Ebene entronnen zu sein.
Linda leuchtete noch einmal die steile Rampe hinunter. »So etwas ist sehr ungewöhnlich.«
»Was ist ungewöhnlich?«, fragte Solo.
»Diese Speerspitzen da unten. Die Rampe. Das ist eine Falle. Sie

sollte wohl Unbefugte bestrafen, die sich hier herumtrieben. Das kenne ich von Grabstätten und Schatzkammern im Nahen Osten und in Afrika oder Südamerika. Die hatten da ganz ausgeklügelte Systeme.«

Tarzan schüttelte den Kopf. »Besonders ausgeklügelt kommt mir das aber nicht vor. Schön blöd, wer hier im Galopp runterrennt.«

»Eben«, sagte Linda. »Der Erbauer dieser Anlage hatte hervorragende Handwerker, wie wir schon in den Gängen erkennen konnten, und er hatte die Mittel, das alles zu finanzieren. Ich glaube, diese Rampe und die Spitzen sind nicht alles. Da steckt garantiert mehr ...«

Das Geräusch ließ sie abrupt verstummen. Alle drei standen da, als wäre bei Robotern der Strom ausgefallen. Es war ein Stöhnen. Langgezogen, halberstickt, als liege sein Verursacher in den letzten Zügen. Es war genau das Geräusch, das ein einfallsloser Geisterbahnbesitzer an einem solchen Ort installieren würde, um hasenherzige Gäste zu schockieren. Doch dies war keine Rummelplatzattraktion. Dies war ein unbekannter Ort, tief unter einer mittelalterlichen Festung. Im Inneren eines Berges. Ein Ort, den womöglich seit Hunderten von Jahren kein Mensch mehr betreten hatte. Linda und ihre Freunde waren weder hasenherzig, noch hatten sie für diese Tour fünf Mark bezahlt. Hier würde sich nicht am Ende der Fahrt eine Brettertür klappernd öffnen und sie in das grellbunte, fröhliche Gedränge der »Mannheimer Maimess« entlassen.

Wieder dieses Stöhnen. Es klang wie ein Rufen. Fern und doch zu nahe, schien es aus allen Richtungen gleichzeitig zu kommen. Linda fand als Erste ihre Fassung wieder. Sie leuchtete den Umkreis ab, den die schwache Lampe aus der Dunkelheit riss. Solo und Tarzan folgten ihr zögernd, als sie vorsichtige Schritte in den vor ihnen liegenden Raum machte.

»Hallo«, rief Linda verhalten.

Stöhnen.

»Wer ist da?« Etwas lauter.

Stöhnen. Näher ...

Nicht einmal Tarzan verspürte Lust auf einen lockeren Spruch.

Er war heilfroh, nicht allein hier unten zu sein. Seine Begleiterinnen

brauchten das ja nicht zu wissen. Tarzans uralte Kinderängste feierten in seinem Bauch fröhliche Urständ.
Aus dem Dunkel der Katakombe schälten sich kantige Umrisse. Im Näherkommen erkannte Linda die typischen Proportionen eines Sarkophages. Prächtige Ornamente zogen sich um den steinernen Behälter herum. Fein modellierte Figuren stützten den massiven Deckel. Das Material war edelster Marmor. Im Licht der Taschenlampe schimmerte es kostbar. Die Reliefs zeigten biblische Motive, gefertigt von Meistern ihres Fachs. Dies war kein Kassenmodell. Dies war die letzte Ruhestätte eines hochangesehenen Mannes. Eines mächtigen Mannes ...
»Der Kardinal ...«, flüsterte Linda ergriffen. Die Lampe in ihrer Hand zitterte und schien die Figuren auf den Seitenflächen zum Leben zu erwecken.
»Hiii... aaaa....« Fast hätte sie die Lampe fallengelassen. Es kam von der anderen Seite des Sarkophages. Es war ganz in der Nähe. Es rief nach ihnen.

* * *

Wolf Grohner streifte die Latexhandschuhe ab, warf sie in den Behälter am Ausgang des Operationssaales und trat durch die Schwingtür in den Vorraum. Hier tat er das Gleiche mit Kopfhaube und Mundschutz und entledigte sich des grünen Kittels, den er in den Wäschebehälter stopfte. Das Team versorgte die Patientin. Frau Gerlinde Amerongen-Staal würde in den nächsten Stunden aus der Narkose erwachen. Sie würde bemerken, dass ihre Nase, die Zeit ihres 48-jährigen Luxuslebens einen charmanten kleinen Höcker besaß, nun durch eine gewaltige, bläulich-lila verfärbte Zuckerrübe ersetzt worden war. Die Rübe würde sich nach mehreren Verbandswechseln und dem Abschwellen des überreizten Gewebes in ein süßes Kleopatranäschen verwandeln, wie es ihre Besitzerin in Dr. Grohners Katalog der Herrlichkeiten ausgewählt hatte. Gerlinde Amerongen-Staals Busen dagegen hatte bereits vor einem Jahr Wolfs Messer kennen gelernt. Allerdings war in diesem Fall die Mutation

vom Apfel zur Zuckerrübe durchaus erwünscht.
Die Witwe eines belgischen Großspediteurs verwandte einen Teil ihres beachtlichen Erbes darauf, den Ansprüchen ihres 22-jährigen Trösters auch in körperlicher Hinsicht gerecht zu werden.
Wolf hatte an diesem Tag zwei Nasen, zwei Ohren und zwei Brüste »gemacht«. Es war spät geworden. Doch Frau Amerongen-Staal hatte Termine wahrzunehmen. Für eine Stammkundin operierte der Chef auch mal nach der Tagesschau. Er war abgespannt, sein Nacken schmerzte und er freute sich auf den Dienstschluss und auf Linda. Er lächelte, als er an die attraktive Wissenschaftlerin dachte. Kam einfach so in sein Leben spaziert und er fraß ihr aus der Hand. Er bewunderte ihren Intellekt genauso wie ihr Äußeres. Schätzte gerade die kleinen Fehler an ihrer trotz oder gerade deswegen so guten Figur. Linda unterschied sich auf sehr wohltuende Art von diesen perfekt gestylten Kunstobjekten, die in der Klinik ein- und ausgingen. Er freute sich auf ihr Haar, den Duft ihrer Haut, auf ihre fantastischen Augen und auf ihr messerscharfes Mundwerk. Linda war die richtige Frau für ihn. Sie war gerade zur rechten Zeit in sein Leben getreten. Er brauchte sie. Doch vorher hatte er noch eine Kleinigkeit zu erledigen ...

* * *

Es war ein Hilferuf. Ein verstümmeltes »Hier«. Der Ruf hatte nichts Bedrohliches mehr an sich. Es war eindeutig ein verzweifeltes Wimmern. Linda ging langsam um den Sarkophag herum. Tarzan und Solo folgten ihr auf Tuchfühlung. Eine heruntergebrannte Kerze erschien im Lichtkreis der Lampe.
Wieder das erstickte Rufen. Diesmal war die Quelle des Geräusches unmittelbar vor ihnen. Was sie dann erblickten, erinnerte sie wiederum an einen drittklassigen Film: Hinter der Gittertür eines Kerkers lag ein Mensch auf einer zerschlissenen Matratze. Die weißen Haare zerzaust, den dürren Körper in eine zerlumpte Decke gehüllt, hob der Mann schützend eine knochige Hand voller Altersflecken vor seine Augen.
»Dr. Grohner ...« Linda flüsterte den Namen fassungslos. Sie senkte

die Taschenlampe, der Mann bewegte sich, bis er, den Oberkörper an die Wand gelehnt, mühsam die Lippen bewegte. Heraus kam dieses fürchterliche Stöhnen, das sie bereits kannten. Aus einem Kübel in der Ecke drang ekelerregender Gestank. Dr. Arthur Grohner, normalerweise schon ein sehr schlanker Mann, sah aus wie ein gerade aus einem KZ befreiter Todeskandidat.
Allmählich erwachte Arthur Grohner aus seinem komaähnlichen Zustand. Seine Lider flatterten, die Augen zuckten unruhig hin und her. Er erhob sich schwankend, tastete sich an der Wand entlang, bis zum Gitter. Linda nahm seine Hand, redete beruhigend auf ihn ein, streichelte die Hand wie bei einem kleinen Kind, das aus einem bösen Traum erwacht war. Es war allerdings ein böser Traum. Mit dem Unterschied, dass er nicht durch Erwachen zu Ende war.
»Wer hat das getan? Wer?«, fragte Linda behutsam. Die Augen Dr. Grohners beendeten ihre hektischen Bewegungen. Blieben an Lindas Gesicht hängen. Sie vermeinte ein kurzes Aufblitzen von Erkennen darin zu sehen. *»Er ...«,* krächzte der Gefangene.

* * *

Das Geräusch des mächtigen Zwölfzylinders erstarb, als er den Schlüssel umdrehte. Surrend schloss sich das Seitenfenster und das Schiebedach. Als die Scheinwerfer erloschen, war um ihn herum fast völlige Dunkelheit. Der schwere Wagen war vom Weg aus nicht mehr zu sehen. Nicht bei diesen Lichtverhältnissen. Er blieb noch einige Minuten sitzen, die Sinne geschärft. Aber alles blieb ruhig. Tief unten glitzerten die Lichter von Auerbach und Zwingenberg. Es war eine schöne Nacht. Nach dem Durchzug eines heftigen Schauers war der Himmel voll dramatisch zerfetzter Wolken, durch die ab und zu die Sterne aufblitzten. Die Luft war klar wie Glas und im Nordwesten hob sich schwarz die Silhouette des Taunus mit dem markanten Feldberg vom blaugrauen Nachthimmel ab. Er stieg aus, tastete nach der zierlichen Beretta im Hosenbund, drückte die Tür ins Schloss und verriegelte sie. Heute würde er es tun. Endlich. Heute hatte er die Kraft dafür. *Sie* gab ihm die Kraft. *Sie.* Die Frau, die er liebte ...

Er schulterte die leere Reisetasche. Zielstrebig folgte er dem schmalen Pfad, der selbst am Tage kaum zu bemerken war. Er hätte genauso gut die Augen schließen können. Er brauchte nicht zu sehen, wohin er ging. Diesen Weg kannte er besser als jeder andere. Nach fünf Minuten erreichte er den Eingang. Er holte seinen Schlüsselbund aus der Hosentasche, fand nach kurzer Suche den passenden Schlüssel und öffnete das stabile Vorhängeschloss. Lautlos schwang das alte Eisentor nach innen. Lautlos, weil gut geschmiert. Nur im Film knarrten und quietschten solche Türen.
Er steckte das Schloss in die Hosentasche, schaltete die schwere Maglite-Taschenlampe ein und folgte dem langen, sorgfältig gemauerten Gang in die Tiefe des Berges ...

* * *

»Wer ist *Er?«* Linda war den Tränen nahe. Auch Solo musste schlucken und Tarzan fühlte einen dumpfen, nie vorher gekannten Zorn in sich aufsteigen.
*»Er* ... hat ... es ... getan ... *Er* ...« Ein Flüstern nur. Geatmete Worte. Dr. Grohner holte rasselnd Luft, öffnete den Mund und deutete auf den Sarkophag. *»Er* ...«
Solo und Tarzan wechselten einen ratlosen Blick.
»Er ... wird ihn bestrafen. Der Kardinal wird ihn bestrafen.« Der letzte Satz klang schon fast wieder normal.
»Wen wird der Kardinal bestrafen?«, fragte Linda behutsam. Die Augen von Dr. Arthur Grohner hatten nun jeden apathischen Glanz verloren. Klar und durchdringend sahen sie Linda Reining an. Sie fror plötzlich unter diesem Blick. Die ganze Kälte der Arktis war darin versammelt. Als der alte Chirurg sprach, kam es ihnen vor, als redete ein anderer für ihn. Die Stimme schien von überall her zu kommen: von den Wänden, von der Decke, aus dem Boden. Aus dem Sarkophag ...

* * *

Er ging mit ruhigen Schritten den Gang entlang. Gerade so, wie jemand durch seinen Garten oder seinen Hof geht. Dies war »sein« Tunnel. Niemand außer ihm hatte hier herumzuspazieren. Er spürte den Druck der Pistole. Heute würde er es tun. Es würde endlich vorbei sein. Er würde in Sicherheit sein. Der alte Mann würde sein Geheimnis mit ins Grab nehmen. Und was für ein Grab! Als er den Mauerdurchbruch erreichte, streifte sein Blick etwas, das dort auf dem Boden lag ...

* * *

Sie standen alle noch unter dem Schock des soeben Gehörten. Sahen sich an, sahen den alten Mann im Kerker eingesperrt wie einen neurotischen Bären im Zirkus.
»Wir müssen ihn da raus holen«, sagte Solo mit zitternder Stimme. Verstohlen musterte sie Linda. Ihre Freundin presste die Lippen aufeinander, starrte auf Arthur Grohner. In ihrem Gesicht arbeitete es. In diesem Augenblick sah man ihr ihre 49 Jahre an. Diese und noch hundert weitere dazu. Sie wirkte genauso alt und ausgezehrt wie der alte Grohner.
»Ich gehe zurück zum Auto. Werkzeug holen«, sagte Tarzan und griff nach der am Boden liegenden Taschenlampe. Bizarre Schatten wanderten über die Szene, als er sie aufhob.
»Und wir? Sollen wir hier vielleicht im Dunkeln hocken?« Tarzan meinte, einen Anflug von Panik in Solos Stimme zu hören.
»Kerzen ...«, krächzte Grohner und deutete mit der rechten Hand nach links. »*Er* holt die Kerzen von dieser Seite. *Er* bringt sie nicht mit. *Er* hat hier welche gelagert ...« Die Stimme des Gefesselten wurde wieder brüchig. Tarzan leuchtete in die Nische neben dem Verlies. Tatsächlich stand dort ein kleiner Karton mit dicken Kerzen. Sie stellten mehrere davon auf den Boden vor die Kerkertür und zündeten sie an.
Linda hatte die ganze Zeit über geschwiegen. Jetzt sah sie Tarzan an und sagte mit heiserer Stimme: »Er muss ins Krankenhaus. Er ist schwächer, als er zugibt. Geh und hole Werkzeug, wir bleiben so lange bei ihm.« Sie fasste Tarzan bei den Schultern und schaute ihm

in die Augen. »Beeil dich bitte ...« Er musste sich abwenden, konnte nicht länger in diese großen, unsagbar traurigen Augen blicken. Etwas verknotete sich in seinem Bauch.
Er fummelte übertrieben an der Taschenlampe herum, gab Solo einen Kuss zum Abschied und brummelte: »Bin gleich wieder da.«

* * *

Fassungslos schaute er auf das zerknüllte Papiertaschentuch am Boden. Es war etwas derart Profanes, dass er es selbst in dieser Umgebung beinahe übersehen hätte. Erkannt zwar, aber als bedeutungslos registriert und augenblicklich wieder vergessen. Wie ein Kronenkorken auf dem Bürgersteig, eine Büroklammer auf dem Boden oder einen Reklamefetzen auf dem Parkplatz. Aber dies hier war kein Parkplatz. Es war kein Büro und es war kein Bürgersteig. Dies hier war ein geheimer Zugang in die Unterwelt von Schloss Auerbach. Nur zwei Menschen kannten diesen Weg. Einer davon saß in einem gut gesicherten Kerker. Niemand konnte außer ihm hier unten sein. Das Schloss am Eingangsgitter war unversehrt gewesen. Der Seitengang endete an der Rückwand der äußeren Gruft. Niemand konnte ein Taschentuch verlieren. Nicht hier unten. Nicht jetzt.
Er leuchtete sorgfältig den Boden ab und fand, was er suchte - der feine Staub machte es ihm leicht: Fußspuren ... Sie kamen aus dem Seitenstollen, führten von dort aus sowohl nach links, als auch nach rechts. Er schaltete die Taschenlampe aus. Trat einen Schritt in den abzweigenden Tunnel und presste sich an die Wand. Es gab nur eine Erklärung: Jemand musste den Zugang von der äußeren Gruft her entdeckt haben. Jemand musste die Rückwand aufgebrochen haben. Jemand ... In seinem Kopf formte sich ein Name. Er zwang sich zur Ruhe. Atmete bewusst tief ein und aus. Er wartete ...

* * *

Brummelnd und fluchend registrierte Tarzan das schwächer werdende Licht seiner kleinen Bundeswehrtaschenlampe. Die Batterie war schon zu Beginn dieser denkwürdigen Expedition nicht mehr neu gewesen. Man müsste immer genügend Ersatzbatterien bei sich haben, falls man mal wieder in die Situation käme, in Geheimgängen herumzulaufen und Gefangene aus Kerkern zu befreien. Tarzan beschleunigte seine Schritte etwas. Zu rennen getraute er sich nicht, dafür war die Sicht einfach zu begrenzt. Außerdem musste er sich konzentrieren, damit er in dem gelblichen Gefunzel, das der kleine Reflektor noch von sich gab, nicht über die Steine am Mauerdurchbruch stolperte.

* * *

Er musste nicht sehr lange warten. Eilige Schritte näherten sich. Ein schwacher Lichtschein machte aus der absoluten Finsternis eine armselige Dämmerung. Er rührte sich nicht. Lauschte angestrengt dem Rhythmus der Schritte. Da hatte es einer eilig.

* * *

»Scheißbatterie«, zischte Tarzan verärgert. Die Lampe lag in den letzten Zügen. In wenigen Minuten würde sie endgültig verlöschen. Immerhin hatte er noch sein leistungsfähiges Pfeifenfeuerzeug einstecken. Raucher brauchen eben niemals zu verzweifeln, dachte er und grinste vor sich hin. Da war der Durchbruch. Der Seitengang! Tarzan bog links ab, stolperte über ein Bein und schlug der Länge nach hin. Die Metalltaschenlampe schlitterte scheppernd davon, er schlug mit dem Kopf auf den Steinboden, tobender Schmerz raubte ihm fast das Bewusstsein, Blut schoss aus seiner Nase und warme Nässe breitete sich auf der Stirn aus. Im ersten Augenblick war er nicht fähig, sich zu bewegen. Dann wallte der rasende Schmerz etwas ab, machte Platz für das Klopfen und Pochen im rechten Knie, dem dumpfen Bohren in den Handgelenken und dem brennenden, abgeschürften Kinn.
Ein grelles, fast weißes Licht erstrahlte hinter und über ihm. Er hörte ein metallisches Klicken, das er nicht einordnen konnte, obwohl er es schon öfter irgendwo gehört hatte. Eine Männerstimme sprach zu ihm. Eine angenehme, kultivierte Stimme. Eine Stimme, die zu einem gebildeten und gepflegten Menschen passte, einem Menschen, den Tarzan gut kannte ...

»Steh auf, Tarzan.« Ruhig, gelassen. So, wie man jemanden auffordert, der gerade geehrt werden soll.
Tarzan fühlte sich nicht geehrt. Er fühlte sich, um es mit seinen eigenen Worten auszudrücken, »wie im Mixer verquirlt, durch einen Strohhalm gesaugt und ausgespuckt«.
Stöhnend rappelte er sich auf und blinzelte in das Licht der starken Lampe.
»Wisch dir das Gesicht ab. Hier hast du ein Taschentuch.« Wolf Grohner schob Tarzan das Tuch mit dem Fuß zu. Er lachte, als hätte er soeben auf einer Dinnerparty einen geistreichen Witz erzählt.

* * *

Solo und Linda kümmerten sich um Wolfs Vater. Solo hatte ihre Lederjacke durch das Gitter gezwängt. Der alte Mann hatte sie sich umständlich angezogen. Die Wärme und die Aussicht auf ein baldiges Ende des Martyriums ließen den alten Mann spürbar wieder zu Kräften kommen.
»Er kommt zurück!«, rief Solo, als sie den Lichtschein einer starken Taschenlampe drüben bei der Rampe bemerkte.
»Gleich sind Sie wieder frei«, sagte Linda zu Arthur Grohner. »Gleich machen wir die Tür auf und dann ist das alles vorbei.«
Dankbar lächelte Dr. Grohner ihr zu. Gebannt blickten alle drei auf die Mündung der Rampe. Der Lichtschein wurde stärker. Schatten tanzten auf den Wänden und auf dem Boden. Tarzans untersetzte Gestalt erschien im Eingang zur Gruft. Solo merkte, dass etwas nicht stimmte. Das war unverkennbar ihr Lebensgefährte. Seine Gestalt, die Art zu gehen, sogar, wie er jetzt erst einmal stehen blieb, um sich zu orientieren. Tarzan pur. Aber irgendetwas war hier falsch ...
»Solo ...«, flüsterte Linda und hob eine Hand. Aber Solo hatte es auch gemerkt: Tarzan war als Schattenriss im Durchgang zur Rampe zu sehen ... Er wurde von hinten angeleuchtet - von einem starken Handscheinwerfer. Nicht von einer kleinen Signallampe aus Bundeswehrbeständen ...
»Bleibt, wo ihr seid. Rührt euch nicht, sonst ist dieser Mann tot.« Die Stimme Wolf Grohners klang ruhig und präzise wie immer. Die

Stimme eines Mannes, auf den man sich verlassen konnte. Leider, dachte Linda voller Bitterkeit. Sie erkannte augenblicklich, dass Wolf nicht hier war, um irgendeine Show abzuziehen. Sie waren hier in seinem Allerheiligsten. Hier hielt er seinen Vater gefangen wie ein Tier. Hier war der Ort, den nur drei Menschen auf der Welt kannten. Einer war schon tot. Hier zeigte der hochverehrte, allseits beliebte Klinikchef seine andere, dunkle Seite. Sie waren hier eingedrungen. Sie hatten alles gesehen. Linda begriff, dass dies hier ihre Endstation war. Sie begriff, dass die kleine Pistole, die Wolf locker in der rechten Hand hielt, nicht zur Einschüchterung da war. Sie war zum Töten da. Und Wolf würde töten. Ohne zu zögern. So gut kannte sie ihn inzwischen. Wenn er es für notwendig erachtete, so würde er auch töten. Er würde sie alle vier aus seinem Leben entfernen, wie lästige Warzen vom Bauch einer Patientin. Präzise, mit professioneller Nüchternheit und der ruhigen, geübten Hand eines guten Chirurgen.
»Linda ...«
Linda zuckte zusammen, als hätte er sie geschlagen.
»Komm her.«
Sie rührte sich nicht.
»Komm her.« Er hatte weder die Stimme erhoben, noch irgendeine drohende Geste gemacht. Trotzdem schwang in der Wiederholung eine derart gewaltige Präsenz ungeheuren Zornes mit, dass Linda wie in Zeitlupe auf Tarzan und den dahinter stehenden Wolf zuging.
»Stopp.«
Linda blieb stehen. Sie war ungefähr drei Meter vom Eingang zur Rampe entfernt. Etwas klirrte vor ihr auf den Boden. Es war ein Schlüssel. An einem rostigen Eisenring. Ein alter, plumper Schlüssel. Für ein Verlies.
»Mach das Apartment auf.«
Linda rührte sich nicht. Die zierliche Pistole in Wolfs Hand machte ein klickendes Geräusch. Tarzan lief der Schweiß übers Gesicht. Er zwinkerte, als ihm das Salz in den Augen brannte. Linda hob den Schlüssel auf und bewegte sich langsam zur Kerkertür.
»Tarzan, mein Lieber. Du gehst jetzt mit den anderen zu dem netten

alten Mann und leistest ihm Gesellschaft. Denke aber immer daran: Die Pistole ist weiterhin auf dich gerichtet. Sie ist zwar nicht groß. Aber eine 22er besitzt auf diese Distanz eine hohe Durchschlagskraft. Ein kleines Loch genügt, damit das Leben heraustropfen kann.«
Tarzan wankte hinüber zu den anderen. Solo erschrak, als sie sein Gesicht sah.
»Pschschsch ...«, machte Wolf, als er sah, wie Solo den Mund aufmachte, um etwas zu sagen. »Der gute Tarzan war mit nicht angepasster Geschwindigkeit unterwegs und es war leider keine Liane greifbar.«
Linda hatte den Kerker erreicht.
»Aufmachen!« Diesmal klang der Chirurg schon etwas grober. Seine Blicke sprangen von Linda zu den anderen und wieder zurück.
»Schwein!« Aus den Augen von Wolfs Vater sprühte der Hass.
»Na, so was!«, spottete sein Sohn. »Vater kann wieder sprechen. Ein Wunder ist geschehen. Kein Wunder, an solch heiligem Ort. Willkommen im Leben, Vater. Wie geht es dir? Kannst du dir vorstellen, wie es deinem besten Freund im KZ ergangen ist? Dagegen ist das hier das Hilton-Hotel und ich bin der Room-Service.« Er wandte sich an Linda, die mittlerweile die Tür geöffnet hatte. »Rein mit euch und an die hintere Wand.« Linda starrte Wolf an, als würde sie sich jeden Augenblick auf ihn stürzen.
»Tut mir leid ...« Hell peitschte der Schuss durch die Kammer, klatschte in die Wand hinter den Gefährten und jaulte als schriller Querschläger weiter. Alle schrien auf, Solo warf sich schützend auf Arthur Grohner und Tarzan lehnte zitternd an der Wand, die Haare und das Gesicht voller Steinsplitter und Staub.
»Ich bin ein guter Schütze. Die zwei Zentimeter waren kalkuliert, Tarzan. Wenn Linda weiter so zickig ist, werde ich dir erst die rechte und dann die linke Kniescheibe zerschießen. Ganz schlecht fürs Marathonlaufen, oder? Linda?« Es klang, als mache er Linda auf die leere Kaffeetasse eines Gastes aufmerksam. Gelangweilt, ein charmanter Plauderer, der sich um das Wohlergehen seiner Gäste sorgt.
Alle pressten sich verschreckt an die hintere Wand des Kerkers. Wolf trat rasch näher und knallte die schwere Tür ins Schloss.

Er schaute Linda an und sagte: »Du hast die Wahl. Wenn du willst, kannst du sofort hier heraus und mit mir ein neues Leben beginnen. Du weißt doch: Ich liebe dich.«
Linda trat dicht an das Gitter und zischte: »Ich liebe dich auch. Wie 'n Pickel am Arsch!«
Wolf hob die Waffe unmerklich. Seine Augen glitzerten. Er lachte sein leises, guterzogenes Lachen. »Genau deshalb liebe ich dich ja so sehr. Weil du immer deine Meinung sagst. Weil du vor nichts Respekt hast. Und weil du so schön bist, wenn du wütend bist. Linda ...« Seine Stimme wurde beschwörend. »Ich mache dir hier und jetzt ein Angebot: Komm mit mir. Vergiss das alles hier. Vergiss deine dämliche Buddelei. Komm mit mir in ein schönes Land. Es ist alles vorbereitet. Hier in diesem Sarkophag ruhen Artefakte von unschätzbarem Wert. Allein der Leichnam des Kardinals ist einem privaten Sammler in Argentinien über zwei Millionen Dollar wert. Wusstest du, dass er noch fast vollständig erhalten ist? Mein südamerikanischer Freund besitzt ein eigenes Institut. Er freut sich schon darauf, dich kennen zu lernen. Du könntest da die Leitung übernehmen. Dr. Linda Reining-Grohner ... Meine Frau ...« Die Pistole wies auf einen Punkt kurz oberhalb von Lindas Bauchnabel. Sie erschrak, als sie seine Augen aus der Nähe sah. Es waren die Augen eines Fremden. Die Augen eines Wahnsinnigen. Eines Besessenen. Niemals zuvor hatte sie in solche Augen geblickt. Dr. Wolf Grohner hatte sich komplett verwandelt. Wären ihm plötzlich Krallen gewachsen und Reißzähne aus geifernden Lefzen, Linda hätte sich nicht halb so geängstigt wie vor diesen Augen, aus denen alles Menschliche gewichen war. Lieber würde sie hier unten sterben, als die Ehefrau eines solchen Monsters zu werden.
Ihr Speichel klatschte genau zwischen diese grässlichen Augen. Lief an den Flanken der aristokratischen Nase entlang und traf in die scharfen Falten, die zu den Mundwinkeln führten. Sie war auch ein guter Schütze. Sie wunderte sich, dass sie den Schmerz der Schusswunde nicht spürte. Den Knall nicht hörte, den Pulverdampf nicht roch. War es so, wenn man erschossen wurde? So läppisch? So einfach?

Als sie die krampfhaft geschlossenen Augen wieder öffnete, sah sie immer noch Wolfs Gesicht vor sich. Die Augen hatten den irren Glanz verloren. Zu den schaumigen Rinnsalen ihrer Spucke gesellten sich nasse Spuren, deren Ursprung in den nun von unsagbarer Traurigkeit erfüllten Augen zu finden war. Wolf Grohner weinte. Das Ungeheuer vergoss Tränen. Der Unmensch, der seinen eigenen Vater eingekerkert hatte, weinte wie ein kleines Kind, das nicht verstehen kann, warum es nicht jeden Wunsch erfüllt bekommt.
»Du hattest die Wahl.« Die Worte zischten wie eine sehr bösartige Schlange.
Schlange ... Linda dachte daran, dass es damit angefangen hatte. Mit einer Schlange ... Ihr wurde plötzlich bewusst, wer es war, der die Klapperschlange durch den Briefschlitz in ihre Wohnung gelassen hatte. Niemand sonst als Wolf Grohner. Niemand würde es wagen, mit einer Giftschlange im Gepäck durch die Stadt zu spazieren. Niemand außer Wolf. Der Mann war ein Irrer. Eine gespaltene Persönlichkeit, die nach Belieben von einer Identität in die andere wechselte. So wie jetzt wieder: Die traurigen Augen waren verschwunden. Sie wurden ersetzt durch die flackernden, hasserfüllten Augen eines Irren. Eines enttäuschten, wütenden Psychopathen.
Linda wich zurück.
»Die Pistole«, zischte die menschliche Schlange. Die Pistole schwenkte zu Arthur Grohner. »Ich habe heute vorgehabt, ihn zu töten. Deshalb habe ich die Waffe mitgenommen. Ich wollte es schon lange tun. Es hätte mir vieles erspart. Aber ich konnte es nicht. Ich hasste mich dafür. Heute hätte ich es gekonnt. Ich hätte die letzte Spur getilgt und wir beide hätten ein glückliches Leben führen können. Niemand hätte etwas bemerkt. Ich hätte den Eingang zugeschüttet und die Vergangenheit endgültig begraben. Ihr seid mir dazwischengekommen. Nun werdet ihr eben alle dafür bezahlen. Es wird ein hoher Preis werden, den ihr zahlt. Der höchste.«
»Halt den Mund und knall uns einfach ab, du Bestie!« Solo spuckte ihm die Worte ins Gesicht und bedauerte, es nicht Linda gleichtun zu können. Dafür war die Entfernung jedoch zu groß, da Wolf wieder einige Schritte zurückgewichen war.

»Abknallen?« Wolf schüttelte langsam den Kopf. »Schade um die Munition. Nein, ich werde euch einfach hier lassen.« Er legte die Taschenlampe auf den Sarkophag und ließ die Reisetasche von der Schulter auf den Boden gleiten. »Ich werde mein steinernes Schließfach räumen, morgen den hohen Herrn abholen und übermorgen in einem Flugzeug nach Buenos Aires sitzen. Mein argentinischer Freund erhält per Seefracht einen Spezialcontainer mit archäologischen Artefakten aus einer Grabung im südlichen Kasachstan. Die Papiere sind absolut authentisch. Von der Regierung erstellt. Die Zusammenarbeit war äußerst fruchtbar.«
Das Schweigen nach Wolfs Worten war ohrenbetäubend. Die Offenheit, mit der er über seine Pläne sprach, machte mehr als jede verbale Drohung, mehr als die entsicherte Pistole und mehr als alle Gitter dieser Welt eines deutlich: Sie würden hier niemals mehr herauskommen. Nicht, wenn es nach Dr. Wolf Grohner ging.
Er blickte sie der Reihe nach mit dem Ausdruck ehrlichen Bedauerns an, wandte sich schließlich ab und stemmte sich gegen den Deckel des Sarkophages. Knirschend drehte sich die schwere Steinplatte. Die Oberseiten der Wände mussten sehr glatt geschliffen sein, wenn ein Mann es vermochte, diesen mehrere Zentner schweren Verschluss zu bewegen. Als der Deckel fast im rechten Winkel zu dem Marmorkasten lag, leuchtete Wolf hinein, lächelte zufrieden und holte einen reich verzierten, golden schimmernden Kelch hervor.
»Da bricht dir doch das Herz, oder Linda?« Er strahlte den Kelch mit der Taschenlampe an. Gleißende Reflexe wie in einer Diskothek wirbelten durch die Grabkammer. »Und hier ...« Er beugte sich erneut in den Sarkophag und hielt die herrliche Monstranz in die Höhe. »Dein Hochzeitsgeschenk. Ich hätte daran denken sollen, dass das geschulte Auge einer Archäologin so etwas auch auf einem alten Foto zu erkennen vermag. Kompliment, meine Liebe.«
Linda zitterte am ganzen Körper. Solo, die ihre Freundin beobachtete, vermochte nicht zu sagen, ob aus Angst, vor Wut oder aus Resignation.
»Überlege es dir. Ein Wort von dir genügt und wir spazieren ge-

meinsam hier heraus. Diese Mitgift hier ...«, er zeigte ihr ein reich mit Edelsteinen verziertes Kruzifix, » ... sollte zumindest für die ersten paar Jahre reichen. Wusstest du, dass unser Kardinal tatsächlich einer war? Ich habe Fotos gemacht und sie namhaften Kollegen in New York, Amsterdam und in Berlin gezeigt.«
Er wandte sich wieder Linda zu. »Du würdest berühmt werden. Du müsstest um kein Budget mehr kämpfen. Du könntest selbst bestimmen, woran du arbeitest. Es liegt ganz an dir.« Lindas Blick ließ ihn verstummen.
Schulterzuckend verstaute er die Kostbarkeiten in der Reisetasche, dann wandte er sich wieder an die Gefangenen: »Ach ja, bevor ich es vergesse: Leert bitte eure Taschen aus und schiebt alles unter dem Gitter durch. Ich werde die Sachen gut für euch aufbewahren.« Wieder lachte er leise. »Ich will nur sicher sein, dass niemand eine Flex oder einen Schneidbrenner einstecken hat. Wäre doch schade um die schöne Tür, oder?« Die Pistole ruckte in die Höhe. Eilig nestelten Linda, Solo und Tarzan in ihren Taschen. Wolf warf alles in die Reisetasche.
Wolf schulterte die Tasche und nahm die Lampe wieder zur Hand. Er leuchtete jedem Einzelnen ins Gesicht und erklärte: »Die Kerkertür ist ein Wunderwerk mittelalterlicher Technik. Sie kann nur mit diesem Schlüssel geöffnet werden. Oder mit schwerem Gerät. Ein Taschenmesser fällt garantiert nicht in diese Kategorie.« Mit diesen Worten drehte er sich um und ging durch den Bogen die Rampe hinunter. Seine vorsichtig aufgesetzten Schritte waren das Letzte, was sie an diesem Tag von ihm hörten.

# 11
# Wie auch wir vergeben ...

Als es völlig still in der Gruft geworden war, flüsterte Linda: »Das ist nicht Wolf ...«

»Doch, das ist Wolf!« Arthur Grohner hatte sich an der Wand aufgesetzt. Im Licht der Kerzen wirkten seine Züge wie aus Stein gemeißelt. »Das ist Wolf. Mein Sohn. Ein Ungeheuer. Ein Mörder. Er wird uns hier unten verrecken lassen. Doch der Kardinal wird ihn bestrafen. Da, wo wir alle hin müssen, wird er auf ihn warten und seinen Richtspruch fällen. Mörder, Grabschänder, Elender ...« Der alte Mann hustete und spuckte aus.

»Nur, dass uns das im Augenblick nicht viel nützt«, bemerkte Tarzan.

»Wir müssen etwas unternehmen«, sagte Solo.

»Gute Idee«, antwortete Tarzan. »Wir könnten ins Kino gehen, hinterher noch was trinken, oder tanzen ...« Er brach ab. Er hatte selbst gemerkt, wie unpassend sein Sarkasmus in dieser Situation war.

»Haben Sie Herbert Schachen getötet?« Linda, die immer noch neben dem alten Grohner saß, hatte die Frage gestellt. Solo hielt den Atem an.

Arthur Grohner schüttelte resigniert den Kopf. »Das hat Wolf Ihnen erzählt, nicht wahr? Ich sage Ihnen, wie es wirklich war. Ich sage Ihnen, wie Herbert Schachen ums Leben kam. Ja, ich habe ihn damals 1942 an die Nazis verraten. Aus purem Egoismus. Ich wollte ihn aus dem Wege haben. Das ist mir auch gelungen. Ich musste nicht einmal lügen. Wenn man es genau nimmt, dann war es sogar meine verdammte Pflicht und Schuldigkeit gegenüber dem Vaterland.« Er

lachte bitter. »Dieses Vaterland hat mich meinen besten Freund gekostet. Hat mich selbst zu seinem Henker gemacht. Was ich diesem Mann angetan habe, habe ich stellvertretend den Millionen von Juden angetan. Kindern. Babys. Alle habe ich getötet, denn es waren Leute wie ich, die diese Vernichtungsmaschine gefüttert haben. Leute wie ich, die alles nur zu gerne glaubten, was man uns erzählte. Die von der großen Sache schwärmten. Vom Endsieg, von dem am Schluss nur noch das End blieb. Glücklicherweise. Es graut mir, wenn ich mir überlege, welchen Lauf die Geschichte genommen hätte, wäre nicht alles so gekommen, wie es gekommen ist. Ja, und da stand er eines Tages vor meiner Tür ...«
Gebannt lauschten sie der brüchigen Stimme des alten Mannes. Vergaßen den Kerker, die Kälte, die hoffnungslose Situation und erlebten die Geschichte einer Freundschaft, die selbst das KZ überleben sollte.
Es war an jenem schwülwarmen Mittwoch im August 1956. Arthur Grohner war von der Türklingel aus seinem Mittagsschlaf geweckt worden. Wolf war noch in der Klinik, die Haushälterin hatte ihren freien Tag. Arthur Grohner öffnete die Tür und stand einem schlanken Herrn in zerknittertem Anzug gegenüber, der einen kleinen Lederkoffer bei sich hatte und einen Regenmantel über dem Arm trug. Er hielt ihn zunächst für einen Hausierer und wollte ihn gerade wegschicken, da kreuzten sich ihre Blicke ...
»Du bist ...«, stammelte er fassungslos.
Der Mann lüftete den teuer aussehenden Hut mit dem schwarzen Band, lächelte höflich und sagte: »Ich bin's. Herbert. Gut siehst du aus, Arthur.«
Arthur Grohner war weiß wie ein Leintuch, als er Herbert Schachen hereinbat. Er nahm ihm Hut und Mantel ab, geleitete ihn ins Wohnzimmer und holte Gläser aus der Anrichte. Sie klirrten aneinander, als er sie vor seinem Gast auf den Tisch stellte.
Herbert Schachen lehnte sich entspannt zurück, blickte sich wohlwollend um und nickte freundlich. »Schön habt ihr's hier.«
Grohner nahm ihm gegenüber Platz und schenkte ihm einen Schluck Wasser ein. Nur einen Schluck, aus Angst, die ganze Fla-

sche zu verschütten.
»Weißt du, warum ich hier bin?« Das Lächeln des Besuchers erschien Grohner wie die freundliche Bitte des Henkers, ihm jetzt aufs Schafott zu folgen. »Ich bin gekommen, um zu vergeben. Arthur, ich bin den langen Weg aus Amerika zurückgekommen, um dafür zu sorgen, dass du wieder ruhig schlafen kannst. Und ich. Denn wie steht es geschrieben: wie auch wir vergeben unseren Schuldigern. Du bist kein böser Mensch, Arthur. Man hat dich geblendet. Dich benutzt. Dich instrumentalisiert. Wie die meisten anderen auch in jener fürchterlichen Zeit. Ich habe dir schon lange verziehen, Arthur. Nur jetzt erst habe ich die Kraft gefunden, es dir auch selbst zu sagen, ich ...« Er brach ab, musterte den großen Mann, der vor ihm auf der Couch zusammengesunken war und seinen Tränen freien Lauf ließ.
Herbert Schachen erhob sich. Ging hinüber zu Grohner und bat ihn aufzustehen. Zitternd und schniefend stand der angesehene Chirurg vor dem Mann aus Amerika. Dem Mann, den er ins KZ gebracht hatte. Der Mann, der mehr als jeder andere das Recht hatte, ihn zu hassen. Ja, sogar ihn zu töten ... Dieser Mann kam hier herein und verzieh ihm. Arthur Grohner kam sich klein und schmutzig vor. Mit jeder anderen Reaktion hätte er umzugehen gewusst. Mit Anklagen, mit Forderungen, mit Verurteilungen, mit Zorn, Hass und Verachtung, aber nicht mit Güte und Vergebung. Herbert Schachen kam einen Schritt näher. Arthur Grohner roch ein teures Eau de Toilette und das salzige Aroma langer Eisenbahnreisen. Er sah wieder in diese Augen. Die Augen hatten sich nicht verändert. Es waren die Augen des kleinen Herbert, der mit ihm zusammen nach dem verheerenden Sturm die geheimnisvolle Höhle mit dem Sarg oben im Burgwald gefunden hatte. Das Gesicht war gezeichnet von Leid und Elend. Die Augen aber ...
Die beiden Männer umarmten sich. Arthur Grohner schämte sich nicht seiner Tränen und auch Herbert Schachens Stimme klang belegt, als er sich endlich befreite: »Es war eine lange Reise, Arthur. Ich bin durstig.«
Grohner begriff, dass sein Besucher mit der langen Reise nicht die

Fahrt von Amerika nach Deutschland gemeint hatte. Er beeilte sich, den besten Portwein aus dem Keller zu holen.
Als Wolf Grohner von der Klinik kam, fand er zwei leicht beschwipste, fröhliche Männer im Wohnzimmer über alten Fotos lachen. Begeistert stellte ihm sein Vater Herbert Schachen vor:
»Er muss hier bleiben, Wolf. Er soll wieder die Klinik leiten. Wie früher, hörst du? Es wird wieder alles wie früher sein. Er und ich, wir gehören zusammen. Setz dich zu uns. Trink! Hör dir an, was ich dir zu sagen habe.«
»Wie hat er es aufgenommen?«, fragte Solo, als Grohner eine Pause machte.
»Er war geschockt. Er war bemüht, sich nichts anmerken zu lassen, aber ich habe es gemerkt. Wolf war völlig fassungslos. Ich habe Herbert angeboten, bei uns zu wohnen, aber er hatte sich bereits ein Zimmer im Jägerhof bestellt und bestand darauf, uns nicht zur Last zu fallen. Könnt ihr euch das vorstellen? Ich habe den Mann ins KZ gebracht und er will mir nicht zur Last fallen. Dieser Besuch hat mein Leben verändert. Ich habe tatsächlich vorgehabt, ihm die Klinik zurückzugeben. Sie war schon damals wieder groß genug. Wir hätten alle drei sorglos davon leben können. Alle drei ...«
»Was geschah dann?« Linda fürchtete sich fast vor der Antwort. Der alte Grohner sah sinnend in die flackernden Kerzen, dann klang wieder seine brüchige, leise Stimme durch die dunkle Gruft tief unter Schloss Auerbach ...
Wolf war an diesem Tag allein in die Klinik gefahren. Sein Vater hatte darauf bestanden, zu Ehren des wiedergewonnenen Freundes ein Festessen auszurichten. Die Köchin hatte alle Hände voll zu tun. Das große Esszimmer wurde feierlich geschmückt, das gute Porzellan kam auf den Tisch. Als kurz vor 13 Uhr Wolfs Mercedes vor dem Hause Grohner stoppte, trat Arthur erwartungsvoll vor die Tür. Wolf kam allein ...
Es war ausgemacht, dass er Herbert Schachen im Jägerhof abholen sollte. Wolf schaute seinen Vater an, hob die Schultern und machte mit den Händen eine ratlose Geste.
»Er ist nicht mehr da, Vater. Abgereist. Heute Morgen schon ...«

Arthur Grohner war fassungslos. Abgereist. Ohne ein einziges Wort.
»Was haben sie in der Pension gesagt?«
»Sie sagen, er habe nach dem Frühstück die Rechnung verlangt, bar bezahlt und um ein Taxi gebeten. Der alte Philipp hat ihn abgeholt. Ich habe ihn vorhin getroffen. Er sagt, er habe ihn zum Flughafen gebracht. Er wäre ganz fröhlich gewesen, habe ein großzügiges Trinkgeld gegeben und gesagt, seine Mission sei erfüllt und er würde wieder in seine neue Heimat zurückkehren.«
Traurig kehrte Arthur Grohner in die Wohnung zurück. Gemeinsam mit seinem Sohn nahm er an der üppig gedeckten Tafel Platz.
»Er ist nicht abgereist ...« Lindas Stimme war heiser. »Wolf hat ihn ...« Sie brach ab, musste schlucken. Sie hatte einen Mörder geliebt. Hatte mit einem Mörder gegessen, getrunken, gescherzt ... und geschlafen.
»Er hat ihn umgebracht!« Grohners Stimme wurde laut. Das Echo hallte von den Wänden zurück, verstärkte die Dramatik auf fast surrealistische Art und Weise. »Er hat es mir gestanden. Er hat sich einen Spaß daraus gemacht, mir alles haarklein zu erzählen. Hier unten. Spätestens da wurde mir klar, dass ich niemals mehr die Sonne sehen würde. Nicht mit diesem Wissen. Dass ich noch lebe, verdanke ich seiner Feigheit. Er brachte bei jedem Besuch diese verdammte Pistole mit. Er wollte mich töten und konnte es nicht. Weil ich sein Vater bin. Lächerlich! Aber er braucht mich gar nicht zu erschießen. Mich nicht und euch auch nicht. Er braucht uns nur hier zu lassen. Selbst wenn wir die Tür aufbrechen könnten, wir kämen hier nicht raus. Er hat vor, den Eingang zu zerstören. Er hat sich kleine Sprengladungen besorgt. Aus dem Steinbruch. Er hat sogar eine Genehmigung dafür. Der Erweiterungsbau der Klinik soll in den Berg gesprengt werden. Wir werden hier unten verrecken. Wenigstens liegen wir dann an geweihter Stätte. In einer eigenen Gruft. Wie die alten Salier, wie Lenin. Welche Ehre.« Wieder hustete der alte Mann.
Nach einer kurzen Pause sprach er weiter. »Er hat Herbert erzählt, er würde ihm die Gruft zeigen. Hat ihn dazu überredet, sein Zimmer im Jägerhof aufzugeben und zu uns zu ziehen. Er ist mit ihm auf den

Berg gefahren. In der Gruft hat er ihn getötet. Mit einem Steinbrocken. Barbarisch. Primitiv. Dann hat er ihn ausgezogen, die Kleidung verbrannt und ihn in den leeren Sarkophag gelegt. Das ideale Versteck. Niemand kannte die Gruft außer uns. Er hat über einen Kollegen in Amerika Ansichtskarten geschickt, um die Geschichte zu bestätigen. Das Schwein. Er hat versucht, die Grabungen zu verhindern. Als es ihm zu brenzlig wurde, hatte er zwei Kerle angeheuert, um die Leiche fortzuschaffen. Den Rest kennt ihr ja.«

»Aber der Tote in der Jagdhütte? Wer ist das?«, fragte Solo verständnislos.

Der alte Mann lachte humorlos. »Wolf ist nicht dumm. Er hat einen der beiden Litauer wieder für eine gut bezahlte Arbeit engagiert. Die Männer waren illegal hier. Keiner würde sie vermissen. Keiner würde Nachforschungen anstellen, wenn ein illegaler Erntehelfer plötzlich verschwindet. Er hat ihn in der Klinik getötet. Hat gesagt, er mache einen Bluttest. Luftembolie. Praktisch nicht nachweisbar. Schon gar nicht bei einer Brandleiche. Er hat mir den Ring und die Uhr abgenommen und mich gezwungen, einen Abschiedsbrief zu schreiben, den er mir diktiert hat. Das Schwein. Ich bin jetzt also tot. Er hat mir die Zeitung hier herunter gebracht. Er hat gelacht und gesagt: ›Lieber Papa, schau ruhig hin, heut stehst du in der Zeitung drin‹. Er ist wahnsinnig. Er ist ein gefährlicher Geisteskranker. Er kann sich zwischen zwei völlig verschiedenen Identitäten hin- und herbewegen.«

Niemandem in diesem schrecklichen Gefängnis war das so klar wie Linda Reining. Zusammengesunken hockte sie neben dem primitiven Lager Arthur Grohners. Solo rückte näher an sie heran. Stille lastete über der kleinen Gruppe. Bald würde es die Stille des Todes sein.

»Wie hat er diese Gruft entdeckt?« Linda war Wissenschaftlerin. Wenn sie schon hier unten sterben sollte, dann wenigstens mit dem ganzen Wissen um diese Grabstätte in ihrem Kopf.

»Ich habe sie entdeckt.« Der alte Mann lachte keuchend. »Ich habe mich schon mein ganzes Leben lang für Archäologie interessiert. Es ist schon über zwanzig Jahre her. Ich habe den Gang von der Gruft

mit dem leeren Sarkophag bis zum versteckten Ausgang im Wald genauestens untersucht.«
Linda starrte Grohner an. Es lag eben einfach auf der Hand. Sie schalt sich vielleicht zum hundertsten Mal eine ignorante Närrin. Selbst Laien konnten zwei und zwei zusammenzählen.
Grohner fuhr fort: Ich habe mich gewundert, dass der Gang plötzlich eine Biegung machte. Ich bemerkte, dass einige Steine eine andere Farbe hatten. So, als hätte man sie nachträglich verwendet. Wolf und ich sind dann da durch ...«
»Und habt den Kardinal von Auerbach gefunden ...« Lindas Stimme wurde zu einem Flüstern. »Sie haben die Grabbeigaben in Ihrer Vitrine aufbewahrt. Mein Gott, wenn ich daran denke, wie viele Schätze womöglich auf ähnliche Art und Weise geborgen wurden und in Privathäusern schlummern ...«
»Es war nicht richtig. Sie haben völlig recht.« Arthur Grohner schloss erschöpft die Augen. »So vieles ist nicht richtig ... so vieles ... Nun werde ich dafür bezahlen. Ganz stilvoll in der Grabkammer, die ich einst geplündert habe. Es macht mir nichts aus. Meine Zeit ist fast um. Aber Sie und Ihre Freunde dürfen hier nicht bleiben. Sie müssen leben. Sie sind alle noch so jung ...«
Linda schluckte. Er hatte recht. Sie waren noch so jung. Sogar sie mit ihrem »Fast-halben-Jahrhundert«. Sie schämte sich. Schämte sich für ihre Koketterie, der sie seit ihrem vierzigsten Geburtstag immer öfter verfallen war. Sie erzählte jedem, wie alt sie war. Erhoffte sich ungläubige Gesichter. Badete darin, wenn es so war. Weinte sich in den Schlaf, wenn sie aus höflichen Antworten den Satz herauslas: »So siehst du auch aus.« Zum Teufel, sie *war* jung! Dieser Mann hier auf der stinkigen Matratze war über 90 Jahre alt. Dr. Arthur Grohner hatte sich mit Sicherheit noch nie Gedanken über sein Alter oder sein Aussehen gemacht. Eitelkeit ... eine der sieben Todsünden ...

# 12
# Die Rache des Kardinals

Wolf Grohner erreichte den Mauerdurchbruch nach etwa zehn Minuten. Er wandte sich nach links. Er wollte sich die zerstörte Rückwand der Scheingruft ansehen. Wollte sehen, was sich machen ließ ...

Er fand Tarzans Werkzeug, packte alles wieder in die Sporttasche, die ebenfalls noch an Ort und Stelle war, und deponierte sie auf der anderen Seite des Lochs in der Gruftrückwand. Im Licht seiner Taschenlampe kramte er nach Tarzans Autoschlüssel, die er zusammen mit den anderen Habseligkeiten seiner Opfer in der Reisetasche hatte. Er fand sie, steckte sie ein und konnte es nicht lassen: Mit verzücktem Lächeln hielt er die pompöse Monstranz in seinen Händen. Im Schein der auf dem Boden liegenden Stablampe warf das Gefäß einen bizarren Schatten in den Raum. Es hatte sich gelohnt. Ja, dachte er, es hatte sich wirklich gelohnt. Bedauerlich nur, dass Linda so eine verbohrte Moralistin war. Bedauerlich. Mehr nicht ... Behutsam legte er das Gefäß wieder in die Tasche zurück.

Er leuchtete die Decke des Gewölbes ab. Von der gewaltsam geschaffenen Öffnung in der Wand zog sich ein Riss bis fast zur Mitte. Wolf nickte befriedigt. Hier musste es nur einen kleinen Schubs geben, dann gab es diese Stätte nicht mehr. Ein kleiner Schubs. Das Bohrloch müsste nicht einmal besonders tief sein ...

Wolf schaute auf seine Uhr. Er hatte noch fast fünf Stunden, bis der Morgen graute. Er wusste nicht, ob heute überhaupt Leute vom Museum hier arbeiten wollten. Aber er musste sicher gehen. Niemand durfte von der Kardinalsgruft erfahren. Er würde der Einzige auf dieser Welt sein, der um ihr schreckliches Geheimnis wusste. Er verließ die Gruft und kletterte mühsam, die schwere Reisetasche über der Schulter, hinauf zum Wanderweg. Von dort war es nicht mehr weit bis zum Schlossparkplatz. Er öffnete die Fahrertür des Landrovers, fand sich nach wenigen Minuten mit der rustikalen Bedienung zurecht und startete den Dieselmotor.

* * *

Die letzte Kerze beendete um kurz nach drei Uhr morgens ihr rußendes Leben. Finsternis fiel über die kleine Gruppe her wie eine schwarze Decke.

Tarzan knipste sein Feuerzeug an, doch Solo riet ihm, es aufzusparen. Arthur Grohner schlief bereits seit zwei Stunden. Linda lehnte an der Wand und stierte teilnahmslos vor sich hin. Irgendwann verlangte die Natur ihr Recht und die ganze Gruppe fiel in unruhigen Schlaf.

* * *

Das Geräusch der Explosion war kaum zu hören. Es war nicht spektakulärer als ein Chinakracher in einem Briefkasten. Die kleine Ladung unmittelbar im Zenit des Gewölbes löste drei oder vier der alten Ziegelsteine. Genug, um das ausgewogene Gleichgewicht des Raumes irreparabel zu stören. Erst fielen nur einzelne Steine. Dann ganze Segmente und ein paar Zehntelsekunden später begrub eine staubige Masse aus Backsteinen, Felstrümmern und Mörtel die sorgfältig verlegten Bodenplatten der Scheingruft. Es war 4.33 Uhr, als von dem archäologisch interessanten Ort nur noch eine formlose Schutthalde übrig war.

* * *

Tarzan erwachte, ohne zu wissen wovon. Er fuhr hoch, seine Hände tasteten nach dem Feuerzeug, fanden es, zündeten die Flamme ... Er schaute in drei Paar erschrockene Augen.

»Was war das?«, fragte Solo.

»Was?« Linda.

»Der Boden hat gebebt ...« Ein plötzlicher Luftzug kam aus der Richtung des Durchgangs. Er brachte den Geruch pulverisierten Gesteins mit.
»Er hat den Eingang gesprengt!« Die Stimme Dr. Grohners klang rau.
»Nein ...« Lindas Stimme klang trotzig. »Er hat den Kardinal noch nicht geholt. Das war etwas anderes ...«
»Die Dummy-Gruft ...« Solos Augen funkelten vor Zorn und vielleicht auch ein bisschen vor Angst. »Er hat die Scheingruft gesprengt, damit niemand den Durchgang, den wir geschaffen haben, findet.« Das klang plausibel. Schweigen breitete sich aus wie künstlicher Nebel in einer Diskothek.
Tarzan brach als Erster den Bann. »Es ist jetzt Viertel vor fünf. In einer Stunde wird es draußen hell. Wenn er wirklich den Kardinal mitnehmen will, und dies noch im Schutz der Dunkelheit, dann hat er nicht mehr viel Zeit.«
»Wir auch nicht ...« Solo sprach aus, was alle dachten. Wenn Wolf wirklich ins Ausland verschwinden würde, wenn er tatsächlich den Eingang zu dem Gangsystem sprengen wollte, dann war sein Erscheinen bei ihnen hier unten die definitiv letzte Chance für sie.
»Leuchte mir mal bitte.« Das Feuerzeug flammte auf. Tarzan war froh, dass das kleine Ding Wolfs Aufmerksamkeit entgangen war. Linda inspizierte das Schloss der Kerkertür. Betastete es, ließ ihre Finger über die Nieten und Beschläge gleiten.
»Zwecklos«, sagte sie resigniert. »Wolf hat recht. Ich habe schon mit solchen Dingern zu tun gehabt. Das knackt keiner. Nicht mit unseren Mitteln.« Tarzan ging mit dem Feuerzeug in der Hand von einer Zellenwand zur anderen. Mit der linken Faust klopfte er die Steinquader ab.
Solo schaute ihm verständnislos zu. »Kannst du mir mal sagen, was du da eigentlich tust?«
Tarzan wandte sich zu ihr um, ließ die Hände sinken und schaute sie ratlos an. »Nein Solo. Ich kann es dir nicht sagen. Es tut mir leid ...« Entmutigt ließ er sich wieder auf dem Boden nieder. Das Feuerzeug erlosch und verbarg die mutlosen und verzweifelten Gesichter der

Gefangenen. Es vergingen fast fünfzehn Minuten, in denen nur die Atemzüge und ab und zu ein unterdrücktes Husten zu hören war. Lindas Stimme kroch in ihre Köpfe. Sie sprach leise und stockend: »Wenn wir es schaffen würden, das Schloss zu knacken, dann ...«
»Schsch!« Solo brachte sie zum Schweigen. »Hört ihr das?«
Alle hielten die Luft an. Versuchten das Gehör zu schärfen, bis sie das eigene Blut rauschen hörten.
Da! Ganz schwach. Ganz weit weg. Gleichmäßig ... Schritte! Kein Zweifel. Es wurde lauter. Kam näher. Wolf!
Solos Gehirn weigerte sich, das Naheliegendste zu akzeptieren, malte ihr schöne Bilder von Feuerwehrmännern und Polizisten, die zu ihrer Rettung anrückten. Aber die würden mehr Lärm machen. Sie würden rufen. Sie würden nicht eine einzelne Person schicken ...
»Er kommt zurück«, flüsterte Tarzan und deutete mit dem Kopf in Richtung Kerkertür. Der bogenförmige Durchgang zur Rampe erschien plötzlich in diffusem Grau. Der Widerschein einer schwankenden Lichtquelle. Neben dem Geräusch menschlicher Schritte war nun noch etwas anderes zu hören: ein seltsam bekannter Laut. Hundertfach gehört und doch im Augenblick nicht einzuordnen.
»Was ist das?«, fragte Solo und Tarzan löschte die Flamme. Sein Schulterzucken sah niemand.
»Ich kenn' das«, murmelte er leise vor sich hin. »Ich komm' bloß nicht drauf.«
Die Schritte kamen näher, hallten durch den Gang, als trüge der Ankömmling Nagelstiefel. Ein Trugschluss, genau wie das Ticken einer Uhr, das man tagsüber nicht einmal bemerkt und das einem in der Nacht den Schlaf rauben kann. Das seltsame Geräusch wurde im gleichen Maße lauter wie die Schritte. Ein klackerndes Rollen. Plastik. Stetig, ab und zu mit kurzen Aussetzern wie ein Skateboardfahrer bei seinen ersten zaghaften Sprungversuchen.
Skateboard ...
In Tarzans Kopf zündete eine Synapse. Skateboardrollen ... Kunststoffrädchen. Kugelgelagert. Verschleißfest. Natürlich! Im selben Augenblick, in dem Tarzan erkannte, was dieses Geräusch verursachte, traf der grelle Lichtstrahl der schweren Stablampe auf sein

Gesicht. Geblendet schloss er die Augen.
Wolf Grohner stellte den großen Trolley neben den Sarkophag, legte die Lampe auf den Steindeckel und öffnete den Reißverschluss des Koffers.
»Liebe Kinder, gebt fein acht, ich hab' euch etwas mitgebracht!«, zitierte er die putzige Puppe, die schon Generationen von kleinen Kindern ins Bett geschickt hatte. Tarzan blinzelte ins Licht. Würde dieser perverse Sandmann sie auch in den Schlaf schicken? In einen Schlaf, dem kein Erwachen folgte?
Wolf hatte sechs in Folie eingeschweißte Wasserflaschen aus dem Koffer geholt und begann, eine nach der anderen durch die Gitterstäbe zu schieben. Gierig griffen sie danach. Hoffnung glomm auf. Wolf hatte Wasser gebracht. Er würde sie nicht töten.
Die zarte Seifenblase zerplatzte bei Wolfs Worten: »Damit ihr ein wenig mehr davon habt.« Er lachte ein zynisches, abgrundtief böses Lachen. »Damit können vier Leute mindestens fünf Tage überleben. Der eine mehr, der andere weniger. Linda, willst du dir das wirklich antun?«
»Lieber sterbe ich bei meinen Freunden, als mit einem Tier wie dir zu leben!«, zischte sie ihn an.
»Oh, welch Pathos! Welch edle Gesinnung! Ich bin tief beeindruckt. Aber glaube mir, Linda, du wirst es bereuen. Es wird dir leid tun. Dehydration macht sich zuerst mit leichtem Schwindelgefühl bemerkbar. Dann kommen die Kopfschmerzen und Wahrnehmungsstörungen hinzu. Du beginnst zu halluzinieren. Du weißt nicht mehr, wo du bist und wer du bist. Deine Zunge wird zu einem dicken, rauen Klumpen. Du wirst zu einem Tier. Du, nicht ich.«
Er wandte sich ab, machte sich an dem Sarkophag zu schaffen. Sein Vater hatte alles schweigend verfolgt. Dankbar nahm er die Flasche Wasser aus Lindas Hand. Sie tranken nicht viel, auch wenn es sie große Überwindung kostete. Sie teilten es sich ein. Niemand hatte es vorgeschlagen. Alle wussten um den Ernst ihrer Lage. Alle wussten, dass Wasser kostbarer war als alles Gold dieser Erde. Kostbarer als die Schätze, die Wolf aus dieser Grabkammer gestohlen hatte. Kostbarer als die mumifizierte Leiche in ihren prächtigen Gewän-

dern, die er gerade vorsichtig aus dem halb geöffneten Sarkophag barg.
Linda beobachtete jede seiner Bewegungen. Sie zitterte vor unterdrückter Wut, als sie mit ansehen musste, wie Wolf den Leichnam aus dem Sarkophag zerrte, ihn in den Trolley packte wie die Puppe eines albernen Bauchredners. Der Reißverschluss des Koffers blieb in einem Stück des Umhangs stecken. Wolf nestelte ihn wieder frei, verstaute den Stoff im Inneren des Trolleys und zog den Reißverschluss endlich ganz zu.
Lindas Aufmerksamkeit wurde von einem Detail des Sarkophages gefesselt: Sie konnte nicht auf Anhieb erkennen, was es war, aber etwas hatte sich verändert. Minimal. Etwas war anders, war plötzlich nicht mehr so, wie es vorher war. Wieder glitten ihre Augen die Konturen des Steinkastens entlang: Oberkante Deckel, Unterkante Deckel, Oberkante Sarkophag, Unterkante ...
Da war es! Ihre Augen weiteten sich. Jeder andere hätte es übersehen. Zu geringfügig war die Änderung. Jeder, der nicht über das geschulte Auge eines Archäologen verfügte, hätte absolut nichts gesehen. Absolut nichts ... Der Sarkophag hatte sich bewegt! Nur wenige Millimeter. Wo vorher noch ein winziger Spalt zwischen der Unterkante und dem Boden der Gruft zu sehen war, gab es nun nichts mehr. Der Sarkophag lag satt auf. Fugenlos. Der kleine schwarze Spalt befand sich nun am anderen Ende des steinernen Kastens. Eine Wippe! Lindas Gedanken rasten. Der Sarkophag stand auf einer Wippe. Durch die Entnahme der Leiche entstand ein Ungleichgewicht, welches den Wippeffekt auslöste. Fast unmerklich, aber durch das enorme Gewicht des Behälters stark genug, um einen mysteriösen, verborgenen Mechanismus auszulösen ...
»Wolf ...« Ihre Stimme klang brüchig.
Wolf Grohner hatte den Griff des Rollenkoffers bereits in der Hand. Er drehte sich um, leuchtete ihr mit der Taschenlampe ins Gesicht, so dass sie die Augen schließen musste und sagte mit einer Stimme, der plötzlich jegliches Gefühl für Linda fehlte: »Lass gut sein, Linda. Du hattest die Wahl. Jetzt nicht mehr, hörst du? Jetzt nicht mehr.«

»Wolf!« Panische Angst schwang in ihrer Stimme, ließ sie schrill klingen. »Wolf, geh nicht!«
»Ich gehe dann, wenn es mir passt!« Wolf Grohners tiefe Stimme klang für die Gefangenen nicht mehr angenehm sonor, sondern glich eher der eines alttestamentarischen Erzengels, der armen Sündern eine donnernde Verheißung des jüngsten Gerichtes rezitierte. Wolf drehte den Trolley vor sich, damit er besser das Gefälle der Rampe hinuntergehen konnte und tat einen Schritt vorwärts.
»Wolf nicht!«
Etwas knackte trocken, ein feines Rieseln war zu hören.
Wolf bugsierte den Koffer vor sich her. Er machte zwei weitere Schritte, wandte den Kopf und sagte fröhlich: »Lebt wohl, meine Freunde. Oder besser gesagt: Sterbt wohl und denkt immer daran - einem Wolf Grohner nimmt man nicht sein Leben weg. Ihr nicht, andere nicht und mein Vater schon gar nicht.«
Die Rollen des Koffers befanden sich jetzt bereits auf der Schräge. Sie knirschten auf dem feinen, schneeweißen Quarzsand, der aus Wandöffnungen, die sie für Fackelhalterungen gehalten hatten, herabgerieselt war.
Wolf Grohner lachte. Er lachte ein dröhnendes, durch die Akustik der Gruft mehrfach verstärktes Lachen. Ein irres Lachen ...
Er machte den entscheidenden Schritt auf die Rampe, die Sohlen berührten den Sand. Immer noch lachend glitt sein rechter Fuß auf dem teuflisch glatten Untergrund aus. Das Lachen erstarb, Wolf keuchte erschrocken auf und ruderte mit seinem freien Arm, um wieder auf ebenen Boden zu gelangen.
Der Koffer mit den sterblichen Überresten des Kardinals war nicht besonders schwer. Jedoch schwer genug, um Wolfs verzweifelten Kampf um sein Gleichgewicht zu beenden. Vielleicht hätte Wolf sich noch retten können, wenn er den Koffer einfach losgelassen hätte ... Vielleicht.
Die schwere Taschenlampe schepperte auf die Rampe und rutschte, einen verrückten Lichtwirbel verursachend, die schiefe Ebene hinunter. Als beleuchte ihn eine dieser wild flackernden Stroboskoplampen, wie man sie verschiedentlich in Diskotheken benutzte, voll-

führte Wolf Grohner ein zuckendes Höllenballett, bevor er, immer noch die rechte Hand um den Griff des Trolleys geklammert, immer schneller die Rampe hinunterschlitterte, stürzte, endlich den Koffer losließ und mit Armen und Beinen verzweifelt nach irgendeinem Halt suchte. Die Schwerkraft in Verbindung mit dem mehlfeinen Sand beschleunigte seinen Körper gnadenlos.
Der Koffer kam zuerst unten an. Mit einem dumpfen Laut bohrten sich mehrere der Eisenspitzen in den stoffbezogenen Kunststoffkorpus.
Wolf Grohner schrie nicht. Er kreischte. Schrill und in keiner Weise mehr mit irgendwelchen menschlichen Lauten vergleichbar, marterte dieses grässliche, dämonische Brüllen die Ohren der Gefangenen. Das Geräusch, mit dem Wolf Grohners Körper sich in die fürchterlichen eisernen Spitzen bohrte, würde keiner von ihnen jemals wieder vergessen. Ein dumpfer Aufprall, das Reißen von Stoff, ein magenumstülpendes Schmatzen ... Alles innerhalb einer Zehntelsekunde, die ein perverser Regisseur auf mehrere Minuten ausgedehnt hatte. Das abrupte Ende des Schreis unterstrich die absolute Endgültigkeit von Wolfs Schicksal. Eine Symphonie des Teufels. Dirigiert von einem Kardinal ... einem Kardinal, der seit über 500 Jahren darauf gewartet hatte.
»Oh mein Gott!« Linda kniete auf dem harten Boden des Kerkers, presste immer noch beide Hände gegen ihre Ohren und wippte vor und zurück. Solo rutschte zu ihr hin, nahm sie in den Arm. Solo zitterte, brachte keinen Ton hervor, schlang einfach ihre Arme um die Freundin und legte ihren Kopf an ihre Schulter.
Tarzans Herz schlug bis zum Hals. Fassungslos starrte er auf die Stelle, an der eben noch Wolf Grohner höhnisch lachend seine Abschiedsrede gehalten hatte.
»Er hat ihn bestraft!«, krächzte Arthur Grohner. »Er hat seine gerechte Strafe bekommen! Er ist ein mächtiger Gott; ein zorniger Gott! Da seht!« Die dürre Hand des Alten wies hinüber zur Rampe.
Sie sahen es. Tarzan schluckte. Seine Augen konnten sich nicht von dem grausigen Schauspiel abwenden. Solo bekam eine Gänsehaut und schob sich so vor Linda, dass sie, wenn sie die Augen aufschla-

gen sollte, dieses furchtbare Bild nicht sehen konnte.
Die Taschenlampe leuchtete immer noch. Sie hatte ihre kollernde, rollende Reise so beendet, dass sie einen hellen Lichtkreis vom Ende der Rampe aus an die Decke projizierte. Innerhalb dieses Kreises befand sich der Schattenriss einer menschlichen Hand. Wolf Grohners Hand. Ins Monströse vergrößert, zeigte sich den unfreiwilligen Zuschauern ein Schattenspiel der besonderen Art: Die Hand, zur Klaue verspannt, zitterte. Einzelne Fingerglieder bewegten sich. Zuckten konvulsivisch, bis plötzlich alle fünf Finger sich schlagartig öffneten und danach kraft- und bewegungslos herabhingen wie verwelkte Blätter an einer vergessenen Zimmerpflanze.
In jedem Schmierentheater würde jetzt gnädig der Vorhang fallen, das Publikum höflich applaudieren und nach den Parkhauskarten kramen.
Hier nicht. Dies war kein Theater, kein Ritterspiel, kein Mummenschanz. Dies hier war der Tod. Höchstpersönlich. Die Maglite-Taschenlampe besaß sechs Batterien. Wahrscheinlich würden die Lebenslichter der Eingekerkerten lange vor ihr verlöschen. Der einzige Mensch außer ihnen, der von dieser Gruft wusste, war tot. Die Scheingruft war zerstört. Die Hoffnung, dass ausgerechnet jetzt jemand den versteckten Zugang finden würde, war verschwindend gering. Dass ihn jemand finden würde, bevor sie hier verhungert und verdurstet waren, reine Utopie ...

# 13
# Der Zahn der Zeit

**Frankfurt, Zentrum für Rechtsmedizin**
**Mittwoch, 3.5.1995**

Grete Breggendom blätterte in der Akte Grohner. Sie saß am Schreibtisch ihres Arbeitszimmers im zweiten Stock des Instituts und arbeitete am Abschlussbericht. Reine Routine. Die Leiche war untersucht worden und von einem nahen Angehörigen zweifelsfrei identifiziert worden. Alles OK. Wenn sie ihren Bericht fertiggestellt hatte, würde sie die sterblichen Überreste freigeben. Ein von Wolf Grohner beauftragtes Bestattungsunternehmen würde die Leiche abholen und sich um alles Weitere kümmern.

Der Bericht war so gut wie fertig. Um es genau zu nehmen, war er fertig. Nur die Unterschrift fehlte noch darunter. Grete nahm den Stift zur Hand. Nachdenklich kaute sie auf dem Druckknopf des edlen Kugelschreibers herum. Irgendetwas ließ sie zögern. Etwas, das sie nicht benennen konnte. Etwas, das ihr entgangen war. Grete hasste es, etwas zu übersehen. Aus diesem Grund blätterte sie jetzt bestimmt zum zehnten Male den Aktenordner mit den Untersuchungsberichten, den Fotos vom Fundort, den detaillierten Aufnahmen von der Autopsie und den Befunden der verschiedenen Labors durch.

Sie biss herzhaft in ein üppig belegtes Käse-Schinken-Sandwich, während sie noch einmal genauestens die Fotos durchging. Die Bilder, bei deren Anblick wohl jeder Laie erschrocken zurückgezuckt wäre, betrachtete sie mit dem wohlwollenden Interesse eines Fußballfans, der den Aufstieg seiner Mannschaft in der neuesten Tabelle verfolgt. Bilder von verkohlten Organen, skurril verformte Knochenfragmente, Schnittbilder sezierter Körperteile, Zahnbefunde, Makroaufnahmen der Schädelbruchstellen, Tabellen, Diagramme, Schaubilder ...

Zahnbefund ...

Grete legte das Sandwich weg, wischte sich Mayonnaise vom Mund und blätterte wieder zurück. Zur Dokumentation des Gebisses waren acht Fotos vorhanden. Jeweils vier von Ober- und Unterkiefer. Grete betrachtete die Aufnahmen mit zusammengezogenen Augenbrauen und gerunzelter Stirn, ganz so, als winke ihr gerade eine fröhliche Made aus der Mitte ihres Sandwichs zu.

Die rußgeschwärzten Zähne waren bis auf zwei Backenzähne und eine offenbar aus Kunststoff bestehende Brücke, die wohl im Feuer geschmolzen war, komplett vorhanden ...

Das Sandwich sah einer vertrockneten Zukunft entgegen, als Grete Breggendom aufsprang und mit wehendem Kittel aus der Tür stürmte und über die Treppe nach unten lief, wo sich die Sektionsräume befanden. Sie scheuchte Eberhardt Gergen auf, der sich gerade ebenfalls seinem Frühstück zu widmen gedachte und trug ihm auf, Grohners Leiche in einen freien Raum zu bringen.

»Die Vier ist frei!«, rief ihr der junge Assistent noch zu, bevor er sich beeilte, Gretes Wunsch nachzukommen. Der Zorn der Gerichtsmedizinerin war legendär.

Wenig später lag das, was einmal ein Mensch gewesen war, wieder auf dem kalten Metalltisch mit den Ablaufrinnen. Grete zog sich die Handschuhe über, setzte eine Schutzbrille auf und öffnete mit routiniertem Griff den Kiefer der Leiche. Sie nahm eine Art Minidampfstrahlgerät zur Hand und begann, einzelne Zähne von der Rußschicht zu befreien. Als sie mit dem Oberkiefer fertig war, leuchteten die Zähne in merkwürdigem Kontrast zu dem ledrig schwarzverkohlten Schädel. Durch die fast völlig weggebrannten Lippen grinste der schaurig aussehende Kopf wie der Klassenclown in einem viertklassigen Zombie-Thriller.

Die Zähne waren zwar regelmäßig, aber, soweit man das erkennen konnte, in nicht sehr gutem Zustand. Einige waren erkennbar kariös,

alle zusammen von jahrelangem Rauchen gelb verfärbt. Am deutlichsten war das an den Übergängen zu erkennen, wo früher schützendes Zahnfleisch die Zähne vor den Auswirkungen starken Tabakkonsums geschützt hatte. Was Grete allerdings am meisten wunderte, war die Tatsache, dass bis auf die Reste einer Brücke im linken Oberkieferbereich alle Zähne noch da waren, wo sie hingehörten. Instinktiv fuhr sie mit der Zunge über ihre eigenen Zähne. Schöne regelmäßige, pastellweiße kleine Beißerchen, die ihr ein zauberhaftes Lächeln erlaubten. Die Kasse hatte etwa 1,5% der Kosten übernommen. Sie hätte stattdessen auch den alten MG kaufen können, von dem sie schon so lange träumte ... Sie war jetzt 48 Jahre alt.
»Du bist im Leben keine neunzig, mein Alter«, brummte sie mit ihrer markanten Holzfällerstimme zu dem Haufen verbrannten Gewebes vor ihr auf dem Tisch. Sie nahm aus der Besteckschale eine kleine Zange, zog einen der Schneidezähne aus dem Kiefer, wobei sie mehr Gefühl aufbrachte als mancher Kassenzahnarzt am lebenden Patienten, trug ihre Beute zu einem der Arbeitstische, spannte ihn in ein kleines Backenfutter und sägte mit einer elektrischen Feinsäge zwei Scheiben heraus. Sie betrachtete die Objekte zunächst mit einer Lupe, legte sie anschließend auf den Objektträger eines Mikroskops und schaute sich den Aufbau des Zahns in 250facher Vergrößerung an. Leise pfiff sie durch die Zähne. Sie befestigte den Kameraadapter am Okular des Mikroskops, machte ein paar Aufnahmen, trug ihre Erkenntnisse in einem Untersuchungsbogen ein und begab sich zum Telefon an der Wand neben der Eingangstür.
Eine gute Stunde später hatten zwei Kollegen die Ergebnisse unabhängig voneinander bestätigt. Der Mann, den Wolf Grohner als seinen 90-jährigen Vater identifiziert hatte, war zwischen 25 und 30 Jahren alt.
Der Institutsleiter, Professor Damaschke, sah Grete mit ernstem Blick an. »Sie sagen also, Dr. Grohner junior habe seinen Vater aufgrund der bei der Leiche gefundenen Schmuckstücke identifiziert?«
»*An* der Leiche, Chef. *An* der Leiche. Ich habe Ring und Uhr persönlich abgenommen.«
»Dann haben wir zwei Möglichkeiten.« Der Professor legte die Fin-

gerspitzen gegeneinander, schürzte die Lippen und schaute Grete über die Ränder seiner grässlichen Halbbrille oberlehrerhaft an. »Erstens: Sie irren sich. Zweitens: Jemand hat ein gesteigertes Interesse daran, dass die Leiche als die von Dr. Arthur Grohner identifiziert wird. Da ich Sie seit vielen Jahren kenne und schätze, halte ich die erste Möglichkeit für ausgeschlossen.«
Er nahm den Telefonhörer ab und sagte: »Frau Wiegand, bitte verbinden Sie mich mit der Kripo Heppenheim, Hauptkommissar Katter. Danke.«

* * *

Der schwarze Audi 80 mit dem Behördenkennzeichen fuhr in strömendem Regen durch Bensheim. Hauptkommissar Bernard Katter saß am Steuer, sein Kollege Raimund Maier verzehrte gerade eine Tüte Gummibärchen. Familienpackung, 200 Gramm.
»Da wird sich der feine Onkel Doktor aber freuen wie ein Schnitzel, wenn er erfährt, dass der Verkokelte gar nicht sein Papa ist«, meinte er mit vollen Backen.
»Oder auch nicht«, antwortete sein Partner, während er an der Kreuzung Rodensteiner Hof auf das Grün der Ampel wartete.
»Wischo nisch?«, nuschelte Maier und stopfte sich wieder eine Hand voll der wehrlosen Tierchen in den Mund.
Katter vermutete, dass er heute wieder eine neue Bestzeitmarke im Verschlingen dieser klebrigen Masse erreichen würde. »Ich habe ein komisches Gefühl dabei. Irgendetwas ist faul.«
»Und was?« Maiers Stimme klang wieder klar, als er erstaunt seinen Kollegen ansah. Würde wohl doch nichts werden mit einem neuen Mampfrekord.
Katter legte den Gang ein und folgte einem rostzerfressenen, völlig verdreckten Ford Transit mit der Aufschrift »Fahrzeugpflege und Aufbereitung Fink & Co«.
»Wenn dieser Tote aus der Jagdhütte nicht Dr. Grohner senior ist, wer ist er dann?«
»Gute Frage.« Maier begann wieder zu stopfen.
Katter sprach weiter. Mehr zu sich selbst als zu seinem Beifahrer:

»Sollte der alte Grohner tatsächlich seinen eigenen Selbstmord inszeniert haben? Der Mann ist neunzig Jahre alt.«
»Vergiss nicht, der hat damals seinen Boss um die Ecke gebracht«, kam es aus bärchengefüllten Backen.
»Trotzdem ...« Das Ortsschild von Auerbach kam in Sicht.
Wenige Minuten später parkte Katter den Audi vor der imposanten Villa Grohner. Das Garagentor war offen. Der grüne Jaguar fehlte. Auf ihr Läuten öffnete ihnen die Haushälterin, die sie bereits von ihren früheren Besuchen her kannten.
»Ach, die Herrschaften von der Polizei. Kommen Sie doch herein, ich bin froh, dass Sie gekommen sind.«
Katter und Maier sahen sich an. Katter liftete die rechte Augenbraue, eine Gabe, um die ihn Maier als bekennender Sean-Connery-Fan glühend beneidete.
»Sie haben uns erwartet?«, fragte er die rundliche Frau, die einen sichtlich nervösen Eindruck machte.
»Ja nun ...« Alina Brezcinksi rang die Hände, bot den Beamten Platz im Wohnzimmer an und vergaß sogar, etwas zu trinken anzubieten. »Es ist ... ich wollte gerade ... Der gnädige Herr wird sein Flugzeug verpassen!« Sie schaute die Beamten an, als wäre damit das Schicksal des Planeten besiegelt.
»Dr. Grohner will verreisen?« Wieder die Augenbraue. Maier machte Grimassen, um seiner Gesichtsmuskulatur auch diesen Ausdruck aufzuzwingen. Es sah aus, als habe er gerade einen Backenzahn verloren.
»Ja, er müsste eigentlich schon auf dem Flughafen sein. Das Taxi war vor einer Stunde schon da. Ist einfach wieder weggefahren!« Ehrliche Empörung zeigte sich auf ihrem rosigen Gesicht.
»Wissen Sie, wohin Herr Grohner verreisen wollte?« Maier hatte das mit der Augenbraue aufgegeben und schaute die Haushälterin aufmerksam an.
»Nein.« Entrüstung. »Das geht mich auch nichts an. Ich habe sein Gepäck in die Halle gestellt. Das ist alles. Ich bin hier nur die Haushälterin. Wenn der gnädige Herr mir sagt, wo er hinfährt, dann sagt er es mir. Wenn nicht, dann nicht. Nu.« Das »Nu« erinnerte Maier

an seine verstorbene Großmutter, die aus Oberschlesien stammte und die auch manche Sätze mit diesem Wörtchen unterstrich.
»Dürfen wir die Tickets sehen?«
»Natürlich dürfen Sie das. Sie sind doch die Polizei. Nu.« Maier grinste, als er sich erhob und hinter der resoluten Frau die Halle betrat. Im vorderen Reißverschlussfach der kleinen Bordtasche fand er den schmalen Umschlag. Katter stand hinter ihm und schaute ihm über die Schulter.
Er schnalzte mit der Zunge. »Argentinien. Schönes Land. Schön weit weg ...« Er schaute auf die Abflugzeit und anschließend auf seine Armbanduhr. »Der gnädige Herr wird seinen Flug nicht verpassen. Er hat ihn bereits verpasst.« Zu Alina gewandt fragte er: »Darf ich mal telefonieren?«
»Natürlich, Herr Kommissar. Hier, nehmen Sie gleich diesen Apparat.« Katter rief in der Dienststelle an, beantragte eine internationale Fahndung nach beiden Grohners sowie dem Jaguar des Juniors und wählte gleich anschließend die Nummer der Staatsanwaltschaft.
Auf der Fahrt zurück nach Heppenheim sagte Katter zu seinem Partner: »Ich glaube, die beiden Schlitzohren haben da tatsächlich ein ganz dickes Ding laufen.«
»Du glaubst, dass der Junior da mit drinhängt?«
Katter nickte. »Der hat uns ganz schön hochgenommen. Ich glaube fast, das mit Südamerika ist ein Roter Hering.«
»Ein was?« Maier starrte irritiert in seine mittlerweile fast leere Gummibärchentüte.
»Ein Roter Hering. So nennt man eine absichtlich gelegte falsche Spur.«
»Im Polizeihandbuch?«
»In Videospielen. Ich glaube, die wollen uns weismachen, sie wären am anderen Ende der Welt und hocken dabei irgendwo im Odenwald und lachen sich eines, bis Gras über die Sache gewachsen ist.«
»In Schimmidiwoog zum Beispiel?«
»Zum Beispiel ...«
»Aber sie könnten genauso gut in Nagasaki Sushi mampfen oder in New York Teller waschen.«

»Teufel auch. Die sind gut betucht. Die könnten in jeder Ecke des Planeten ein neues Leben anfangen. Ich gebe aber die Hoffnung nicht auf. Die beiden Opas sind ja wohl ein ziemlich auffälliges Gespann.«
»Vergiss nicht, das sind plastische Chirurgen, die kommen in sechs Wochen als Thelma und Louise neu auf die Welt.«
»Penner!«
»Na hör mal, das sollte bloß ein Witz sein. Späßle gmacht, du Bachel!« Maier schaute beleidigt aus dem Seitenfenster.
»Du doch nicht, Raimund. Der Kerl in dem Strich-Achter da vorne. Der fährt genau fünfzig.«
Maier schaute sich den korrekten Verkehrsteilnehmer an und grinste. »Strich-Achter mit Klorollenüberzug und Fahrer mit Hut. Herrlich, da lacht das Polizistenherz, eine Zierde der Gesellschaft. Null Flensburgpunkte und seit 45 Jahren unfallfrei.«
»Aber auch nur, weil der in einem Jahr nicht mehr als 2000 km zusammenkriegt.« Katter setzte den Blinker, scherte aus und gab dem Audi die Sporen. Knapp vor dem Gegenverkehr rettete er sich wieder auf die rechte Fahrbahnseite. Der betagte Benz hupte verärgert.
Kurz darauf bogen sie in die Weiherhausstraße ein. Katter fuhr auf das Gelände der Polizeistation und parkte den Audi. In einer Stunde war eine Besprechung geplant. Die Fahndung lief, die Flughäfen und Bahnhöfe wurden überwacht. Die Personenbeschreibungen der beiden Grohners schwirrten durch den Äther. Katter war sich ziemlich sicher, dass er die beiden Doktoren in weniger als einer Woche in einem der Vernehmungszimmer haben würde. Der Apparat brummte. Interpol, Landeskriminalamt, Zoll, Grenzschutz, Bereitschaftspolizei. Die ganz große Sause eben ...

* * *

## 2. Tag im Kerker

Die Taschenlampe war endlich erloschen. Der grausige Schattenriss an der Decke verschwunden.
Dunkelheit.

Tarzan »verwaltete« das Feuerzeug, Linda das Wasser. Das meiste bekam Arthur Grohner. Die wenigen Augenblicke, in denen die Flamme flackerndes Dämmerlicht in den Kerker warf, genügten, um sie zu erschrecken. Grohner war schwach. Sein Gesicht zerfiel immer mehr zu einem hageren Totenschädel. Es lag nicht nur an der Beleuchtung. Der alte Mann gab sich auf. Der Verrat an seinem besten Freund, die Versöhnung, die Ermordung Herbert Schachens durch seinen eigenen Sohn, die Gefangenschaft, der grässliche Tod Wolfs ... Eine solche Verkettung von schicksalhaften Ereignissen konnte auch einen weit jüngeren Menschen brechen.
Das Wasser würde wohl noch zwei, höchstens drei Tage reichen. Der Kübel in der Ecke stank ... Niemand sprach es aus, alle versuchten, den süßlichen Geruch auf den Kübel zu schieben ... Jeder wehrte sich gegen die andere Möglichkeit: Keine 100 m weiter lag eine Leiche. Durchbohrt von rostigen, eisernen Speerspitzen. Linda wusste sehr genau, welche Prozesse jetzt am Fuß der Rampe abliefen. Unter Einwirkung von Bakterien werden Eiweiße und Kohlehydrate abgebaut, es kommt zu Gasbildung und Porenfäulnis. Die Zersetzung aller Weichteile einer menschlichen Leiche an der freien Luft dauert etwa ein Jahr, die Knochen sind nach etwa 15 Jahren zerstört. Lehrbuchwissen. Erstes Semester. Linda hütete sich, ihre Gedanken mit den Mitgefangenen zu teilen.
Sie hatten alles versucht. Sämtliche Dinge, soweit sie ihnen Wolf nicht abgenommen hatte, in der Mitte des Kerkers gesammelt: Gürtel, Schnürsenkel, Socken, Büstenhalter, Schuhe. Arthur Grohner hatte sogar seine dritten Zähne »gespendet«. Immerhin enthielten sie Metallteile. Schließlich hatte sich Casanova angeblich mithilfe eines Löffels aus den Bleikammern von Venedig befreit ...
Eine Legende. Die Mauern des Verlieses, das mächtige Eisengitter, der Steinfußboden ... Alles schien sie zu verhöhnen. Ihre Befreiungsversuche waren das armselige Kratzen eines Maikäfers in einer Zigarrenkiste.
Der alte Grohner wehrte das Wasser ab. Er wollte sterben. Er wollte, dass sie das Wasser für sich benutzten. »Ihr seid doch noch so jung ...«
Längst hatten Solo, Tarzan und Linda den verkrampft zur Schau ge-

tragenen Galgenhumor der ersten Stunden verloren. Längst hatte bedrückte Schwermut von ihnen Besitz ergriffen. Sie würden hier sterben. Irgendwann würde jemand den Jaguar mitten im Wald entdecken.
In einer Woche. Vielleicht.
In einem Monat. Wahrscheinlich.
In einem Jahr. Noch wahrscheinlicher. Den geheimen Zugang, den Stollen, die Gruft ... Vielleicht würde man auch die eingestürzte Scheingruft wieder restaurieren. Man würde das Loch in der Rückwand wieder freischaufeln. Man würde staunen. Man würde mit dem Geist der großen Entdecker dem Gang folgen und man würde die Gruft des Kardinals finden ... und fünf Skelette.
Linda verfluchte das Wasser. Es verlängerte nur die Pein. Verfluchte Wolf Grohner und sich selbst am meisten. Wie ein blödes, verklärtes Weibchen war sie dem Beau hinterhergelaufen. Wie eine läufige Hündin. Was gäbe sie nicht alles für eine Flasche Single Malt ... Sei es auch nur ein Glenfiddich.
Supermarktplörre, wie Wolf solche Erzeugnisse gerne genannt hatte. Wolf! Wäre sie alleine gewesen, hätte sie wohl geschrien. All ihren Frust und ihre Wut auf sich selbst hinausgeschrien, so dass dieses dämliche Eisengitter davongeflogen wäre. Blut. Sie hatte sich in ihrem Zorn in die Unterlippe gebissen.
Wenigstens würde sie wie eine Archäologin sterben. Tief unter der Erde. In der Gruft eines Kardinals. Ein fantastischer Tod ... Linda verbarg ihren Kopf in den Armen und versuchte, lautlos zu weinen.

* * *

**Freitag, 5. Mai 1995, 13.30 Uhr**

Die beiden Jungen traten kräftig in die Pedale. Der zehnjährige Nizam hatte ein altes Damenrad ohne Gangschaltung, sein gleichaltriger Freund Markus besaß ein funkelndes Tourenrad mit fünf Gängen. Aus dem Supermarkt. Aber in Nizams Augen war es ein ganz edles Gefährt. Trotzdem fuhr ihm sein Schulkamerad nicht davon. Nizam hatte die muskulöseren Beine. Schließlich war er der Star ih-

rer Fußballmannschaft. Sie strampelten die gewundene Auffahrt zum Schloss Auerbach hinauf. Nizam hatte auf dem Gepäckträger den ausrangierten Schulranzen seines großen Bruders. Darin befanden sich, neben einer Taschenlampe und einem Käsebrötchen, ein römisches Kurzschwert, ein Sarazenendolch mit prächtigen Schnitzereien auf der Klinge und Excalibur, die mächtige Waffe, nach der sich die Wissenschaftler der ganzen Welt die Finger leckten. Kunstvoll aus Holz geschnitzt von Nizams Dede, dem besten Großvater der Welt. Die beiden Buben waren, seit sie sich vor einem Jahr auf dem Hof der Geschwister-Scholl-Schule die Nasen blutig geschlagen hatten, die besten Freunde. Die blonde Sportlehrerin, um die der Kampf ging, lehnte es ab, mit dem Sieger ihr Leben zu teilen und so hatte sich die Sache erledigt. Man tauschte Philosophisches über Frauen im Allgemeinen und über die Sportlehrerin im Besonderen aus, fand ihren Busen zu klein und feierte den Beginn einer wunderbaren Freundschaft.
Gestern waren sie mit der ganzen Klasse beim Ritterspektakel auf dem Schloss gewesen. Die meisten Klassenkameraden fanden aber den SV Waldhof, die Roten Teufel oder die Bayern spannender, die Mädchen interessierten sich für den blonden »Helden« der Ritterschar und alle zusammen genossen die Tatsache, dass einfach alles, egal was, besser war als Unterricht.
Nicht so Nizam und Markus. Sie berauschten sich förmlich an den authentisch kostümierten Recken, fieberten mit den Edeldamen beim beeindruckenden Zweikampf mit Lanze und Morgenstern und bestaunten die gepanzerten Schlachtrösser. Schnell war beschlossen, am morgigen Tag gleich nach der Schule die treuen Fahrräder in Feuerschweif und Sturmwind umzubenennen und mutig den feindlichen Heerscharen, die vor der Festung lagen, entgegenzutreten.
Sie passierten den Wanderparkplatz »Am Höllberg«. Nizam musste sich mit seinem alten Fahrrad mächtig anstrengen, während Markus im kleinen Gang locker die Steigung hinaufstrampelte. Absteigen galt nicht. Wer zuerst abstieg, um zu schieben, galt als Weichei der Woche. Nach zwei weiteren Serpentinen zweigte rechts ein Forstweg ab, der für den öffentlichen Verkehr gesperrt war. Der Weg folg-

te dem Hang in fast ebener Lage. Nizam bekam wieder Luft und die beiden Jungen fuhren in flottem Tempo auf knirschendem Splitt den gewundenen Weg entlang. Die Sonne brach kurz durch die Wolkendecke und Markus sah zwischen Büschen und Bäumen etwas aufblitzen. Er bremste, und Nizam, dessen Rad nur per Rücktrittbremse zu verzögern war, drehte eine prasselnde Schleuderwende, um nicht aufzufahren.

»He, bist du noch ganz sauber oder was?«, maulte er und sein Freund deutete in den Wald.

»Feindliche Kundschafter verbergen sich in den Büschen, edler Gefährte. Das Blinken ihrer Hellebarden hat sie verraten, die Toren.«

»Boah!«

Markus blickte Nizam strafend an. »Spreche Er nicht mit der Zunge des Pöbels. Fasse Er sich ein Herz und folge Er mir.« Mit diesen Worten legte er das Fahrrad am Wegrand ab und holte die »Waffen« aus dem Rucksack. Nizam wählte den Sarazenendolch, der im Nahkampf vorteilhafter zu gebrauchen war als die Langwaffe.

»Was hast'n da drinnen gesehen? Äh, ich wollte sagen, was ist es, mein Bruder, was hat dein Auge geschaut, auf dass sich dir die ehrenvoll verschmutzten Zehennägel aufrollten?«

»Blödmann ...«, entgegnete Markus, nicht ganz der Etikette unter Recken entsprechend. »Da hinten steht 'ne Karre.«

»Wo?«

Markus zeigte zwischen zwei Bäumen hindurch. »Auf dem schmalen Weg, der fast ganz zugewachsen ist. Siehst du's?« Nizam beugte sich vor und spähte angestrengt ins Unterholz.

»Ein Auto, ein grünes. Deshalb habe ich es nicht gleich gesehen.« Er hob seinen hölzernen Dolch und wollte geradewegs auf das Fahrzeug zugehen.

Markus stoppte ihn. »Gemach, tapferer Ritter, mich dünkt, es könnte sich eine pikante Situation entwickeln.«

»Hä?«

»Mann, stell dir vor da sind zweie drin und die ... und die tun ...«

»Du meinst, da poppen welche?«

»Genau, mein Bruder, nun sei es ... ach, vergiss den Ritterkram.

Schauen wir uns die Kiste an, aber vorsichtig. Mir ist einmal einer nachgelaufen, der hat gedacht, ich wär ’n Spanner oder so.«
»Und? Hat er dich gekriegt?«
»Nö. Der war nackig. Ich bin geradewegs zur Straße gelaufen, da hat er sich wohl nicht hingetraut.« Nizam kicherte, als er sich die Szene lebhaft vorstellte.
Die beiden Ex-Ritter schlichen sich so leise, wie es Zehnjährigen nur möglich ist, näher an den Wagen heran. Als sie freies Sichtfeld hatten, lugten sie vorsichtig hinter dem Stamm einer mächtigen Buche hervor.
»Jaguar ...«, flüsterte Markus. »Vierkommazwo Liter. Zwölfer.«
»Zwölfer?«, fragte Nizam leise.
»Zwölf Zylinder, Mensch. Mein Papa sagt, die Engländer bauen so viele Zylinder da rein, damit wenigstens vier davon laufen.«
»Ist einer von hier.« Nizam deutete auf das HP-Nummernschild. »Ob da ’n Liebespaar drin ist?«
»Da ist gar niemand drin. Das Ding steht hier schon mindestens 24 Stunden.«
»Woher willst du das denn wissen?« Nizam schaute seinen Freund ungläubig an.
Der deutete auf das Auto und sagte leise: »Wenn so ’ne schwere Kiste auf einem kleinen Waldweg in die Büsche gesteuert wird, dann drückt sie da ganz schön breite Spuren rein, oder?« Nizam nickte. Plötzlich begriff er, was Markus damit meinte. Der Jaguar stand abseits des eigentlichen Weges auf einer kleinen Grasfläche etwa 50 m vom Forstweg entfernt, auf dem auch die beiden Jungen mit ihren Fahrrädern gekommen waren. Hinter dem Fahrzeug zeichneten sich nur noch undeutlich zwei Fahrspuren im hohen Gras ab.
Markus erklärte: »Die meisten Halme haben sich inzwischen wieder aufgerichtet. Das passiert nicht in ein, zwei Stunden, dafür braucht es schon ein bisschen mehr Zeit. Pfadfinder wissen so was.« Die letzte Bemerkung versetzte Nizam einen Stich. Sein Vater erlaubte ihm nicht, zu den Pfadfindern zu gehen, wie Markus und ein paar andere Jungen und Mädchen aus seiner Klasse.
»Gehen wir hin?«, fragte er.

»Warte.« Markus griff sich einen kleinen Kiefernzapfen und warf ihn auf das Dach der grünen Limousine. Der Zapfen kollerte über das gerundete Blechdach und fiel auf die lange Motorhaube. Nichts weiter geschah. Kein rotgesichtiger Wüterich stürzte aus dem Auto, keine empfindliche Alarmanlage sandte ihr nerviges Geheul durch den Wald und kein Jäger stampfte zornbebend aus dem Gebüsch. Nur die Buchfinken, Kohlmeisen und Rotschwänzchen zwitscherten ihr Lied, äußerst disharmonisch begleitet vom rauen Rätschen eines weit entfernten Eichelhähers.
Vorsichtig traten Markus und Nizam an den Wagen. Sie beschatteten mit den Händen ihre Augen, um durch die getönten Scheiben blicken zu können. Das Auto war leer.
»Puuh!« Nizam stieß einen erleichterten Seufzer aus. »Dem Jan sein Bruder, der aus der achten Klasse, der hat mal einen Selbstmörder gesehen, der sich mit Abgasen umgebracht hat ...«
Sie probierten die Türgriffe. Verschlossen. Der Kofferraum: ebenso.
»Wer stellt denn so 'n teures Teil mitten in den Wald?« Nizam zuckte die Schultern.
»Wir schauen uns mal in der Nähe um. Vielleicht hat hier ja einer seine geraubten Millionen verbuddelt«, meinte Markus. Nizam nickte zustimmend. Das hier war besser als mit Holzschwertern gegen hochgerüstete Mannen zu ziehen. Das hier war real. Dieses Auto mitten im Wald, offensichtlich vorsätzlich versteckt, barg ein Geheimnis.

* * *

»Vergiss es!« Solos Stimme klang schneidender, als sie es beabsichtigt hatte. Tarzan hörte augenblicklich auf. Wenn es etwas gab, das bei ihm in Fleisch und Blut übergegangen war, dann war es das Erkennen von Unmutsäußerungen seiner Freundin. Das bloße Zucken einer Augenbraue zum Beispiel konnte bereits ein heraufziehendes Gewitter ankündigen. Die Skala vorwurfsvoller Blicke hatte Solo in den Jahren ihrer Partnerschaft auf eine astronomische Ziffer erweitert. Allerdings war es hier unten im Kerker um solche optischen Signale schlecht bestellt.

Was Solo so reizte, war das enervierende Kratzen und Schaben an einem der tief in die Mauer eingelassenen Scharniere der Gittertür. Tarzan, der seine massive Gürtelschnalle als Kratzeisen gebrauchte, ließ kurz das Feuerzeug aufflackern. Das Ergebnis seiner einstündigen Mühsal bestand aus einer etwa zwei Millimeter tiefen Kerbe in dem mächtigen Mauerblock, in dem das Scharnier verschwand. Entmutigt ließ er das bereits zur Hälfte abgenutzte »Werkzeug« sinken. Er stellte im Geiste eine vorläufige Hochrechnung an, kam auf eine reine Arbeitszeit von etwa 15 Jahren und auf einen Bedarf von ca. 1800 Gürtelschnallen ...

»Blöder Casanova!«, brummte er mutlos und schleuderte das Metallteil gegen das Gitter. Es gab einen hellen, klingenden Ton, der einen seltsam wohlklingenden Kontrast zu dieser nach Tod und Verderben riechenden Schwärze darstellte.

»Was war das?« Linda.

»Sorry, ich bin wütend. Es war meine Gürtelschnalle. Ich hab sie gegen das Gitter gepfeffert«, antwortete Tarzan gepresst.

»Mach's noch mal!«, forderte Linda. Das Feuerzeug verbreitete wieder flackernde Dämmerung, als Tarzan damit die Gürtelschnalle suchte. Glücklicherweise war sie abgeprallt und lag noch innerhalb des Kerkers. Tarzan schlug sie nun mit der Hand gegen einen der daumendicken Eisenstäbe: »Kläng ...«

»Noch mal!«

»Kläng ...« Tarzan glaubte zu wissen, was Linda daran so interessierte.

»Wer soll das denn hören?«, fragte Solo. Anstatt Ärger klebte tiefe Mutlosigkeit an ihren Worten.

Linda ließ sich Zeit mit ihrer Antwort. Doch dann sprach sie mit leiser, aber eindringlicher Stimme: »Wenn Bergleute verschüttet werden, dann liest man ja auch immer, dass sie aufgrund von Klopfzeichen geortet wurden, oder?«

Arthur Grohners schwache Stimme unterbrach sie: »Nach denen wird ja auch gesucht. Da gibt es Rettungstrupps, Bohrungen, Sonden und das alles ...« Die Worte versickerten wie Wasser in der Wüste.

Linda fuhr fort: »Ich habe die ganze Zeit über unsere Lage nachgedacht. Nicht die, in die wir geraten sind, sondern die geographische. Ich habe mehrmals unseren Weg hierher gedanklich rekonstruiert. Ich kann mich natürlich auch irren, aber diese Anlage hier, die haben ihre Erbauer nicht einfach irgendwo unter dem Wald angelegt. Das ergäbe keinen Sinn. Dieses ehemalige Verlies hier, das irgendwann in grauer Vorzeit zu einer Gruft umgebaut wurde, das befindet sich unter dem Schloss Auerbach. Da wette ich!«

»Glaub' ich nicht«, sagte Tarzan. »Das Schloss ist bewirtschaftet, da rennen Japaner rum und alle möglichen Touristen, außerdem hat man da doch schon geforscht und gegraben. Da wäre dieser Kartoffelkeller hier ja wohl längst gefunden worden.«

»Irrtum!«, korrigierte Linda. »Das Land Hessen hat kein Geld für solche Forschungen. Wir haben unser eigenes Projekt hier nicht zuletzt mit Geldern der UNESCO finanziert. Das Schloss ist mitnichten gänzlich erforscht. Die offen zutage liegenden Gewölbe unter dem ehemaligen Palas, der Brunnen, die Türme, klar. Das kostet nicht viel, aber auch das ist in letzter Zeit wieder eingestellt worden. Eigentlich schade, denn diese Burganlage ist niemals durch feindliche Handlungen zerstört worden, wie so viele andere hier an der Bergstraße. Ich möchte wetten, dass es einen direkten Zugang zum Schloss gibt. Wahrscheinlich zugemauert, um die Ruhe des Kardinals nicht zu stören.«

»Und unsere ...«, unkte Solo düster.

»Eben!«, bekräftigte Linda. »Und deshalb ist es jetzt vorbei mit der Ruhe. Wir schlagen hier ordentlich Krach und brüllen um Hilfe. Immer abwechselnd, damit wir bei Kräften bleiben, außer Ihnen natürlich, Herr Grohner. Irgendeiner hört vielleicht etwas und wundert sich.« Lindas Stimme verlor urplötzlich den optimistischen Tonfall, wurde zu einem heiseren Flüstern. »Es ist unsere einzige Chance ...«

* * *

Mit ehrfürchtig aufgerissenen Augen und offenen Mündern starrten Nizam und Markus den Tunneleingang an.

»Boah!«, entfuhr es Nizam, und Markus hatte diesmal keine Einwände gegen den unstatthaften Laut. Sie waren nur etwa zweihun-

dert Meter einem fast völlig unkenntlichen Pfad gefolgt. Markus, der gerne mit seinem Pfadfinderwissen angab, hatte seinen Freund auf die Spuren aufmerksam gemacht: abgebrochene Zweige mit welken Blättern, geknickte Grashalme, zertretene Kiefernzapfen.
Jetzt standen sie vor der rostigen Pforte zur Unterwelt. Alle Schrecken des Universums lauerten in der Dunkelheit. Grässliche Monster wetzten ihre Krallen, um sich auf die respektlosen Buben zu stürzen, die es wagten, ihren jahrhundertelangen Schlaf zu stören. Doch nichts und niemand auf der Welt kann einen Zehnjährigen daran hindern, einen soeben entdeckten Geheimgang zu erforschen. Noch dazu, wenn eine lose herunterhängende Kette ihnen ein »Herzlich willkommen!« zuzurufen schien.
»Lass uns reingehen.« Markus stieß den noch zögernden Nizam an.
»Und wenn der Jaguarfahrer da drin ist?«
»Nur ein kleines Stück.«
»Ich weiß nicht ...«
»Dann schieb du hier Wache und ich geh alleine rein. Aber was ich finde, gehört mir dann auch alleine. Schatz und so ...«
Nizam kaute unentschlossen auf seiner Unterlippe. »Fifty-Fifty?«
»Fifty-Fifty!« Dies wurde per Handschlag besiegelt und Nizam setzte den Rucksack ab. Sie verstauten ihre Holzwaffen darin und kramten die Taschenlampe und das Käsebrötchen hervor. Das Brötchen wurde brüderlich geteilt. Nizam schulterte wieder den Rucksack, nahm die Taschenlampe in die rechte Hand und ging furchtlos und mit schlotternden Knien voraus. Wenig später erreichten sie den Abzweig mit dem Mauerdurchbruch.
Nizam deutete auf die Fußspuren am Boden. »Hier sind ganz schön viele Leute unterwegs.«
Markus zuckte die Schultern. »Schlimmstenfalls müssen wir weiter vorne Eintrittskarten kaufen.« So unbekümmert, wie er tat, war er allerdings bei weitem nicht.
»Meinst du, hier unten gibt es Morlocks?«, fragte Nizam, halb im Scherz, mit Gänsehaut.
»Was für Morlocks?«
»Na, diese Monster aus dem alten Film letzte Woche im Fernsehen.

Die unter der Erde wohnen und Menschen wie Kühe auf der Wiese halten, um sie später zu schlachten und aufzufressen.«
»Ach die ... Nein, ich glaube, die gibt es nur in England. War doch ein englischer Film ...« Keineswegs beruhigt gingen sie weiter. Allerdings bedeutend leiser. Morlocks hatten verdammt gute Ohren ...
Dann hörten sie es! Nizam erstarrte zur Salzsäule, Markus rempelte ihn unsanft an, als der vor ihm gehende Freund plötzlich stoppte.
»Was ist das?«, flüsterte Markus.
Nizam sagte nichts, machte nur mit der Hand eine abwehrende Bewegung.
Stille ...
Dann wieder: ein rhythmisches Scheppern, begleitet von dumpfem unverständlichem Rufen. Weit entfernt, schien es direkt aus der Hölle zu kommen. Oder aus den großen Maschinensälen der Morlocks aus dem Film »Die Zeitmaschine«.
Die beiden Jungen schauten sich kurz an. Der Lichtstrahl der Taschenlampe zitterte. Das Scheppern wich nun einem gleichmäßigen Hämmern, wie von einer mittelalterlichen Schmiede.
»Die Morlocks ...« Nizam hatte die zwei Worte nur gehaucht, aber sie verwandelten die beiden unerschrockenen Helden in panisch flüchtende, von grenzenloser Furcht getriebene kleine Jungen, die um ihr Leben rannten. Jede Vorsicht außer Acht lassend, stürzten sie im schwachen, wild schwankenden Licht der kleinen Lampe zurück. Markus erreichte zuerst den Mauerdurchbruch, erkannte im letzten Augenblick die herumliegenden Mauersteine und die schartige Öffnung und sprang nahezu blind hindurch. Er schrie noch: »Achtung, pass auf!«, da erreichte auch Nizam das Hindernis. Er reagierte nicht schnell genug, sein linker Fuß verfing sich in einer Mauerspalte, blieb stecken, hebelte ihn aus dem Gleichgewicht und ließ ihn mit der ganzen Dynamik seines schnellen Laufs auf den Boden krachen. Ein heller Schmerzensschrei gellte durch den Tunnel, gefolgt von einer Flut türkischer Worte, die garantiert in keinem Wörterbuch zu finden waren. Markus bremste seinen Lauf, rannte zurück zur Unglücksstelle und kniete vor seinem Freund auf dem Boden. Nizam lag auf dem Rücken, eine riesige Beule begann sich auf der

Stirn zu bilden, Blut lief ihm aus der Nase und die wüsten Flüche waren einem erstickten Wimmern gewichen.
»Scheiße Mann!« Markus leuchtete zitternd auf das Bein seines Freundes. Der Fuß steckte immer noch in der Mauerspalte. Er wirkte merkwürdig fehl am Platz, bis Markus auffiel, dass er in einem unnatürlichen Winkel zum Unterschenkel stand. Das Sprunggelenk nahm langsam, aber stetig die Form eines mittleren Kürbisses an.
»Der ist garantiert gebrochen. Kannst du das Bein bewegen?«
Ein tobender Schmerz ließ Nizam den Versuch augenblicklich abbrechen. Seine Stirn war schweißnass. Tränen hatten Spuren im Staub und dem Schmutz auf seinen zerschrammten Wangen hinterlassen. Markus versuchte, die Steine am Fuß des Mauerdurchbruchs zu lockern, aber Nizams Schreie ließen ihn gleich wieder damit aufhören.
»Du musst aber doch da raus, Nizam!«
»Scheiße, ich kann nicht!«
»Du musst!«
»Blöder Arsch!« Erneut rannen Nizam Tränen übers Gesicht. Markus zog geräuschvoll die Nase hoch. Er hätte am liebsten mitgeheult. Vor Wut und vor lauter Hilflosigkeit nahm er einen Backstein und schleuderte ihn mit aller Kraft davon. Wenigstens hörte man hier nicht mehr diese grässlichen Geräusche. Die Morlocks ... Markus ballte die Fäuste. Er musste nach draußen. Nizam brauchte ärztliche Behandlung. In Markus' schmächtiger Brust rang das Verlangen, bei seinem Freund zu bleiben, mit dem Erkennen der Notwendigkeit, Hilfe zu holen. Markus war lange genug bei den Pfadfindern. Er wusste, wie wichtig es war, bei Verletzungen rasch das Richtige zu tun.
»Ich hole Hilfe. Nizam, ich geh nach draußen und hole jemand, der dir helfen kann. Hier ...« Er nestelte das große Holzschwert aus dem Rucksack. »Nimm Excalibur. Es wird dich beschützen. Die Lampe lass ich dir auch da. Von hier aus geht der Gang nur noch geradeaus. Das finde ich auch im Dunkeln. Außerdem ist es nicht mehr weit.«
Nizam brachte mit verkniffenem Mund ein schwaches Nicken zustande. Immer noch liefen Tränen über seine Wangen.

Er musste furchtbare Schmerzen haben. Der Knöchel war mittlerweile ein blauroter Ballon geworden, der aussah, als würde er jeden Moment zerplatzen. Markus leerte den Rucksack, knautschte ihn zu einer Art Kissen zusammen und schob ihn vorsichtig unter Nizams Kopf.
»Ich bin gleich wieder da. Paar Minuten nur. Ich bringe Hilfe mit. Ich hol' dich hier raus ...« Seine Stimme versagte, rasch wandte er sich ab und stapfte in die Dunkelheit davon. Sein Herz krampfte sich zusammen, jetzt kullerten auch bei ihm die Tränen ungebremst. Mit ausgestreckten Armen tastete er sich bis zum Ausgang vor. Als er das Gitter erreichte, begann er zu rennen.
Brombeerranken zerkratzten seine Beine, Äste schlugen ihm ins Gesicht, zweimal wäre er fast gestürzt. Dann gelangte er zu dem Jaguar. Markus hatte eine Idee: Er ging hinüber zu dem Wagen, trat mit aller Kraft gegen eine der Türen. Es funktionierte! Blökend schaltete sich die Alarmanlage ein und hallte weithin hörbar durch den Wald.
Markus rannte hinaus auf den breiten Forstweg, schlug den Weg in Richtung Straße ein und rief aus Leibeskräften um Hilfe. Hinter einer Kurve kamen ihm zwei Jogger entgegen. Die beiden Männer fingen den heranspurtenden Knaben förmlich auf und brauchten mehrere Minuten, bis sie aus dem atemlosen Gestammel schlau wurden. Sie stellten sich als Mike und Sascha vor. Sascha, der Jüngere, hatte ein Mobiltelefon an seiner Gürteltasche hängen.

* * *

»Rotkreuz Bergstraße 15 für Leitstelle Bergstraße ...«, klang es blechern aus dem Funkgerät des Notarztwagens. Rettungsassistent Eckhard Banssemer wickelte seinen Döner seufzend in die Folie ein und legte ihn auf das Armaturenbrett. Er nahm den Hörer ab und meldete sich. »Hier Rotkreuz Bergstraße 15, Leitstelle kommen.«
»Fahren Sie nach Auerbach, Ernst-Ludwig-Promenade in Richtung Schloss. Ein eingeklemmtes Kind, Unterschenkelfraktur. Nehmen Sie am Treffpunkt Blücherstraße den Notarzt auf.

Am Wanderparkplatz Höllgrund steht ein Mann, der Sie einweisen wird. Florian Bensheim ist ebenfalls verständigt und unterwegs.«
Banssemer pfiff seinen Kollegen herbei, der sich gegenüber gerade ein Eis gekauft hatte. »Ganzer Tag nix los, kaufst dir 'n Eis, geht die Welt unter ...« Banssemer grinste, startete den Motor und setzte Sondersignal.
An der Ecke Darmstädter/Blücherstraße hielt er an, um den Notarzt an Bord zu nehmen, der bereits auf sie wartete. Mit donnerndem Dieselmotor und ohrenbetäubenden Pressluftfanfaren rauschte ein Einsatzwagen der Bensheimer Stützpunktfeuerwehr an ihnen vorbei. Banssemer gab Gas und folgte dem Feuerwehrfahrzeug, ein Rüstwagen, der schweres technisches Gerät an Bord hatte, um eingeklemmte Unfallopfer zu bergen. Der Fahrer des Feuerwehrwagens ging vom Gas und ließ den Rettungswagen passieren, da der relativ leichte Transporter schneller war als das 16 Tonnen wiegende Spezialfahrzeug.

* * *

Eine halbe Stunde später lag Nizam, sorgfältig angeschnallt, auf der Transportliege. Der Notarzt hatte ihm eine Spritze gegen die Schmerzen gegeben, das Bein notdürftig geschient und die Einweisung ins Kreiskrankenhaus Heppenheim veranlasst. Die Feuerwehrmänner bargen ihr Werkzeug und verstauten alles wieder am Fahrzeug.
Der Einsatzleiter, ein untersetzter, stämmiger Kerl mit einem Unterkiefer wie ein Flusspferd, trat zu den beiden Joggern, welche die Aktion aus sicherem Abstand beobachtet hatten. Er deutete auf den Jaguar. »Seid so gut und fahrt eure Karre hier weg. Nicht, dass noch was dran kommt an das edle Teil.«
»Das ist nicht unser Auto«, entgegnete Mike. »So was Feines kann ich mir nicht leisten, ich bin nur ein armer Schreiberling. Mein Daihatsu steht unten auf dem Parkplatz.«
»Ede!« Am Stolleneingang stand ein Feuerwehrmann und winkte dem Einsatzleiter aufgeregt zu.

Eduard Seelinger ging hinüber zu seinem Kollegen. Ihm fiel auf, dass dieser etwas blass um die Nase war.
»Was ist, Bernd? Hast 'n Geist gesehen?«
Bernd Geble schaute sich verstohlen um und flüsterte: »Da drinnen liegt ein Toter ...«

* * *

Tarzan war heiser. Er reichte die Gürtelschnalle an Linda weiter, die sie achtlos fallen ließ. Solo griff danach, rückte zur Tür und begann, mit verbissener Wut damit gegen das Eisen zu schlagen. Als sie abrutschte und sich die Knöchel aufschlug, schrie sie wutentbrannt auf und schleuderte die Schnalle gegen die Tür. Sie flog zwischen den Gitterstäben hindurch, prallte hell klingend gegen den Sarkophag und rutschte noch ein Stück über den staubigen Boden.
Die Schnalle war frei. Der schwache Lichtschein des Feuerzeugs machte sie gerade noch sichtbar. Sie war draußen. Außerhalb des Kerkers. Außerhalb der Reichweite seiner Insassen.
Tarzan hielt Solo die Flamme vor das Gesicht. Sie spiegelte sich in ihren Tränen. In Solos Augen las Tarzan Verzweiflung und Apathie. Er kämpfte erfolgreich gegen seine eigenen Tränen, machte das Feuerzeug aus und legte sich auf den blanken Boden.
Arthur Grohner lag leise röchelnd auf seiner Matratze. Er schien zu schlafen. Tarzan beneidete den alten Mann darum. Das Wasser ging zur Neige. Die letzte Flasche nur noch halb voll. Der Kübel stank ...
Linda lehnte an der Wand, die Augen weit geöffnet, wie die eines Nachttieres. Sie stellte sich zum vielleicht hundertsten Male vor, wie es wäre, wenn endlich die Rettung nahte: hallende Schritte, Kommandostimmen, Klirren von Werkzeug und Gerät. Erstaunte Rufe, greller Lichtschein ...
Tarzan war aufgesprungen. Linda wunderte sich, dass sie das sehen konnte, herrschte hier doch absolute Finsternis ... Sie wandte den Kopf. Da lag Dr. Grohner senior und schnarchte.
Das Gebrüll kam näher ... Raue Stimmen. Männer in gelben Helmen und langen, feuerhemmenden Mänteln.

Sanitäter in leuchtend roten Jacken ... Linda schloss die Augen, ließ den Kopf auf die Brust sinken. Rot schimmerte das Licht starker Handlampen durch ihre Lider.
»Hier!«, brüllte Tarzan mit seiner heiseren, vom stundenlangen Rufen erschöpften Stimme. »Hier sind wir! Hier!«
Wenn er doch endlich damit aufhören würde, dachte Linda verärgert. Sie war müde. Sie hatte Kopfschmerzen. Dehydration geht mit Kopfschmerzen und Desorientierung einher. Wer hatte ihr das gesagt? Wolf hatte das gesagt. Wolf ... sie lächelte. Der gute Wolf. Sie liebte ihn. Ein gutaussehender Mann. Ein erfolgreicher Mann. Ein Mann, der sie auf Händen trug ... Sie hatte ihr ganzes Wasser heimlich Arthur Grohner gegeben. Er brauchte es nötiger als sie. Alte Leute trockneten doch so schnell aus. Sie war nicht alt. Sie war noch jung. Wo war Wolf? Irgendetwas war mit Wolf. Sie versuchte zu grübeln, aber ihre Gedanken glitten davon wie glitschige Fische zwischen den Fingern eines kleinen, jauchzenden Mädchens mit feuerroten Haaren. Das kleine Mädchen mit den Sommersprossen hieß Linda.
»Bleiben Sie zurück!« Der Motor der großen Flex sprang knatternd an, entließ stinkende blaue Wolken in die Gruft. Ein Funkenregen prasselte über die Gefangenen, die sich schützend die feuerhemmende Decke über die Köpfe zogen, die man ihnen durch das Gitter geschoben hatte. Scheinwerfer auf Stativen wurden aufgestellt. Sanitäter und Ärzte mit roten und weißen Koffern drängten in den Kerker. Feuerwehrleute legten die Gittertür mit ihren noch rotglühenden Enden vorsichtig zur Seite.
Linda wollte schlafen. Warum ließ man sie nicht endlich in Ruhe? Sie würde die Augen nicht öffnen. Wenn sie die Augen aufmachte, wusste ihre Mutter, dass sie wach war. Dann musste sie zur Schule gehen. Sie wehrte die Hände ab, versuchte sich unter ihrer Decke zu verstecken. Noch mehr Hände. Linda schrie, schlug nach den Händen. Sie wollte schlafen. Das kleine Mädchen mit dem roten Haar wollte doch nur schlafen! Etwas stach ihr in den Arm. Sie wollte wieder schreien. Konnte es nicht, wurde müde ...
Der Schlaf. Endlich ...

Der Rettungshubschrauber landete auf dem Dach des Frankfurter Universitätsklinikums. Die wilde rote Mähne der Patientin flatterte im starken Nordwestwind. Eilig wurde die Transportliege in den Fahrstuhl geschoben.

# Epilog

Tarzan warf den Hühnerknochen hinter sich, rülpste herzhaft und kratzte sich den Bauch. Er grinste sein Gegenüber breit an, als er Solos Blicke bemerkte.
Bernard Katter grinste zurück, hob den überdimensionalen Bierhumpen und stieß mit Tarzan an. »Auf den Herrn des Dschungels und der Unterwelt, möge er ewig leben!«
»Männer ...« Linda Reining lachte Solo ins Gesicht, die sich von derart rustikalen Tischsitten gerne distanzierte. Solo warf einen prüfenden Blick auf ihren Partner, der sich gerade einen neuen, fetttriefenden Hähnchenschenkel von der Platte angelte, griff nach dem langen Messer, welches in der Tischplatte steckte, zog es mit einiger Mühe heraus und begann, mächtige Scheiben von dem duftenden Bauernbrot abzuschneiden. Ein authentisch kostümierter Mundschenk kam herbei und bot Wein aus einer riesigen Metallkaraffe.
Solo winkte ihm mit dem Messer und grölte wie ein betrunkener Landsknecht: »Herbei, Knappe, auf dass er einschenke und nicht zu knapp, denn sonst muss ich mit seinem Blute nachgießen!« Brüllendes Gelächter brandete die Tafel hinauf und hinunter und Tarzan schaute seine geliebte Solomaus irritiert an.
Solo zwinkerte Linda zu und sagte wieder mit normaler Stimme: »Was die Weicheier können, können wir schon lange, oder?« Das Rittermahl auf Schloss Auerbach war wie immer legendär. Gaukler,

Artisten, Zauberer und Herolde bildeten einen stilvollen und lautstarken Rahmen in dem malerischen Burghof. Linda und Bernard hatten diesmal geladen. Seit den Ereignissen um die Entdeckung der Kardinalsgruft war ein Jahr vergangen. Man konnte wieder feiern. Linda hatte sich in überraschend kurzer Zeit erholt und arbeitete nun als Projektleiterin an der Erschließung der Gruft, tief unter Schloss Auerbach. Es gab tatsächlich einen direkten Zugang zum Schloss, den man in monatelanger Arbeit freigelegt hatte. Die Untersuchungen dauerten allerdings noch an und es würde wohl noch einige Zeit dauern, bis auch für Touristen diese einzigartige Stätte zugänglich wäre. Es handelte sich um das am besten erhaltene Grab aus jener Epoche. Die Mumie des Kardinals von Auerbach erregte weltweites Aufsehen und Linda selbst hatte einen Artikel darüber in National Geographic veröffentlicht.

Sie selbst erregte auch Aufsehen, zwar nicht ganz weltweit, aber doch schon im weiteren Bekanntenkreis, als sie ihre Verlobung mit Hauptkommissar Bernard Katter bekannt gab. Tarzan konnte es zunächst nicht glauben, war der Auserkorene doch beinahe zehn Jahre jünger als die Braut.

Linda hatte Tarzan mit ihrem berüchtigten spöttischen Lächeln angeschaut und geantwortet: »Glaube mir, lieber Tarzan. Von älteren Männern habe ich mittlerweile die Schnauze gestrichen voll ...«

Doch an jenem Abend, beim feuchtfröhlichen Rittermahl auf Schloss Auerbach, schob ein langhaariger junger Mann einen Rollstuhl die Rampe zum Burghof hinauf. Darin saß ein sehr würdevoll aussehender alter Herr mit wallendem weißen Haar, der bolzengerade in seinem Rollstuhl saß, als hätte er eine Militärparade abzunehmen. Als Linda den Mann erblickte, sprang sie auf, umarmte den Weißhaarigen und verschmierte ihr halbes Make-up auf seinen Wangen.

»Von wegen, sie mag keine älteren Männer«, sagte Bernard Katter lächelnd. »Gegen diesen Grandseigneur kann ich im ganzen Leben nicht anstinken.«

Dr. Arthur Grohner, vor wenigen Wochen 91 Jahre alt geworden, lebt nun im Seniorenheim Waldfried in einem Eckzimmer mit Blick auf den Mühlbach und den Wald. Er hat die Villa und seine Anteile an der Klinik verkauft und den Erlös einer jüdischen Organisation gestiftet, die sich um Holocaust-Opfer und deren Hinterbliebene kümmert. Er hat seinen Frieden noch nicht gefunden. Doch er sagt, er arbeite daran, und wenn er dafür hundert Jahre alt werden müsste.

# Danke


Dem Archäologen *Volker Kemmeter,* der mich in die Grundlagen seiner Arbeit eingeweiht hat.

Kriminalhauptkommissar *Peter Rauwolf,* Kripo Heppenheim, der mich umfassend und sehr fundiert über die Polizeiarbeit aufklärte und der mir mit dem Buch »Gerichtsmedizin« von Prof. Gerhard Hansen eine wertvolle antiquarische Fundgrube überließ.

*Meiner Familie* und *meinen Freunden* für alles, was sie für mich getan haben und hoffentlich noch tun werden.

Der *Spedition Knubben,* Mannheim, dafür, dass ich nicht ausschließlich vom Schreiben leben muss.

Der *Grafik-Designerin Birgit Burhenne* für das sa(r)genhafte Cover.

Meiner *Lektorin Gunda Kurz* für das Umfärben des Manuskriptes in Rot. (Ich gelobe, mich zu bessern!)

Meinem *Verleger Stefan Kehl* für seine Arbeit und das Vertrauen in meine.

Allen *Presseleuten* für ihr Interesse an meinen Büchern.

Allen *Leserinnen* und *Lesern* dafür, dass ihnen auch in diesen nicht immer einfachen Zeiten elf Euro für einen Krimi nicht zuviel sind. Ich schreibe für *euch!*

*Allen,* die unerwähnt geblieben sind und trotzdem zum Gelingen dieses Buches beigetragen haben.

## Weitere Krimis aus dem KEHL-VERLAG

*Der Rheinhessen-Krimi, Band I.*

### *Mord am Geiersberg*

Dies ist der 1. Roman unserer Reihe *»Der Rheinhessen-Krimi«* von Walter Passian.

194 Seiten im Format 13,5 x 20,5 cm
ISBN: 3-935651-06-6
**Preis: Euro 9,00**

*Der Rheinhessen-Krimi, Band II.*

### *Tief im Rhein ...*

Dies ist der 2. Roman unserer Reihe *»Der Rheinhessen-Krimi«* von Walter Passian.

239 Seiten im Format 13,5 x 20,5 cm
ISBN: 3-935651-01-5
**Preis: Euro 11,00**

*Der Rheinhessen-Krimi, Band III.*

### *Höhlengesänge*

Dies ist der 3. Roman unserer Reihe *»Der Rheinhessen-Krimi«* von Walter Passian.

230 Seiten im Format 13,5 x 20,5 cm
ISBN: 3-935651-03-1
**Preis: Euro 11,00**

*Der Rheinhessen-Krimi, Band IV.*

### *Die Mörder vom Kellerweg*

Dies ist der 4. Roman unserer Reihe *»Der Rheinhessen-Krimi«* von Walter Passian.

242 Seiten im Format 13,5 x 20,5 cm
ISBN: 3-935651-08-2, erscheint 11/2005
**Preis: Euro 11,00**

*Online bestellen: www.kehl-verlag.de*

# Volker Gallé
# Rheinhessen

Kultur und Geschichte im Hügelland zwischen Worms und Bingen, Mainz und Alzey.

Mit einer Rheinhessen- und Mainz-Karte, diversen Plänen, 4 Farbteilen und großem Serviceteil

472 Seiten, 15 x 20,5 cm
ISBN: 3-935651-00-7

**Preis: Euro 24,--**

**Buchshop: www.kehl-verlag.de**

**Rheinhessen** liegt links vom Rhein, also nicht in Hessen, sondern in Rheinland-Pfalz, genauer gesagt zwischen Rheinland und Pfalz. Während das Rheinland im 19. Jahrhundert preußisch und die Pfalz bayrisch war, gehörte das Hügelland im Rheinknie zwischen Worms, Mainz und Bingen bis 1945 zu Hessen. Daher der Name Rheinhessen.

**Besonders** sehenswert sind die bereits im Mittelalter bedeutenden Domstädte Mainz und Worms mit ihren vielfältigen Spuren europäischer Geschichte seit der Romanik, das zum Rhein orientierte Bingen mit der Basilika St. Martin und dem Mäuseturm, die Rotweinstadt Ingelheim mit dem karolingischen Pfalzbereich, Oppenheim mit der gotischen Katharinenkirche sowie Alzey mit dem restaurierten Pfalzgrafenschloss.

Der **Kunst-Reiseführer** geht ein auf die Geschichte von Landschaft, Kunst und Kultur, stellt die Kunstdenkmäler vor, skizziert die Natur und macht mit dem Brauchtum vertraut. Rundgänge in Mainz, Worms, Bingen, Alzey und Oppenheim ermöglichen dem Tages- und Wochenendtouristen eine schnelle Urlaubsplanung. Alle Gemeinden werden im Text mit ihren charakteristischen Eigenheiten vorgestellt. Im Serviceteil gibt es darüber hinaus eine Vielzahl von Tipps zu Freizeitangeboten.

Bereits am **18.12.2004** bei uns erschienen!

Der Bergstrassen-Krimi I.

**Manfred H. Krämer**
**Tod im Saukopftunnel**

211 Seiten, 13,5 x 20,5 cm
ISBN: 3-935651-15-5

**Preis: Euro 11,00**

Weitere Infos unter:
www.bergstrassen-krimi.de

oder online bestellen unter:
**www.kehl-verlag.de**

Die herrliche Kulisse der Bergstraße, die Städte und Dörfer der Kurpfalz, die Menschen an Rhein und Neckar bilden den farbig und mit viel Liebe zum Detail erstellten Hintergrund dieses Kriminalromans.

Ein spektakulärer Fund beim Bau des 2.700 m langen Saukopftunnels im Weinheimer Norden gefährdet den Fortgang der Arbeiten, die Karrieren und sogar das Leben einiger angesehener Bürger. Der mysteriöse Tod ihres Vaters zieht Bertha Solomon und ihren Lebensgefährten Lothar Zahn mitten hinein in ein bedrohliches Szenario.

Der Saukopftunnel ist das Tor für die Geister einer längst begraben geglaubten Vergangenheit. Doch es ist kein Gespenst, das der Tunnel geweckt hat: Es ist ein Mörder aus Fleisch und Blut. So gnadenlos und so grausam wie ihn diese liebliche Gegend noch nie erlebt hat.

# *Eisenbahnen in Worms*

*Von der Ludwigsbahn zum Rheinland-Pfalz-Takt*

Die Ankunft der ersten Eisenbahn 1853 war eine Revolution für die Stadt Worms. Innerhalb weniger Jahre vervielfachten sich Handel und Fabriken und damit die Bevölkerungszahl. In den Pionierjahren des 19. Jahrhunderts ergriffen die Wormser selbst die Initiative und ermöglichten als Mitbegründer der *»Hessischen Ludwigsbahn«* den Bau der ersten Eisenbahnstrecke in Rheinhessen. Ihre *»Bahninteressen«* vertraten sie sowohl auf der politischen Ebene, als auch durch ihre finanzkräftige Unterstützung des Eisenbahnbaus. Ziel der Wormser Bahnpolitik war der Ausbau zum nationalen Bahnknoten, was durch Partikularinteressen und die Kleinstaaterei des 19. Jahrhunderts erschwert wurde.

Dieses Buch versucht einen ersten Überblick über 150 Jahre Eisenbahnen in der Region Worms zu bieten. Dokumente, Photos und Pläne dokumentieren die Entwicklung zum Verkehrsknoten. 13 Haupt- und Nebenbahnen aus Rheinhessen, Südhessen und der Pfalz endeten in Worms. Hafenbahn und Straßenbahn sorgten auch innerhalb der Stadt für eine zeitgemäße Mobilität. Neue Bauvorhaben wurden um 1900 realisiert, darunter der monumentale Neubau des Hauptbahnhofs und die Eisenbahnbrücke.

**Ralph Häussler**
**Eisenbahnen in Worms**

180 Seiten, 20 x 19 cm
ISBN: 3-935651-10-4

**Preis: Euro 19,80**

Online-Buchshop:
**www.kehl-verlag.de**

DER GROSSE MANNHEIM – ROMAN

# MANNHEIMER KOHLE

Gleich im Anschluss an seinen zweiten Bergstraßen-Krimi schreibt **Manfred H. Krämer** nun an seinem dritten Buch, dem Roman **»Mannheimer Kohle«.** Die Hauptfigur seines neuen Werkes ist eine ganze Stadt: Mannheim, das Herz der Metropolregion Rhein-Neckar ist die große Diva dieser Geschichte.

Krämer, der seit über 18 Jahren in Mannheim arbeitet, hat die spröde Schöne an Rhein und Neckar längst ins Herz geschlossen. Aber **»Mannheimer Kohle«** wäre nur halb so interessant, ginge es darin nicht auch um die Schattenseiten, die wohl jede Großstadt aufzuweisen hat: Ein zunächst sinnlos erscheinender Mord an einem Stadtstreicher aktiviert den längst verschüttet geglaubten Gerechtigkeitssinn von Hauptkommissar Bluhm. Er ermittelt mit dem Bauch, erregt damit den Unwillen von Kollegen und Vorgesetzten und verrennt sich in *»seinen«* Fall, der fast zum Ende seiner Karriere führt. Bluhm wittert die ganz große Sache, aber erst als das Leben seiner Tochter in höchster Gefahr ist, nimmt man die Sache im Präsidium ernst. Doch da ist es möglicherweise längst zu spät ... Wie in der Realität, so verknüpft auch dieser Roman die Geschichte Mannheims untrennbar mit der Binnenschifffahrt.

**Manfred H. Krämer** hat eine spannende, stellenweise atemlose, sorgfältig recherchierte Geschichte entwickelt, in der Kohle sowohl als Brennstoff, als auch als *»Schmiermittel«* eine große Rolle spielt. Darüber hinaus nimmt Krämer seine Leserinnen und Leser mit auf die *»Frieda S.«,* einen ehrwürdigen Massengutfrachter, der auf seine letzte große Reise geht.